Die Utopie liegt am Horizont.
Ich nähere mich zwei Schritte
und sie entfernt sich zwei Schritte.
Ich gehe zehn Schritte weiter
und der Horizont weicht zehn Schritte zurück.
Egal wie weit ich gehe,
ich werde sie nie erreichen.
Wozu dient dann die Utopie?
Eben dazu, zum Gehen.

Eduardo Galeano

Eine Kapitänin sticht mit einer Crew aus Hippies, Punks und Weltverbesserern in See, da tausende Menschen im Mittelmeer ertrinken, die Zuflucht in Europa suchen. Die Crew kann nicht akzeptieren, dass die EU-Staaten die Seenotrettung eingestellt haben und die Menschen wissentlich sterben lassen. Sie orientiert sich uneingeschränkt an der Einhaltung der universellen Menschenrechte. Als ihre Rettungseinsätze sabotiert und kriminalisiert werden, nimmt das abgekartete politische Spiel neue Dimensionen an.

Die Sicht der Kapitänin entlarvt, wie die europäische Politik ihre selbst propagierten Werte verrät. Sie kämpft rigoros gegen die Verbrechen des herrschenden Systems und hadert mit Fluch und Segen ihrer eigenen Freiheit. Nur der eigene Aufstand bietet Hoffnung, den eigenen Überzeugungen gerecht zu werden. Der Roman zeigt schonungslos, wie die Zweifel an einer Gesellschaft steigen, die millionenfaches Leid mental und politisch auf größtmöglicher Distanz zu halten versucht.

Eine brachiale Feier von zivilem Ungehorsam, Alkohol, Freundschaften, Romanzen und eine brennende Liebeserklärung an den Kampf für eine gerechte Welt.

Pia Klemp

LASS UNS MIT DEN TOTEN TANZEN

Roman

MaroVerlag

Den Crews auf See und an Land.
Unseren Gästen und denen, die es noch werden.
Allen auf der Suche nach Freiheit.

Sie waren mir sympathischer, wenn ihre Folterwunden noch nässten. Wenn ihre Augen gebrochen waren von dem Grauen und ihre Gesichter erschlafft von der Tortur. Die ganze Zeit schon stiert er mich aus der dusteren, verqualmten Ecke neben dem Spielautomaten an. Seine vergilbten Augäpfel leuchten schmierig im Dunkel und ein schiefes Grinsen ohnerlei Freude dümpelt in meine Richtung. *Ja, ich merke, dass du was von mir willst, danke.* Es nervt. Das ist nicht wegzukriegen, bei aller Menschheitsverdammung und erbostem Schnauben. Über die Jahre kommt einiges an Beäugtwerden zusammen, einer kriegt's dann ab. Wie ein Haar auf der Zunge, das man nicht zu packen bekommt, zerfrieselt diese ungefragte Aufmerksamkeit meinen Geduldsfaden. Als wäre ich nicht angespannt genug, so kurz vor dem nächsten Einsatz.

Mein Bier ist lauwarm, der Tisch klebrig und voller brauner Wunden von längst verglühten Zigaretten. Ich kann nicht aus meiner Haut und er auch nicht aus seiner. Meine tätowiert, seine vernarbt, beide gezeichnet, vor allem darunter. Er fängt an, sich den Bauch zu kratzen und hat dazu immer noch diese Augäpfel. *Lass mich ja in Ruhe, Alter.* Ich schaffe es gerade noch, mich ein paar Zentimeter weiter von ihm wegzudrehen, bevor ich verächtlich die Nase rümpfe und meine Kippe auf einem Bierdeckel ausdrücke. Wenn der wüsste, wer ich bin. Mit halb zugekniffenen Augen trinke ich den schalen Rest meines Biers, Asche klebt mir an den Fingerkuppen. Was bin ich doch für ein Arschloch. Ich weiß ja noch nicht mal, ob das ein Flüchtling ist.

Ich setze die Flasche ab und arbeite den Dreck an meinen Händen geflissentlich in meine speckigen Jeans ein. *Ha!* Natürlich ist er das. Warum wäre er sonst hier, in diesem Moloch? Und selbst wenn nicht, was würde es für einen Unterschied machen? Am besten ja wohl keinen, bitteschön. Oder ich bin doch ein verkappter Rassist, das kann auch sein. Die labbrigen Beine des Plastikstuhls biegen sich unter mir, als ich mich nach Jeremy umdrehe. Er ist immer noch nicht zurück. Egal, ich muss eh noch ins Internet und fummel mein Telefon umständlich aus meiner Tasche.

Etwa zwanzig Männer fläzen sich betont lässig in der Lion Bar, der New Lion Bar. Die alte steht in Libyen. Besser gesagt: Sie stand in Libyen, wo jetzt vieles nicht mehr steht. Sechs Tische haben sie in den niedrigen Raum gepfercht, es ist zu eng und zu dunkel. Eine Bank an der Wand, ein abgelatschter Teppich, blinde Fenster, von außen mit Pappe abgeklebt, die meisten gesprungen. Ich bin die einzige Frau und wirklich lässig ist hier niemand, alle getrieben, alle hier verschollen.

Die Bar ist ein trüber Fixpunkt für Reisende, denen das Ziel abhandengekommen ist. Außer meinem Bootsmann Jeremy und mir sind alle Migranten, Flüchtlinge, sogenannte Illegale. Es ist nicht allzu viel los, weil ja kürzlich erst wieder Razzia war. Soll mir recht sein, also dass hier nicht viel los ist, meine ich. Ich mag den Schuppen nicht, ein Laden voll ziellosem Testosteron. Aber Jeremy braucht Gras, und ich muss echt mal wieder meine E-Mails checken. »Ey, you«, säuseln mich die vergilbten Klüsen an. Macht der mich an, oder will der mir nur was verticken? Ich weiß nicht, wann ich mich zu viel und wann zu wenig aufrege. Besser ich sag gar nichts und hol mir noch ein warmes Bier für 1,20. Er regt sich über meinen Abgang auf, aber nicht laut genug, um mich mit einzubinden.

Die Musik ist schon wieder aus. Ich glaube, die Anlage ist defekt, oder es merkt einfach keiner, dass die CD zu Ende ist. Nur die Neonlichter der Kühlschränke und das seelenlose Blinken einer Partylichterkette versuchen die Trostlosigkeit zu durchbrechen. Ich schlängel mich an einem Grüppchen vorbei und schiebe eine Wand der Unnahbarkeit vor mir her. Dass ich so angezeckt bin von dem Typen hilft dabei nicht unerheblich. Die Gespräche der jungen Männer sind so laut, als müssten sie ihre Existenz beschreien. Ein Alter stattdessen sitzt zusammengesunken am Ende des Tresens, nickt dabei stumm und knibbelt am Etikett einer leeren Flasche. Es ist muffig in der Hafenkneipe, ein Vorhang von säuerlichen Ausdünstungen, Bier und Gras hängt im Raum, es riecht nach vergärter Hoffnung. Alle sind schwarz, nur Jeremy und ich nicht. Und außer Jeremy und mir sind hier alle richtig vom Leben gefickt worden. Ich schlendere zurück zu meinem Platz, und sie palavern weiter, als ob sie das nicht wüssten. Nur in den Pausen, den Lücken, da verirren sich ihre Blicke in die öden Ecken und sinken ins Nichts.

Schweiß kitzelt auf meiner Oberlippe, es ist schwül, selbst nachts fällt die Temperatur nicht unter 28 Grad. Ich wische mir mit der Hand über das Gesicht und frage mich, ob einer von ihnen auf meinem Schiff gesessen hat. Ob wir uns schon vorher irgendwo in diesem Mittelmeerzirkus begegnet sind, gemeinsam um Leben und Tod gekämpft haben, noch nicht mal für Gerechtigkeit. In einer obszönen Schlacht, nur um uns jetzt hier fremder zu sein als jemals zuvor. Es ist viel einfacher einen zu retten, als sich mit ihm auseinanderzusetzen. Darin war ich nie gut. Ich stürze mein halbes Bier hinunter, dreh mir eine und tue mein Bestes, das Drumherum zu ignorieren. Während ich mich durch meine Inbox klicke, schiele ich immer wieder zu Augapfelmann und mein Gewissen auf mich.

»Hey Boss.« Jeremy schwingt sich auf den Stuhl gegenüber und grinst mich breit an.

»Nenn mich nicht Boss.«

»Sorry, Boss. Prost.«

Ich lege mein Telefon in die kleine Pfütze, die sich um mein Bier gebildet hat, und wir stoßen an. Er streicht sich eine schwarze Strähne aus der Stirn und lehnt sich selbstsicher zurück, grenzenlos zufrieden.

»Hast du was bekommen?«

»Klar Mann«, nickt er und schiebt genüsslich die Ärmel seines engen T-Shirts hoch. Er wäre gerne ein Sonnyboy, doch dafür hat er zu viel gesehen. Etwas in ihm ist kaputt, da helfen auch die geflochtenen Armbänder und sein Bon-Jovi-Lächeln nicht. Es schwirren Brocken von Arabisch, Französisch und gebrochenem Englisch durch die stickige New Lion Bar, diese Fata Morgana einer Oase.

»Fein. Sollen wir dann los?«

»Komm schon Boss, eins können wir ja wohl noch trinken«, fordert er mit Blick auf seine Armbanduhr. Ich ziehe meine linke Augenbraue hoch.

»Ich hol noch zwei«, eröffnet er schnell, bevor ich etwas sagen kann und ist auch schon weg. Er ist mein bester Freund auf dem Schiff. Der fähigste Mann an Bord, auch darin, mich zu verstehen und zu ertragen. Und er ist genauso scharf auf die Feuerübungen wie ich. Keiner nimmt unseren Spielplatz ernster als wir beide.

Glücklich hüte ich Erinnerungen daran, wie wir lachend die Klamotten für die Gäste und zentnerweise Reis im Laderaum festzurren, während ich ihm erzähle, dass ich nicht genügend gevögelt werde und er, dass er sich an so etwas gar nicht mehr erinnern kann. Bei der Gelegenheit diskutieren wir Knoten in echter Seefahrermanier. In einem phänomenalen Sturm lassen wir uns auf dem Vordeck von Wellen begraben und versuchen trotz aller Berauschtheit, den Anker, der erbost in seiner Box bollert, wieder festzumachen. Ich habe keinen Schimmer, wo er wohnt, was er im echten Leben macht und ob er Bananen mag oder nicht. Das ist auch schnurz.

Jeremy stellt mir kommentarlos eine weitere Bierflasche vor die Nase und unterhält sich indessen ausgelassen mit Augapfelmann. Ich weiß nicht, wie er das macht, wo er diese unerschütterliche Begeisterung hernimmt, wie jeder sein Bruder, seine Schwester sein kann. Ich trinke das alte Bier aus, nehme sicherheitshalber mein Telefon in die andere Hand und drück hirnlos darauf rum. Ich meine, die Blicke dieser Verlorenen auf mir zu spüren. Sie sind keine Verlierer, auch wenn die meisten von uns und von ihnen den Unterschied nicht kennen. Ein leises Zischen beendet diesen Gedanken, als ich den Kronkorken mit dem Feuerzeug vom Flaschenhals heble. *Dann trink ich halt noch eins, Jeremy.* So einige machen das und gemeinsam, jeder für sich selbst, hoffen wir darauf, am Grund unserer Flasche etwas zu finden, was uns den Weg aus der New Lion Bar weist.

Wir fahren mit dem kleinen Schlauchboot durch den Hafen von Valletta zu unserem Liegeplatz, vorbei an den rostenden Schiffsleichen, den brandneuen Offshore-Versorgern und der Verwesungsfäule der Fischerboote. Jeremy singt selig Seemannslieder vor sich hin und freut sich an der hausgemachten Persiflage. Ich grübel und der Außenborder begleitet uns beide mit seinem monotonen Bariton. Diese irrwitzigen Mauern, die sie in jahrhundertelanger Paranoia um, in und sogar auf diese Stadt gebaut haben, halten den Wind draußen. Das Hafenwasser ist spiegelglatt, der Mond im ersten Viertel. Es könnte fast schön sein. Trotzdem will ich gar nicht hier sein müssen.

Plastikflaschen treiben umher und in der Nähe des Jachthafens vermischt sich der Geruch des heimlich abgelassenen Grauwassers mit den fettigen Ausdünstungen der teuren Restaurants. Wahrscheinlich ist wieder Schwarzwasser mit drin. Da schwimmen sie also in Geld und ihrer eigenen Scheiße. Ich hasse Jachten, und die Goldkettchen der Bonzen machen fröhlich *klimper, klimper.* So viel Besitz sollte verboten sein. Darum muss ich mich auch wieder mal kümmern. Die Welt muss doch brennen. Und was ist? Seit Monaten beschäftige ich mich nur mit den Flüchtlingen im Mittelmeer. Ach, das ist schon zu weit gegriffen. Mit Seenotrettung von Flüchtenden aus fucking Libyen. Ich mache mir um gar nichts anderes mehr einen Kopf. Wie einfach es ist, sich um das große Ganze herum zu stehlen. Jetzt also Nischenhelfen statt Weltneuordnung.

Diese Nische brezelt sich gerade über mein komplettes Leben. Immer enger dreh ich mich in dieses klebrige Spinnennetz, bis es so dicht ist, dass ich vor lauter Weglaufen nicht mehr rauskomme. Dabei wollte ich doch nur mal kurz aushelfen, ein bisschen für Menschenrechte kämpfen, ein wenig die Festung Europa zerstören. Und dann voranmachen mit dem, was mir wirklich wichtig ist. Leider ist mir für den Moment entfallen, was es ist, wofür mein Herz richtig schlägt, der Puls ist schwach.

Dass ich in diesem verkackten Hafenbecken rumgurke, liegt übrigens auch an den Jachten. Ich weiß noch genau, wie ich in Cannes stand und mein Blick zwischen den Abermillionen Euros in poliertem Chrom und dem diesigen Horizont fassungslos hin und her sprang. Tausende von Menschen ertrinken kümmerlich ein paar Seemeilen weiter südlich und hier trinken sie auf Teakholzdecks Champagner für 10.000 Euro die Flasche. *Prost! Auf eure Seefahrerehre!* Also habe ich mich gemeldet und bin mal wieder voll hängengeblieben. Es ist viel zu komfortabel, sich gebraucht zu fühlen. Deren Flucht ist mein Ausweg davor, herausfinden zu müssen, was ich eigentlich machen sollte. Ich habe mich selbst zum Werkzeug degradiert und komme nicht mehr weg. Und jetzt habe ich Angst, was zu verpassen. Oder noch viel schlimmer davor, dass dieses etwas erst gar nicht passiert, weil ich zu bequem bin, um es zu machen. *Oh, bittersüße Selbstzweifel, ihr Wichser. Ohne euch wäre ich nicht ich.*

Jeremy lenkt das Boot in den dunklen Arm des Industriehafens, in dem unser Schiff liegt. Stolz schmiegt sie sich ans Dock, erhaben reckt sie ihre Masten in den nächtlichen Himmel, und mir geht das Herz auf. Wir rauschen durch das dreckige Hafenwasser, das mehr mit dem Meer zu tun hat, als ich wahrhaben will, auf sie zu. Majestätisch in ihre Decklichter gehüllt, ausgestellt auf dem nass glänzenden Teppich, werfen sich tiefe dramatische Schatten auf ihren Überbau. Zugegeben, keine klassische Schönheit. Wie verheulte Schminke hängen Rostschlieren auf der blauen Farbe. *It's my party and I cry if I want to.* Tapfer schleppt sich der alte Kutter von Mission zu Mission und lässt die Fehlerhaftigkeit der Crews knarzend über sich ergehen. Zivile Seenotrettung – das ist noch bescheuerter, als es sich anhört.

»Fahr mal vorne ran, ich will mir die Ankerboxen angucken«, bitte ich Jeremy. Das stimmt zumindest zur Hälfte.

»Wird gemacht, Boss.«

Der Schwachkopf duckt sich weg und lacht, als ich ihn mit Wasser vollspritze und mich selbst dabei mehr nass mache als alles andere. Ich lege meinen Kopf in den Nacken. Es ist prächtig unter ihrem hohen Bug, so viel von ihr über mir zu sehen. Von hier wähnt sie sich größer als von der Brücke. Sie ermächtigt mich. Ist das jetzt Seefahrtsromantik? Oder nur die Manifestation des Kampfes? Trotz zerstreuter Gefühlsduselei gucke ich mir genau an, ob der lose Anker im Sturm die Stahlplatten beschädigt hat. Als ich zufrieden bin mit dem, was ich sehe, tätschle ich ihre verbeulte Seite. Fünfzig Jahre Anlegemanöver haben ihre Spuren hinterlassen. Jeremy lächelt und nickt, auch er ist verknallt. Völlig abersinnig, diese verklärte Amour, wissen wir ja beide. Doch zusammen mit dieser Schüssel haben wir eben schon einiges durchlebt. Sie ist mehr als nur ein Schiff. Sie ist unser Schiff, und wir sind ihre Crew.

Er dreht ab und fährt das niedrige Achterdeck an. Ich springe mit der Leine in der Hand an Bord und mache an einer Klampe fest. Unter dem Planendach stehen Chlorkanister und bunte Bottiche. Die knallorangen Rettungswesten für unsere Gäste hängen zum Trocknen auf der Leine und bilden eine sarkastische Girlande. Gäste nennen wir sie. *Herzlich Willkommen in Europa. Willkommen im überfüllten Lager, in der Prostitution, in der Ausweglosigkeit. Willkommen auch an unseren exquisiten europäischen Flughäfen, für dich geht's direkt wieder zurück. Ja, und sorry, dass wir dich so lange im Internierungslager in Libyen vergessen haben, war doof.* Ich überschlage grob, wie viele Westen morgen noch gewaschen werden müssen. Die Krätzedecken müssen auch noch in die Reinigung. In manchen Momenten zerreißt einen der Hohn der Wirklichkeit wie ein ausgehungerter Wolf.

Irgendjemand hat wieder seine leeren Bierdosen draußen stehenlassen. Ich kann mir ein Stöhnen nicht verkneifen und klaube liegengebliebene Zigarettenstummel und Kabelbinderenden vom Boden auf. Es ist auch wieder Festbeleuchtung an, obwohl wir an den teuren Landstrom geklemmt sind. *Mann ey!* Ich liebe diese Leute ungemein und will ihnen manchmal doch nur auf die Schnauze hauen. Warum lernt denn keiner was dazu? Manchmal weiß ich nicht, wie mein Menschenhass mit humanitärer Arbeit zusammenpassen soll.

Werftzeit ist immer scheiße, und ich bekomme üble Laune. Die gesamte Aktion will nicht in diese viel zu reale Welt passen, genauso wenig wie ich. Es ist Zeit, in See zu stechen. Wir können sie ja nicht alleine da draußen lassen. Hin oder her, dass es Menschen sind, mein Kampfgeist meldet sich aus Prinzip. Maschinen an, Leinen los und raus. Jeremy checkt zum x-ten Mal das RHIB, er ist völlig besessen von den Schnellbooten. Die anderen auch, aber er weiß wenigstens, was er da macht. Nicht nur, wenn er damit in Richtung absaufender Flüchtlingsboote heizt, sondern auch, wenn es darum geht, sie mit Kleber, Schweiß und Liebe zu reparieren. Also lass ich ihm seinen Frieden und rauche noch eine auf dem Brückendeck. An die Reling gelehnt fahre ich mit dem Finger über eine Rostblase, die aufplatzt und mich mit ihrem kupferbraunen Auge anglotzt. Ich muss grinsen, *hello there!*, und schaue mir mein Schiff von oben an. Wir sind ein Team, 2.200 PS wahre Liebe, und wir wollen los.

Ich habe meinen ersten Lachanfall noch vor dem Morgenkaffee. Sechs neue Kommentare stehen auf dem »Passive-aggressive Complaint Board« in der Messe und unser Mann-über-Bord-Dummy Bob sitzt, zum Mitarbeiter des Jahres gekürt, mit am Frühstückstisch. Man darf niemandem erzählen, was hier abgeht. Ansonsten ist es Mal für Mal der gleiche Berg Arbeit. Übergaben, Trainings, Instandhaltung, Provisionen, Bunkern, Sicherheitsübungen und dann ist gewiss immer noch irgendwas kaputt. Im Moment ist es die 110-Volt-Stromversorgung und der Druckluftkompressor. Die armen Schweine im Maschinenraum arbeiten in einem 45-Grad-Gewaber aus Flüchen und Kraftstoffdämpfen. Ich versuche mitzuhelfen, stehe aber mehr im Weg. Die Suppe tropft von der Decke herunter, und ich muss wieder zum Rest der Gang.

Es ist zehrend, die Leute, all ihre Erwartungen und meine zu verklappen, sie in diese Blase reinzuquetschen. Eine Herde Katzen hüten ist nichts dagegen. Mein einziger Anspruch ist, dass es perfekt läuft und jeder genau weiß, was er zu tun hat. Und im Dreiwochentakt, in dem jeweils die neue Mannschaft anrückt, machen wir den ganzen Mist von vorne, Marinsisyphus. Ein paar waren schon mit im Einsatz, wirkliche See-Erfahrung ist hingegen rar. Mal am Wochenende Segeln gewesen, Störtebeker angemessen gut finden und so tun, als würde man sich für Wetterphänomene interessieren. Dafür haben alle immer super Ideen davon, wie man das Rad neu erfinden könnte, und davon, welche Regeln besser nicht für sie gelten. Wir haben nur drei, vier Tage im Hafen. Wenn wir mal ehrlich sind, geht das alles gar nicht. Tut es dann aber doch und mirakulös fügen sich das Chaos und die Myriaden Dinge, die zu tun sind. Plötzlich haben wir ein Schiff und eine Crew, die zum Auslaufen bereit sind. Ich kann zwar nur noch die Hälfte der wichtigen *To-do's* lesen, die ich mir erst auf die Hand und dann auf meinen Unterarm gekritzelt habe, aber es wird schon gut gehen. Die verfickte geplatzte Hydraulikleitung hat mir zwar erst einen Haufen extra Arbeit gemacht, aber dafür immerhin den Rest meiner Liste in Öl aufgelöst.

»Wo kommt das hin?«, fragt sie und wedelt mit einem Bündel selbstklebender Papierarmbänder vor meiner Nase. Ist ja wohl nicht meine Aufgabe zu markieren, wer von den Gästen minderjährig oder gefährdet ist. *Keine Ahnung, Trulla!* Außerdem habe ich ihren Namen schon wieder vergessen. *Wer bist du überhaupt und was machst du auf meinem Schiff?* Unverschämt entwaffnend strahlt sie mich an und wippt von ihren Ballen auf die Fersen. Jeremy steht hinter ihr und schüttelt entnervt den Kopf. Obwohl wir wissen, dass die Neuen in kürzester Zeit unsere besten Freunde sein werden, hassen Jeremy und ich sie jedes Mal. Selbst Jeremy findet, es sind bedürftige Invasoren, die die Abläufe, die so wunderbar mit der letzten Brigade lebensrettender Knallidioten eingespielt waren, durcheinanderbringen. Ich kämpfe mir ein Lächeln ab und nehme ihr die bunten Bänder aus der Hand. Trulla bedankt sich, knotet ihre Dreads mit noch einer Dread zusammen und düst wieder ab. Ich glaube, sie ist diejenige, die heute Morgen freiwillig den Siphon unter dem Spülbecken sauber gemacht hat. Na gut, das war sicherlich ekelhaft. Ich werde Jeremy fragen, wo die Bänder hinkommen, oder sie unbemerkt in die Kochecke legen, in der wir das Essen für die Gäste zubereiten. Otta wird wissen wohin damit, Otta weiß so was. Da ich eh schon unterwegs bin, mache ich gleich einen ordentlichen Rundgang über das Schiff, um zu sehen, wie weit wir sind, und wen ich anranzen muss.

»Ah, endlich wieder Mittelmeerkreuzfahrt«, ruft Hannes, als ihm die Brühe aus Salzwasser und menschlichen Ausscheidungen auf den Kopf tropft. Die letzte Rettung war besonders ätzend. Es waren einfach zu viele, wir konnten nicht jeden an Bord nehmen, bei weitem nicht. Viel lieber als unsere Belastungsgrenze hätten wir an diesem sonnigen vergessenswürdigen Datum das Ende der beknackten Erdscheibe gefunden. Dann hätte man sich immer noch überlegen können, wen man in die rauschenden Kaskaden schubsen will, oder ob man sich selber über den Rand wagt. Raus aus diesem Teich des Irrsinns. Die halbe Nacht und den ganzen Tag auf den Untergang, auf das Ende der Bergung warten, mehr blieb uns nicht. Wenigstens hatten wir für fast alle Rettungswesten, und die RHIBs surrten durchgängig im Stand-by-Modus über das Wasser, für den Fall, dass ein Boot kentern sollte. Mehr als 1.500 Menschen harrten in der prallen Sonne, in ihrer Kotze und Pisse sitzend, darauf, dass die europäischen Kriegsschiffe und Küstenwächter sich ihrer erbarmten. Und so wurden am Ende alle, die vor Einbruch der Dunkelheit immer noch nicht ersoffen waren, gerettet.

Der Gestank ist mit nichts wegzukriegen, auch nicht mit Chlor. Hannes, Jeremy und Otta hieven die großen Säcke mit je 100 Westen bis nach oben aufs Peildeck. Otta und Jeremy ziehen, Hannes schiebt von unten. Offensichtlich hat keiner daran gedacht, die Säcke sauber zu machen, und es trieft und sifft auf den geiernden und würgenden Hannes herab. Otta kann auch nicht mehr und lacht brutal. Jeremy ringt sich die gute Laune ab: »Nicht loslassen!« Er will fertig werden. Er weiß, wir müssen fertig werden, er weiß aber auch, dass dieser kranke Unsinn nur mit alberner Hysterie zu überstehen ist. Nur, dass selbst Jeremys Humor schon abgestumpft ist. Sein generöses Almosen an sich selbst ist Alltag, so dass er sich die Nervenfurore schenken und drauflosarbeiten kann, weil er immer hier ist.

Die Neuen wandern mit großen Augen über das Schiff und verlaufen sich mehrfach auf und zwischen den Decks. *Au, deine Kabine ist backbord achtern von der Messe. Gehste am besten übers Wetterdeck neben der Notausstiegsluke vom Bugstrahlruderraum rein. Ne, vor der Kombüse, mittschiffs.* Aha. An dieses Labyrinth muss man sich erstmal gewöhnen, versuche ich in ihrem Sinne zu denken. Dann wundere ich mich auch schon wieder, warum keiner zuhört oder sich für zehn Minuten den Schiffsplan anguckt. Es kann doch gar nicht so verwirrend sein, ohne Platz zum Irren, sollte man meinen. Aber am Ende macht das Komprimierte es kompliziert.

Otta erklärt dem neuen Team, wie wir die Gäste an Bord nehmen, und wo wir sie stapeln. »Hier klettern die aus dem RHIB aufs Schiff. Passt auf, dass sie nicht dazwischen rutschen! Dann hier«, sie geht einen Schritt zur Seite, »hier macht einer von den Medics die Triage.«

»Wie wird entschieden, wer ins Hospital kommt und wer nicht?«, fragt Trulla und zwirbelt in ihren verkniesterten Haaren.

»Du stirbst in der nächsten Stunde? Hospital. Du stirbst nicht in der nächsten Stunde? Dann Deck«, präzisiert Otta mit einer entschuldigenden Handbewegung und fährt unbekümmert fort: »Dann hier, Jonas, das ist dein Job: Hier musst du sie nach Zigaretten, Drogen und so abtasten.«

»Waffen auch?«, fragt er. Er steht da mit heruntergelassenen Schultern und zuppelt am Saum seines T-Shirts.

»Also hatten wir bis jetzt noch nie. Aber ja, nimm denen mal die Waffen weg«, antwortet Otta mit einem edelmütigen Seufzen.

»Gott, dass ich jemanden nach Drogen abtaste, ist auch völlig bekloppt«, kichert er unbeholfen und lässt seine dürren Arme fallen, als hätte er Körperhaltung in der Augsburger Puppenkiste gelernt. Alle lachen mit und über ihn. Otta erläutert detailreich die Abläufe und langsam bekommt jeder eine Idee davon, wie die nächsten Wochen für ihn aussehen könnten. Paradoxerweise wird der Wahnsinn erträglicher, wenn man sein Ausmaß begreift. Es wird beschlossen, dass das Unmögliche genau das ist, was wir tun werden.

Ein bunter Haufen von Hippies, Punks, Weltverbesserern und Kämpfern, mit ihren merkwürdigen Frisuren und Tattoos, wuselt über das Schiff. Mit Schweißtropfen werden junge Freundschaften besiegelt, das ist die Blutsbrüderschaft der Arbeiterklasse. Sie schaffen sich dusselig und machen das Schiff währenddessen zu ihrem. Als wäre dies hier ein Wettkampf im Großartigsein, formt sich die weltbeste Crew.

Leichtmatrose Lyn hat sich Alva und Jonas geschnappt und schmiert mit ihnen jeden Nippel, den es auf unserem vom Rost zernagten Kahn zu finden gibt. In der Hitze streift er sein fleckiges T-Shirt ab. Oben-ohne ist zwar gegen unseren Verhaltenskodex an

Bord, aber 38 Grad im Schatten und sein Sixpack stimmen mich milde, und ich sage nichts. Otta räumt die Gästeküche auf und sieht zu, dass wir genug Desinfektionstabletten fürs Geschirr und ausreichend Windeln verladen haben. Anspannung und der Geruch von Dieselöl liegen in der Luft, zusammen mit der Frage, ob das Vorfreude ist und ob diese sein darf. Tom krant ein weiteres Rettungsfloß aufs Deck. Mann ey Digger, keiner hat Stahlkappen und Helme an, eine Führungsleine würde auch nicht schaden. Das Krankabel quietscht gepeinigt, das Floß schwingt und scheppert gegen das Dixi-Klo für unsere Gäste auf Deck. Der ist genau so ein Kandidat, der sich augenscheinlich nichts sagen lassen muss. Ich befürchte erst recht nicht von einer Frau und brülle: »STOPP!« Es kracht noch einmal gegen das Dixi, wenn auch etwas sachter, dann ist endlich Ruhe, und er guckt mich an, als hätte ich ihm auf seinen Geburtstagskuchen gekackt. Tom ist beleidigt. Theoretisch kann ich ihm das nicht verübeln. Theoretisch. Praktisch und weil es so schön ist, erkläre ich dann zum 70sten Mal, wie man den ganzen Quatsch sicher macht. Der Trupp ist mittelschwer entzückt. Solche Ansagen kommen nicht immer richtig geil bei einem Anarchotrupp. Jonas verteilt dennoch pflichtbewusst Helme an jeden und setzt sich seinen unumwunden verkehrt herum auf. Guter Mann.

»Wenn du meinst«, nörgelt Tom schnippisch und fast traut sich einer, die Augen zu verdrehen. Der unerschöpfliche Sicherheitskram hält auf und nervt. Ich habe genug Ungeduld für jeden an Bord. Und wenn die Sonne grellgold leuchtet, dann scheint ein Gefühl von Unverwundbarkeit gleich mit. Ihre Sorglosigkeit können wir uns nicht leisten, so verführerisch das zwischen den Wasserleichen auch wäre.

»Ja, meine ich«, pampe ich bedrohlich tonlos zurück. *Kannst du mir ruhig glauben, dass ich es auch nicht ausnahmslos toll finde, hier die Hauptverantwortung zu haben.* Blöd nur für uns beide, dass ich schon öfter dabei war und mehr Erfahrung habe mit dem Zeug. Mit dem Anstecken meiner nächsten Zigarette besiegel ich meinen Duellgewinn. Und so begreift Tom, was hier Sache ist, obwohl ich Titten habe, oder er tut zumindest so. Wenigstens die anderen sehen aus, als würde es sie freuen, dass sich jemand um die Unzerquetschtheit ihrer Leiber sorgt. Vielleicht finden sie auch nur die Helme mit den Kinnbändern cool. Jeremy lacht mich aus, als keiner guckt, und widmet sich dann wieder seinem Spleiß an der Festmacherleine. Aus purer Liebe werfe ich einen Zollstock nach ihm.

Ich rauche eine am Bug. Die Möwen schreien das Wasser an und machen mich neidisch. Manchmal muss ich weg von den Leuten, um sie zu mögen. Die können ja auch nichts dafür, dass ich nicht verstehe, warum ich hier bin. Am besten fände ich es, rein gar nicht gebraucht zu werden. Das bescheuerte Empfinden, dass kaum einer meinen Job machen kann oder will, lässt meine Ohren rauschen. Damit ist das schwierigste an meiner Arbeit nicht der Job selbst, sondern die schlichte Tatsache, dass er gemacht werden muss.

Ist schon okay, dass Tom ein Quälgeist ist. Es nervt ja immer einer, aber selbst den mag ich dann am Ende. Weiß ich ja. Unsere Klassenfahrt mit Außenseiterbesetzung macht uns zu beträchtlichen Matadoren, ob wir wollen oder nicht. So viele verschiedene Hintergründe, Beweggründe, Abgründe. Ich beuge mich über die Reling und schnippe Asche ins trübe Brackwasser, das unbeeindruckt vor sich hin wogt. Das sind gute Leute. Wo trifft man die sonst und was macht man ohne die? Viele nehmen ihren Jahresurlaub für die Chose, manche leben von Stütze, damit sie die Zeit haben, etwas Anständiges zu machen, ein paar haben sich krankschreiben lassen. Nur die wenigsten haben ein normales Leben, von dem sie sich entschuldigen müssen, um in die Such- und Rettungszone zu fahren. Ein Klecks der Crème de la Crème der Menschheit, hier auf diesen schlampig gemalerten Decks und in meinem Herzen. *Crew love is true love*. Und selbst die schaffen es, mir auf den Sack zu gehen. Ich atme den Qualm durch die Nase aus und belächle mich für meine geistesgestörte Arroganz.

Besser ist es, ich schmuggel nochmal kaltes Bier runter in die Maschine, während ich dem Rest erzähle, dass man beim Arbeiten nicht trinken darf. Wegen Sicherheit und so. Unser Zweiter Maschinist Greg und ich machen uns erstmal eine Dose auf. Hier unten ist Freio.

»Na, wie läuft's?«

Er zwirbelt seinen roten Bart und zieht die Augenbrauen eng zusammen: »Es sieht echt nicht gut aus ... Wir haben immer noch Öl im Kühlwasser. Und die Kugellager vom Druckluftkompressor sind völlig durch.«

Er seufzt und stöhnt, als würden die kaputten Maschinenteile ihm physischen Schmerz bereiten. *Alright*, dann dreh ich mir noch eine, ich weiß ja, was jetzt kommt. Ich schiebe 100 Kilo Greg in Richtung des Lüftungsschachts, damit ich rauchen kann.

»Also müssen wir das Schiff versenken?«, frage ich aus dem Mundwinkel, als ich mir die Kippe anzünde.

Er hört mir gar nicht zu, er ist zu beschäftigt mit der Erwartung des Weltuntergangs: »Wenn uns der andere Druckluftkompressor abschmiert, wenn beide Hauptmaschinen aus sind, dann geht gar nix mehr. Dann driften wir für immer. Und wenn dann der Wind falsch steht, driften wir nach Libyen.«

Auch wenn er jammert, tut es gut, sich über Schiffsschmu unterhalten zu können.

»Könnt ihr die Kugellager nicht selber richten? Sonst soll das halt die Werkstatt machen. Was ist denn mit dem dritten Kompressor? Der braucht doch nur ’ne neue Zylinderplattendichtung, oder nicht? Und haste mal Ben wegen des Relais gefragt?«

In seiner Mimik klatschen Wellen von Eitelkeit auf Wogen von zärtlichem Selbstmitleid. Just als ich argwöhne, dass dieses Ungleichgewicht einen Kurzschluss in seiner Gesichtsmuskulatur verursachen wird, zieht er mit salopper Überheblichkeit die Nase hoch. Ich nippe an meinem Bier und verstecke mein Grinsen hinter der Dose. Ich hatte ihn bereits bei *Werkstatt* am Stolzzipfel.

Greg zieht die Schultern zurück: »Ne ne. Das können wir schon selbst machen. Da brauch ich die Werkstatt nicht für. Ja, die Dichtung kommt morgen. Mach dir keine Sorgen. Wir haben das hier unter Kontrolle.«

Zu meiner weiteren Unterhaltung drücke ich meine Finger in das dünne Blech der Bierdose, freue mich an dem Klacken und frage: »Und das Kühlwasser?«

»Nah, kein Problem.«

Auch er zündet sich eine Kippe an. Treffer, versenkt. Ich bin Kindergärtner, nicht Kapitän.

»Wie läuft’s bei dir denn?«, fragt er ungelenk.

»Versteck mich grade vor allen. Und trink Bier.« Ich proste ihm zu. »Richtig asozial«, stelle ich genüsslich fest und lehne mich an ihn. Kein schlechtes Gewissen dieser Welt kann dem Prickeln des billigen Bieres in meiner Kehle standhalten.

»Findest du, das macht dich zum Arschloch?«

»Naja, das ist vielleicht ’n bisschen übertrieben …«

»Siehste. Du kennst doch die Regeln. Erstens: Mach was auch immer du willst. Zweitens: Sei kein Arschloch. Du machst das schon richtig. Wenn du dir nicht auch mal kurz den Kopf frei machst, können wir alle kacken gehen«, relativiert er, während seine Riesenhände gemütlich über seinen speckigen Overall streichen. Auch wenn ich ihn mit dem Bier gekauft habe, nehme ich den Freispruch mit. Er kennt das, dass man unter der Last der Verantwortung wegtreten muss und sie für einen kurzen Moment neben sich schweben lässt. Und so tätscheln wir uns gegenseitig die geistigen Schultern und meinen am Ende vielleicht doch nur uns selbst damit. Ich lass mir noch die letzten Diesel- und Schmierstoffzahlen geben, dann bin ich schon wieder oben.

Der Tag rollt über uns hinweg und walzt unsere Parolen in die Wirklichkeit. Wir prügeln uns durch die Hitze, die eben noch Raum zum Denken lässt. Ich mache fünf Sachen gleichzeitig und bin froh, als es Zeit für ein Meeting ist und ich eine meiner Kassetten abspulen kann. Als ich beim *Anti-Piracy Briefing* erkläre, wie wir die Innendecks abschotten, uns im Maschinenraum einschließen und von da die Kontrolle über das Schiff übernehmen, höre ich mir selbst zu. Schnell schiebe ich mir zwei Kekse in den Mund, bevor ich einen Abriss über die Milizen auf dem zentralen Mittelmeer gebe. Wieso weiß ich so was? *Hättste mal was Ordentliches gelernt*, geifert etwas Fieses in mir hämisch.

»Falls sie uns boarden und wir uns nicht einschließen können, dann macht ihr gar nichts. Der Shit darf nicht eskalieren! Ich deale mit denen. Und auch wenn die mich anschreien oder mit ihren depperten MGs rumwedeln: Versucht nicht zu helfen. Egal was die machen: Bleibt ruhig. Die Stimmung darf auf gar keinen Fall kippen. Wenn ihr da hinter mir steht und groß und böse ausseht, macht es das wahrscheinlich nur schlimmer. Das funktioniert bei 'ner Faschodemo, aber nicht hier.«

Ich lass das kurz in uns sacken und fische noch einen Keks aus der krümeligen Packung. Die Atmosphäre ist ein krudes Geflecht aus Betroffenheit und ihrer Verleugnung.

»Die sind nervöser als wir«, sage ich, ohne zu wissen, ob das gut oder schlecht ist. Ich blicke auf eine Wand müder Gesichter. Müde sich damit auseinanderzusetzen, wie entseelt und hässlich das System ist. Heute gab es wieder nur eine halbe Stunde Mittagspause, weil wir noch über Leichenbergung und Polizeibefragungen reden mussten. Ich brauche mehr Kaffee und ihre ungeteilte Aufmerksamkeit. *Vámonos amigos*, das muss in die Köpfe, ohne Angst, aber mit Bedenken.

»Manchmal kommen die auch an Bord und wollen nur Kaffee und Schokolade. Im Ernst. Kann auch sein.« Ich lege eine Kunstpause ein. »Das Wichtigste ist dann, dass wir ihnen nicht die vegane Schokolade geben. Dann raste ich aus! Dann breche ich die Mission sofort ab.«

»Du bist so ein Spacko«, lacht Hannes, während ein paar der Neuen noch einen Moment überlegen müssen, was von dem Gesagten stimmt und was nicht. Lyn schüttelt grinsend den Kopf und zwinkert mir zu. *Mooooment!* Was lächelt der mich jetzt so an? Flirtet der? Ich dachte, in einer Chefposition wird man als Frau automatisch androgyn und sexuell unsichtbar. Ne, der guckt immer noch so. *Huch.* Ich streiche mir unauffällig mit meinem Finger die Brauen glatt.

»Die Feuerpumpe läuft echt viel besser, seit wir das Muschelbiotop vom Seekasten gekloppt haben«, freut sich Jeremy über den Wasserdruck auf den Schläuchen, als wir das neue *Fire Fighting Team* anlernen. Manche wissen nicht einmal, wie man einen Feuerlöscher benutzt. Es bleibt spannend.

»Wenn wir die *Main service pump* nicht benutzen können, weil der Maschinenraum brennt oder so, dann schmeißen wir die Notfeuerlöschpumpe an«, sage ich, so als sei das alles genauso normal, wie es ist. »Dazu muss man hier das Ventil umlegen.«

»What could possibly go wrong?«, wirft Hannes mit übertriebener Gelassenheit ein und hebt die Arme fragend in die Luft.

»Ähm, wir könnten den Maschinenraum fluten und alle sterben«, motzt Greg genervt. Betretenes Schweigen brettert für einige Sekunden über die Crew.

»Zweite Regel: Sei kein Arschloch, Zweiter«, mahne ich.

»Ja, okay. Keiner wird sterben«, kommt die Entschuldigung.

»Danke.«

Hannes klatscht in die Hände: »Gut, abgemacht. Dann können wir uns das Training ja sparen und uns jetzt besaufen.«

Greg hebt die Feueraxt in seine Richtung: »Die zweite Regel gilt auch für dich, Typ.«

Weiter geht's mit der Übung. Das Auslegen der Schläuche ist eine Katastrophe; keiner, der nicht am falschen Ende zerren würde. Jonas dreht den Hydranten auf, bevor die Düsenspitze aufgesetzt wurde. Alva ist hochmotiviert; das ist ihr Ding, motiviert zu sein. Sie ist weder Ärztin noch Seefrau, sie hilft aus, wo sie gebraucht wird. Es ist, als würde ihr der eigene Grips ständig hinterherhetzen wie ein gestresstes Herrchen seinem jungen Hund. Dumm ist sie sicherlich nicht, sie scheint nur Schwierigkeiten damit zu haben, ihren Verstand zu bemühen, bevor sie etwas tut. Neugierig beäugt sie die Schlauchverbindung, als es doch noch jemand schafft, die Knicke aus dem Schlauch zu treten. Klitschnass gespritzt muss sie flink überlegen, ob sie nun einen Tobsuchts- oder einen Lachanfall kriegen soll, als Ben vom Dock ruft: »Rettungswesten sind da!«

Alle rennen los und lassen Jeremy und mich mit unserer Übung stehen. Na gut, dann verbrennen wir halt doch. Ich strecke Jeremy die Hand entgegen: »Komm, wir machen später weiter. Der Scheiß muss ja an Bord.«

»Nur weil die Pisser alles angezündet haben ...«, brummelt er und trottet zum Achterdeck. Recht hat er. Wenn das deutsche Kriegsschiff unsere Rettungswesten nicht verbrannt hätte, nachdem sie sie unseren Gästen abgenommen haben, wären wir schon weiter. Das muss mir nochmal einer erklären, warum Rettungsmittel zur Grenzsicherung abgefackelt werden müssen. *700 Westen kosten viel Geld, liebe EU.* Danke jedenfalls für den Tipp mit dem Benzinkanister.

Otta ist mal wieder als erste am Lieferwagen und schlägt nach einem Blick in den Laderaum, der orange überquillt, vor: »Lass mal Kette machen«.

»Kette!«, ruft Jeremy der Gruppe zu.

»Los! Kette!«, schreie ich Hannes, der nur einen Meter weit von mir weg steht, im Spaß an und versuche ihn mit einem Packen Rettungswesten am Kopf zu treffen. Er wehrt mit einem Ninjamove ab.

»Kette!«, wiederholt es sich quer durchs Schiff in exzessivem Befehlston. Wir machen uns über uns selbst lustig, und Alva fängt an zu singen: »Chain, chain, chaaain ...«

»Chaaaaain of fools«, stimmt der Rest mit ein.

Ein Paket nach dem anderen fliegt von einem Paar Hände zum nächsten und verschwindet auf unserem Schiff. Das Schiff, in das all unsere Leben für drei Wochen gequetscht werden, in dem man von seiner Koje in den Arbeitsplatz fällt, auf dem man gleichzeitig Putzmann und Feuerwehrfrau ist und zwischendrin Menschen vor dem Tod bewahrt. Solche Wirklichkeiten passen auf diesen Klumpen Stahl, nur keine Privatsphäre und keine Fehler. Während der Lieferant noch auf eine Unterschrift wartet, sind wir mit dem Kopf schon im Einsatz, lassen Boote zu Wasser, kämpfen mit Seekrankheit und Regierungen, ziehen schwere Körper an Bord, werden von Schicksalen und Wellen erschlagen, streiten mit Milizen und ich schau sehnsüchtig den Vögeln zu. Mut und Dummheit liegen gefährlich nah beieinander. Ich murmle den Rest vom Arethas Text vor mir her: »One of these mornings, the chain is gonna break. But up until the day, I'm gonna take all I can take, oh hey.«

Irgendwann wird etwas passieren. Verschissene Statistik. Hoffentlich nicht mit meiner Crew. *Nope.* Meiner Crew darf nichts passieren. Basta.

Erschöpft, aber in der ruhigen Gewissheit, dass wir die Geilsten sind, essen wir auf Deck zu Abend. Zwischen dem Klimpern des Bestecks und dem metallischen Knacken zerdrückter Bierdosen lauschen wir andächtig dem letzten Briefing des Tages, *Crowd Management*. Das Hafenbecken wirft bronzenes Licht in unsere öligen Gesichter. Irgendwer hat sich die Mühe gemacht, einen halb vertrockneten Strauch Petersilie im Plastiktopf als Tischdeko aufzustellen. Meine Finger zupfen an den Blättern, weil man manche Dinge einfach anfassen muss. Und als der Feuerball, um den wir so unwissend kreisen, sich betulich glimmend im Westen versenkt, strecken wir wohlig seufzend die Glieder.

Während wir uns Informationen und Linsen in den Kopf stopfen, schleppt Ben zwei Paletten Bier an Bord, das ihm freudig aus den Händen gerissen wird. Es ist uns egal, dass es warm ist. Ich glaube, so gebraucht hat er sich den ganzen Tag nicht gefühlt. Er ist immer am Schiff und kümmert sich um die Logistik, um das große Ganze, um alles. Ein einziges Kümmernis ist er. Der arme Mann trägt die Welt auf seinen Schultern. Und weil er noch nicht verstanden hat, dass das eine Gabe und keine Last ist, lächelt er kaum und redet leise.

Jonas und Tom sind zwar schon lange dicht, aber zum Sortieren der neuen Rettungswesten reicht ihre Aufmerksamkeit noch. Die Trillerpfeifen müssen noch ab. Das schrille Konzert eines Orchesters aus hunderten von Plastikinstrumenten braucht da unten wirklich niemand. Otta schlendert auf dem Weg zum Klo an ihnen vorbei und lässt ihren kritischen Blick walten: »Denkt dran, der Name muss auch noch drauf.«

»Hä? Ey, das weiß ich doch jetzt noch nicht, wie der heißt, der die nachher anhat«, blinzelt Jonas mit glasigen Augen und zieht nochmal an der Tüte.

»Alter. Der Name vom Schiff«, lacht Otta, während die untergehende maltesische Sonne uns den verbliebenen Rotz Ratio aus dem Schädel brennt.

Ich zwinge mich dazu, mit der Schar abzuhängen. Die Maschinisten fläzen sich mit aufgeplusterter Brust im Wuhling der Leinen. Sie warten mit dem Duschen, um sich erst noch in ihrem Tageswerk zu suhlen. Ihr Hahnengestacksel ist wohlverdient. Kleine Grüppchen stehen ringsherum, lehnen sich an die Reling oder sitzen in unvollkommenen Kreisen, ziemlich verstreut, aber irgendwie sind doch alle beieinander. Und wie immer sind es die gleichen Gespräche über Erfahrungen, Professionalität, und was man an diesem geschichtsträchtigen Tag alles gemacht hat. Mit feuchten Lippen versichern alle allen, dass sie kompetent sind, als wäre das hier die Reise nach Jerusalem der *Search-and-Rescue-*Fachkunde. Als müssten sie noch um ihre Plätze kämpfen, versucht jeder, der Beste zu sein.

Die Psychologie des Sichkennenlernens raubt mir den letzten Nerv. Ich wäre gerne drei Schritte weiter, will schon vertraut mit allen sein. Ich kämpfe mich durch den Small Talk, der die letzten musischen Gefühle aus mir wringt. Am liebsten würde ich mich zu Boden schleudern, um mich im Dreck zu winden. Stattdessen zappel ich wie eine Wilde durch den Abend. *Ja ja, super interessant, hmhm.* Alle zeigen schön die geputzten Zähne, jeder ist so elendig aufmerksam, alle wollen Mut gemacht bekommen. Mit jedem Wort des Geplänkels spüre ich einen Teil meiner Seele spröde absplittern und doch quillt mir Charisma aus jeder Pore. *Vorhang auf! Manege frei!* Wohldosierter Körperkontakt hier, über den Witz lachen da und zwischendrin ein paar Anekdoten. *Blablabla.* Ich springe von Gespräch zu Gespräch und kann nicht erwarten, dass der Tanz vorbei ist, und ich sie brauche wie sie mich jetzt. Das einzige, was mich hochhält, ist Lyn dabei zuzusehen, wie er die grellen Decksleuchten mit Rettungsdecken abhängt, um für angenehmeres Licht zu sorgen, und mir vorzustellen, wie er mich fingert. Als hätte er meine Gedanken gelesen, kommt er auf mich zu geschlendert, behält seine Hände allerdings in seinen Hosentaschen: »Francis checkt eben noch die Kletterausrüstung für den Mastausguck.«

»Wer?«

»Francis.«

»Hä?« *Wer lässt hier die ganze Zeit diese Leute aufs Schiff, von denen ich nichts weiß?*

»Die mit den Dreads«, erklärt er, mit Unglauben über meine Unwissenheit in der Stimme.

»Ah, Trulla!« Die kenn ich ja doch!

»Was?«

»Nichts«, räuspere ich mich und tue so, als müsste ich noch etwas in mein Notizbuch schreiben. Konzentration, Frau Kapitän, musst dich hier nicht direkt von deiner soziophoben Seite zeigen. Ich will Sex. Er wohl nicht so sehr, er trottet ins Innere des Schiffs. Ich ziehe eine Schnute und versuche den kleinen Stich im Ego und die Trockenwelle in meiner Vaginalflora zu ignorieren. Gut, dann also wieder Small Talk.

Demhimmelseidank bietet Greg mir Rum an. Miguel, unser Journalist an Bord, versucht eifrig, sich überall beliebt zu machen. Er schleimt links und rechts rum und möchte dabei möglichst unverkrampft sein. Sein Gehabe ist dabei allerdings so natürlich wie das eines Nackten in der Innenstadt. Mit einem zahnreichen Lächeln fragt er mich, als sei das besonders originell: »Wieso machst Du das hier eigentlich?«

Die Ödnis, die mein Wesen durchschwemmt, ist endlos. *Yo yo yo, warum bin ich hier?*

»Ich brauch noch das Bild mit Negerbaby auf'm Arm für mein Facebook-Profil.«

Mehr schaffe ich nicht zu sagen und kippe mir den restlichen Rum in den Hals. Sein glattes Grinsen verrutscht etappenweise, bis sein Mund offen steht. Francis lacht als Erste lauthals los und Jeremy wirft sogleich den Zollstock zurück auf mich.

»Zitier das ja nicht!«, kicher ich und wedel mit meinem Zeigefinger vor Miguels Nase herum. Ben straft mich mit einem vernichtenden Blick zu und schüttelt seinen Kopf in parentalem Vorwurf. Der findet es natürlich nicht witzig. Dieser White-Hero-Scheiß zur Selbstergötzung ist aber anders doch nicht zu ertragen. Er hat wie immer Angst vor der Presse. Was soll ich denn machen? Ich kann ja nicht drei Wochen lang die Schnauze halten. Dann fragt Miguel: »Du warst doch auch mal mit diesen Walschützern unterwegs, oder?«

Ich höre das Eis unter mir knacken.

»Jap. Meeresschutz. Mach ich auch immer noch.«

Was heißt denn, ich war unterwegs? Ich vermute, ich reagiere so aggressiv, weil er meine faule Beschämung darüber getroffen hat, gerade nicht mehr bei diesen Kampagnen involviert zu sein.

»Oh«, kullert es aus ihm heraus. Dann bemüht er sich, seine Wahrheiten zurechtzurücken: »Aber das hier ist schon was anderes, oder?«

Er erwartet nichts anderes von mir, als die Bestätigung, dass unsere Rettungsmissionen Zenit und Nadir allen Handels sind. Peu à peu beschleicht mich der Eindruck, dass er Umweltaktivismus verulkt, und ich merke, wie ich meine Krallen ausfahre: »Hä? Was redest du da für 'nen Stuss? Als müsste man sich zwischen den Übeln entscheiden. Ist ja wohl totaler Blödsinn.«

Ich schaffe es, ihm nicht vor die Füße zu spucken. So gut bin ich neuerdings in diesem Diplomatiezeug. Unbehagen zuckt durch seine Mimik, springt vom Mundwinkel in die Augen. Von meinem Charme ist jedenfalls nichts mehr übrig. »In meinem Herz und Hirn ist genug Platz, um mich um mehr als nur eine Ungerechtigkeit zu scheren.«

Herrisch, verurteilend, tipptopp. Das könnte ich mir gut auf Visitenkarten drucken lassen. Ich fahre mir durch meine Haare, *aaahh,* meine gesundglänzenden Veganer-Kapitän-Haare. Das hier ist mein Pavianhügel.

Ich werde nie begreifen, warum sie es geiler finden, Menschen zu retten als die Natur zu schützen. *Ihr versteht schon, auf welchem Planeten all eure tollen Menschen leben müssen, oder?* Vielleicht bin ich aber auch nur sauer, weil es stimmt, dass ich ewig nichts mehr für den Umweltschutz oder Tierrechte getan habe. Warum bin ich hier? Ich bohre meinen Blick in das leere Glas in meiner Hand. Ich will mehr Rum.

Während ich bocke, setzt Lyn sich neben mich. So nah neben mich, dass es in mir flattert. Er beachtet mich nicht weiter und wendet sich an Miguel: »Man kann Ungerechtigkeiten nicht gegeneinander aufrechnen. Damit ist niemandem geholfen, außer denen, die Ungerechtigkeit zufügen.«

Er lächelt mich an. Meine Hoffnungen, flachgelegt zu werden, steigen wieder. Für Miguel wird dieses Gespräch allmählich zu kompliziert und so versucht er stattdessen, mit Hannes anzubändeln: »Und was ist deine Position an Bord?«

»Mein Job ist es, schlechte Witze zu machen, wenn ich nervös bin. Das sind circa 99 % der Zeit. Und wenn es sein muss, bin ich auch noch Arzt.«

Es hupt auf dem Dock, und ich drehe mich nochmal um, wickle mich in mein fleckiges Laken. *MÖÖB, MÖÖB, MÖÖÖÖÖÖÖB.* Verdammte Scheiße. Ich ziehe den Vorhang zurück und blinzle mit meinen verknurpselten Augen durchs Bullauge. Das Licht spinnt sich friedvoll durch den Morgen und die zerkratzte Scheibe. Die blauen Halbschatten der Dämmerung lassen sich noch erahnen, und die Spatzen hopsen unbedarft um das Unkraut, das sich neben den Pollern durch den Beton gefräst hat. Es ist zu früh für Hafenidylle – der Lieferwagen mit unserem Proviant ist da. Ich klaube meine Armbanduhr von der Ablage, 06:19 Uhr. Fünf Stunden Schlaf. Stöhnend steige ich aus meiner Koje und stoße mir den Zeh an der Kante. Ich pflücke irgendwas aus dem Klamottenhaufen in der Ecke und ziehe mich an. Ich kann nur hoffen, dass es kein Kopfkissenbezug ist.

Jeremy ist schon vor mir auf dem Dock und sieht so gar nicht verpennt aus. Wir sollten die anderen wecken, damit sie beim Tragen helfen. Aber die Lautlosigkeit des Morgens lullt uns ein, und so genießen wir für uns den Moment ohne Hitze noch etwas länger. Auch der Lieferant sagt nicht viel. Er fährt sechs Europaletten aus dem Laderaum, auf denen hochgestapelt Kisten balancieren. Wir müssen die Unmengen nachzählen und mit der Bestellung vergleichen. Meine zerebrale Masse verwelkt fast vor Stumpfheit der Aufgabe, als Ben mit seinem Hundeblick angetrottet kommt.

»Moin«, seufzt er leise und versenkt seine Hände in den Taschen. »Na das kam aber früh an …«

»Hör auf, so traurig auszusehen!«, ranze ich ihn an und verlange mir ein Lächeln ab. Ich will ihn ja nicht fertig machen, ich will, dass es ihm gut geht. Er ist doch einer der Besten.

»Ja, okay«, willigt er ein. Dann nuschelt er noch irgendwas und verschwindet mit hängenden Schultern auf dem Schiff. Ich knurre. Jeremy grinst, ohne mit dem Zählen aufzuhören. Die

Gangway knarzt, und Lyn kommt mit drei Tassen zu uns gelaufen. Mit einem kurzen Nicken grüßt er und verteilt den Kaffee an uns und den Lieferanten, der mit seinem Klemmbrett neben dem LKW steht. Ich zeichne die Lieferung. Der Berg an Tüten, Dosen, Kartons und Flaschen ist immens. Ich strecke mich und sauge samtige Luft in meine Lungen. So schinde ich extra Zeit, bis wir die anderen holen.

»Boss?«

»Ja.«

»Hast du dir mit einem Kabelbinder 'nen Zopf gemacht?«

Ich fasse mir zur Kontrolle in die Haare: »Ja.«

»Ich liebe dich, Boss.« Jeremy liebt alles Praktikable.

»Ich weiß.«

Der Lieferwagen fährt vom Hafengelände, und Lyn schickt sich an, den Rest der Besatzung zu wecken. Ich trete mürrisch gegen einen Pappkarton voll Fleisch. Wer hat das denn schon wieder bestellt? Oh, du nimmermüde Massenproduktion, schön jeder Muskel nochmal einzeln in Plastik eingewickelt. Ich könnte kotzen. Gedemütigt und geschändet zerrinnt die Unbeflecktheit des jungen Tages in meinen Hirnwindungen. Ben kommt zurück und fragt mich nach dem Lieferschein, den er sogleich in seiner Hosentasche verstaut.

»Hast du das geordert?«

Mit geweiteten Nüstern trete ich erneut gegen die Kiste. Ich will, dass er es sieht. Ben krümmt sich durch seine selbstmitleidige Antwort: »Mann ey ... Ja.«

Als hätte er mehr Grund zum Wehklagen, als das, was da tot drin liegt und dessen abtauenden Körperflüssigkeiten sich wie Pissflecken in die graue Pappe ziehen.

»Was soll das?«

Meine Kiefer mahlen und Ben lamentiert: »Das ist so schon

alles hart genug für die Leute. Wenn wir denen jetzt mit Essensvorschriften kommen, dann haben die keinen Bock mehr.«

»Willst du mich verarschen? Müssen wir das echt wieder diskutieren? Was sag ich: Es gibt nix zu diskutieren. Dieses scheiß Billigfleisch und dieser verfickte Plastikkäse gehen gar nicht.«

Jeremy schiebt sich die Sonnenbrille auf den Kopf und macht sich an die Arbeit. Er hat es häufig genug gehört. Allerdings hat er es auch verstanden.

»Ich find das ja okay mit dem vegan«, versucht Ben sich zu retten, »aber das ist nicht unsere Mission hier. Wir müssen zusehen, dass es der Crew gut geht. Das musst auch du verstehen.«

»Näh. There is no right way of doing the wrong thing, baby. Ich bitte dich nicht, der Heilsbringer des gesammelten Tierreichs zu sein, sondern lediglich, nicht dabei mitzumachen, dass Tiere benutzt, gequält und getötet werden. Lässt sich das mit deiner Mission vereinbaren?«

»Die Leute wollen das aber ...«

»Die Leute. Hast du mal mit denen geredet? Wenn denen einer erklärt, warum wir den Schrott nicht an Bord haben, dann raffen die das schon. Was meinst du, wie viele von den Leuten, die wir rausziehen, verarmte Viehhirten sind, die genau wegen so 'ner EU-subventionierten Billigscheiße, wie du sie hier gekauft hast, unterwegs sind?«

Lyn ist wieder da und sieht mich an. Ich kann seinen Gesichtsausdruck nicht entziffern, er lädt sich die Arme mit der ersten Fuhre voll. Ein paar schläfrige Gestalten humpeln vom Schiff und machen mit. Nicht ohne sich zu wundern, was und warum hier über sie geredet wird.

»Wenn die Crew bereit ist, in Kauf zu nehmen, sich von irgendwelchen geistesschwachen Milizen entführen zu lassen, dann können die bestimmt auch drei Wochen ohne Fleisch überleben.«

»Komm schon«, windet er sich wie ein Lindwurm und guckt sich nervös in der Runde um. Doch vor acht hört bei dem Thema ohnehin keiner zu.

»Sorry, nein. Null Komma Null Verständnis. Das ist schlicht asozial«, beende ich das Gespräch und reiße die Folie von der Palette neben mir. Wenn ich noch mehr sage, breche ich den Streit des Jahrhunderts vom Zaun. Weiß ich, will ich nicht. Will ich doch, ist aber besser, wenn nicht.

Wir sind jetzt genug für die Kette und arbeiten uns durch die Stapel von Lebensmitteln. Auch die Sonne legt einen Zahn zu. Ben presst die Lippen zusammen und guckt mich mit der Frage in den Augen an, ob wir wieder Freunde sein können. Ich seufze, es hilft ja nichts. Dann reicht er mir eine Kiste mit Aufschnitt, und ich bin wieder ohne Kameraden: »Deine Leichen kannst du selber tragen.«

Ich schnappe mir einen Sack Linsen und reihe mich zwischen Tom und Francis ein. Für eine Weile schuften wir still vor uns hin. Nur gelegentliches Stöhnen bei einem unerwartet schweren Packen durchbricht unser Ameisentum, salziger Schweiß rinnt uns über die Schläfen. Als ich mich das nächste Mal umdrehe, um wieder etwas anzunehmen, fragt Francis vertrauensselig: »Wieso bist du Veganerin?«

Ich nehme ihr die Pasta aus der Hand und bin mir nicht sicher, ob sie schwatzen oder einen ehrlichen Diskurs über politische und ethische Grundsätze führen will. Ihre Frage, die so differenziert wie plump ist, bringt mich ins Stocken, und ich entschließe mich zu einer Antwort von gleicher Komplexität: »Aus Schläue.«

Ich trage meine halbdepressive Stimmung in den Vormittag hinein. Im Schatten der großen Ankerwinde nippe ich an meinem mittlerweile kalten Kaffee und drehe mir eine. Wie weit darf ich mitgehen, ohne mich an Anderem schuldig zu machen? Ich würde ja auch nicht auf einem Fascho-Schiff fahren, um Thunfische zu retten. Mein Verstand verkrampft, blockiert und würgt. Es grämt mich, dass ich den Menschen endlos viel Zeit für einen Prozess zugestehe, der nicht länger dauern dürfte, als es braucht *Brokkoli* oder *Nein danke* zu sagen. Und es ist unerträglich, wenn ich es nicht tue. Ich bekomme noch nicht mal mehr meine eigenen Prinzipien zu fassen. Wie die Schmeißfliegen surren sie um mich herum und nerven, unignorierbar und doch zu diffus, um sich einfangen zu lassen. Und dann sagt ständig irgendwer besonders Pfiffiges, dass Kompromisse toll seien. Mir haben die bisher schwerlich was gebracht. Und dem Ersaufenden, dem Geknechteten, dem Geschlachteten erst recht nicht.

Ich drücke meine Zigarette auf dem Deck aus, wohlwissend, dass es Jeremys Herz zerreißen würde, das zu sehen. Man muss aufpassen, dass man sich nicht von all den edlen Idealen über die Klippe in den Wahnsinn treiben lässt. Also stehe ich hier tumb mit scharrenden Füßen am Rand und schaue in den Abgrund. Ich stecke mir den vergilbten Filter in die Hosentasche und springe von meinem Gedankenkarussell. Und obwohl selbst die Fahnen der anderen Schiffe im Hafen leblos in der Windstille hängen, raffe ich mich auf. *Tschö moralische Skrupel, ich bin kurz mal ein paar Leben retten.* Die anderen.

Über den Tag werden unsere Listen kürzer, das Lächeln breiter, aber auch angespannter. Das RHIB fährt zum letzten Hafentraining raus und jeder tut so, als würde er wissen, was er macht. Morgen fahren wir los. Keiner weiß so recht, ob er auf eine Rettung hoffen soll oder nicht. Wäre es nicht gut, wenn es nichts für uns zu tun gäbe, wenn keiner Hilfe bräuchte? Außer für Miguel, für den wäre es blöd. Nachdem er sich für seine Frage entschuldigt hat, kann ich wieder mit ihm fühlen.

Ein diskreter Wunsch nach Heldentum lässt sich bei einigen nicht verleugnen, dafür reden sie zu viel darüber, dass es ihnen nicht darum geht. *Egal, egal.* Ich habe gut reden, ich mache die Tour ständig. Meinen veganen Hass habe ich tatsächlich für den Augenblick wieder eingefangen, ohne zu wissen, ob ich das gut oder schlecht finde. Aber ohne ordentlich *crew love* geht hier nichts – und heute braucht unsere Hütte Frieden. Der ganze Emo-Kram muss eng gewoben sein, damit er uns durch den vorfreudigen Rabatz, die nächsten Tage und die potentielle Gesamtscheiße hieven kann.

Unsere Erste Maschinistin Salma und ich zotteln vom Werftgelände. Es ist bereits nach elf, aber es drängt uns nochmal raus. Wir folgen unseren langen Schatten, die die Fluter vor unsere Füße werfen und schließlich auf den nächtlichen Straßen in der schwülen Sommernacht auflösen. Mal wieder ein letzter Abend an Land, ein letzter Versuch, unseren Kosmos unter die unerforschte Hemisphäre des nächsten Abenteuers zu zwängen. Als wir in die dunkle Gasse biegen, die uns durch das alte Industriegebiet führt, sind wir endlich wieder Mädchen. Zwei Menschenkinder, die sich mit großen Augen wundern, wie ihnen so viel Verantwortung zuteil werden konnte. Wo sind die Erwachsenen? Völlig unbeaufsichtigt machen wir das alles. Keiner schaut hin, und genau das ist das Problem.

Schulter an Schulter laufen wir über den aufgeplatzten Asphalt, an eingeschlagenen Scheiben und brüchigen Mauern vorbei. Die gelbe Straßenbeleuchtung verwandelt diesen vergessen Teil der Stadt in eine Filmkulisse, in der wir sein können, wer wir wollen. Keine Menschenseele, kein Statist verläuft sich hierher, nur die Rudel räudiger Straßenhunde und der Dreck, der sich in verwucherten Ecken sammelt. Salma und ich schwadronieren mittendrin, und dass es uns so leichtfällt, durchdenken wir lieber nicht. Ohne darüber reden zu müssen, biegen wir nach links ab, in Richtung des Kiosks, nicht der New Lion Bar.

»Verficktes Beirut 2.0«, kommentiert sie unsere post-apokalyptische Umgebung, »können wir nicht mal irgendwo ins Dock, wo es schön ist? Mit Palmen oder so. Wo man ohne Messer in der Tasche rumläuft vielleicht?«

Ich stimme ihr zu, kann es aber nur wegwitzeln.

»Ja geil, lass uns auf 'ner Jacht anheuern. Dann kriegen wir auch so fesche weiße Uniformen.«

»Und wir polieren den ganzen Tag Chrom und haben Frisuren!«

»Ein Traum wird wahr«, schwärme ich.

Ein Albtraum, wissen wir beide. Nichtsdestotrotz verbringen wir viel zu viel Zeit in abgeranzten Häfen, in verödeten Docks aus staubigem Beton und kaltem Stahl. Wieder Zylinder ziehen, noch ein Ölwechsel und die Auslaufpapiere fertig machen. Mit einem debilen Grinsen im Gesicht lassen wir uns von unserem Pensum zerreißen, zerquetschen, zermürben. Ein Nervenleiden aus Lagerkoller, Überarbeitung und Lachen, oh so viel davon. Ich weiß gar nicht, zum wievielten Mal Salma und ich gemeinsam rausfahren werden. Für die animalischen Herrscher der Ozeane, die namenlosen Aussätzigen des Kapitalismus, für Tee im Mastkorb, für uns. Auf See kann uns niemand was. Ich sehe vor mir, wie Salma um fünf aus der Maschine klettert, auf meine Wache, und wir mit dem Morgengrauen Kaffee trinken. Der Wind streicht uns mit kalten Fingern durchs Haar und nimmt alle Bedenken mit. Die Füße baumeln über den Wellen, und Salma erzählt von ihrem Glasbläserkurs in Venedig …

Nur noch eine Nacht, dann sind wir wieder da, wo wir hingehören. Bis dahin behandeln wir unsere Landkrankheit mit Placebos aus urbaner Fantasterei, reden uns die kontinentale Freiheit schön, fahren eine Dreiviertelstunde mit dem Bus, um Eis zu essen und um auf eine andere Ecke des Wassers gucken zu können, mischen uns unter die Touristen und freuen uns diebisch, dass sie nicht wissen, wer wir sind. Oder stiefeln wie jetzt an der Tierverbrennungsanlage vorbei, schälen und schleichen uns aus unseren Rollen und widmen uns ungeduldig unserer Schwesternschaft.

»Ich weiß noch nicht mal, ob der mich anbaggert oder nicht. So was muss man doch deutlich machen«, beschwere ich mich.

»Das geht eh nicht gut«, sagt sie überzeugt.

»Hä? Danke.«

Salmas Lachen schallt wir kristallene Glöckchen: »Weißt Du doch: *We can not have nice things.*«

Das hat sie auch gesagt, als sie uns auf einem anderen Schiff degradiert haben. Nur weil wir Frauen sind und dann *endlich!* Männer Zeit hatten, unseren Job zu übernehmen. Wochenlang hatten wir das Kommando, haben an dem Kahn rumgeschraubt, Papiere in Ordnung gebracht und das Trockendock vorbereitet, um dann, kurz vor dem sehnlich erwarteten Moment, in dem der Synchrolift das Schiff aus dem Wasser hieven sollte, ersetzt zu werden. Wie der Zaubertrick mit der Tischdecke war das, nur das damals der ganze Kladderadatsch unseres Karriereglücks zu Bruch gegangen war.

»Ja, weiß ich«, gebe ich zu und kann es nicht lassen, sie trotzdem zu schubsen. Der Gestank der verschmorten Kadaver liegt sämig in der Luft, man guckt besser auf den Boden und atmet nicht durch die Nase.

»Meinst du, der hat genug Eier, um den Captain anzugraben?«

»Das ist ja das Problem, ich konnte mich bisher noch nicht mit seinen Genitalien beschäftigen.« Und er sich nicht mit meinen, verdammt. »Von wegen humanitärer Verein. Alles gelogen! Jetzt steh ich hier, hab's voll nötig und nix passiert.«

»Menschenrecht auf multiple Orgasmen?«

»Ja Mann«, verlange ich trotzig und nuschel vor mich hin: »Can not have nice things.«

Wir decken uns am Kiosk mit Bier und Tabak ein und tapern zum alten Sportplatz. Auf der verwaisten Tribüne machen wir uns breit, legen die Beine auf die Rückenlehne vor uns und den Kopf in den Nacken. Der Mondschein tunkt den Aschenplatz in ein ambrosisch silbergraues Schimmern, dass einem die Seele nur so vibriert. Ich drehe uns Kippen, Salma zieht zwei Flaschen Bier aus ihrer Tasche.

»Ich raff's echt nicht, wie es für zwei Babes wie uns so schwer sein kann, flachgelegt zu werden«, wundert sich Salma giggelnd.

»Warum gibt's mehr Materie als Antimaterie? Weiß auch kein Mensch, und dabei ist das noch die unkompliziertere Frage.« Wir stoßen an, und ich beteuere ihr: »Wir sind richtige Babes.«

»Dumm nur, dass wir Generatoren generalüberholen können.«

»Und Marmeladengläser alleine aufmachen«, komplementiere ich die Faktenlage.

»Komplett unsexy«, mokiert sie sich, und Frust über die Wahrheit in ihrer Aussage schwingt mit. Nach ein paar Bier und reichlich Dummgelaber gleiten wir ins Schweigen. Wir kennen uns gut genug dafür, aber jetzt ist nicht der richtige Moment.

»Gib mal noch'n Bier«, sage ich also.

Sie reicht es mir und vergewissert sich: »Hast du Bock rauszufahren?«

»Klaro!« Das stimmt sogar, und ich füge hinzu: »Ich hab nur keine Lust in Italien festgenommen zu werden. Die nerven echt hart.«

Ich nehme einen großen Schluck. Salma schmatzt zustimmend, weiß aber genauso gut wie ich, dass es im Grunde irrelevant ist, was in Italien passiert. Das ist Teil des Theaters. Seit Wochen müssen wir uns von der Politik und den Medien anhören, dass wir

Menschenschmuggler sind, ja gar verantwortlich für die Toten auf dem Mittelmeer, dass wir Kriminelle sind. *Alaaf*. Es ist zu absurd, um gefährlich zu sein. Es ist wie Herpes. Entweder es schläft ein, bevor irgendwas passiert, oder es explodiert. Und das kann es nur, indem es seine wahre, eklige Fratze zeigt und jeder es mitkriegt.

»Meinst du, du kriegst Pizza im Knast?«

»Wenn ich schon einfahre, dann will ich Farinata haben. Dafür lohnt es sich schon wieder.«

»Ja, dann komm ich auch mit.«

»Abgemacht, Chief.«

»Abgemacht, Captain.«

Wir prosten uns zu und erst jetzt sehe ich, dass sie sich die Fingernägel lackiert hat. Feuerroter Lack für einen Abend im Abseits mit mir – mir geht das Herz auf. So machen wir uns warm, um das nächste Kunststück, das keiner sehen will, vorzuführen – vor uns selbst, vor der Welt. Wir machen es, ohne uns zu beklagen, wir haben halt das Pech eines beknackten Publikums voller blinder Zuschauer, die wir mit fauligen Tomaten der Wahrheit bewerfen. *Batsch!* Wie könnten wir darauf keine Lust haben?

Ein letzter Check der Maschinentemperaturen: Abstand zwischen Heck und Dock passt, Ruder zurück auf mittschiffs. *Läuft*. Der Hörer des Funkgeräts liegt leicht in meiner linken Hand. Das ist besser als der Moment kurz bevor man vom Zehnmeterbrett springt. Durch das Hexenwerk der Physik verbreitet sich meine Blechstimme über UKW: »Deck, Deck für Brücke. Macht die Spring los.«

Eine sanfte Brise bringt die losen Blätter auf dem Kartentisch diskret zum Rascheln. Miguel trippelt auf Zehenspitzen hinter die

Steuerkonsole, um bessere Bilder zu bekommen. Alva kaut sicherheitshalber auf ihrer Unterlippe. Keiner traut sich etwas zu sagen. Große, vor Erwartung überquellende Augen starren mich an.

»Copy. Spring los«, knistert Jeremys Stimme aus der Funke zurück.

Von der Brücke aus beobachte ich ihn, wie er sein Team am Bug instruiert. Jeder will es richtig machen, keiner weiß wie genau. Alle tragen ein fettes Grinsen in der Fresse. Die Deckcrew ist deutlich entspannter als mein hoch konzentrierter und eventuell geringfügig überforderter Verein hier auf der Brücke. Sie tanzen um die Ankerwinde und Bollards. Es ist die Vorstellung des Jahres, ihre Vorstellung. Er ist ja auch fesch, dieser Seemannskram. Ben hebt das schwere Auge des Taus über den Poller am Dock und das Deckteam zieht mit ausladenden Bewegungen die gewichtige, triefende Leine an Bord.

»Brücke für Deck. Alle Leinen los.«

Weil ich ein Kontrollfreak bin, schaue ich selber nochmal nach, auch achtern. Ja, stimmt alles soweit.

»Na dann mal los«, murmel ich, lege das Ruder um, kuppel ein, und wir kriechen vom Dock. Die Maschinen wummern mit dumpfen Bässen und die Vibrationen klettern in uns hinein. Ich erwische mich dabei, mich frei zu fühlen. Mein armer Erster Offizier kann wieder nichts machen, weil Otta da ist, und ich ihr lieber Sachen erkläre als ihm. Ich will nicht sein Kindermädchen oder Lebensberater sein. Wenn er Erster sein will, dann muss er es einfach machen. *Ich zeige dir gerne, wie man dieses Schiff fährt, aber ich gebe keine Selbstbehauptungskurse.* Gottseidank hat er seine Fingernägel, um an ihnen herumzuknispeln.

»Steuerbord Maschine auf Minimum-Revs, backbord in Leerlauf. Ruder 15 Grad nach backbord«, ordere ich und überlasse Otta das Steuer, damit sie Spaß hat und ich eine rauchen kann.

»Kann ich?«, fragt Eric spitzbübisch und ist mit seiner Hand bereits am Zug.

»Yeeessss!«, feuere ich ihn an, mir ist selbst ganz schön hyper zumute. Er zieht an der Mechanik und unser Nebelhorn dröhnt durch den Hafen. Von den Decks hören wir die übrige Bande in Gejohle ausbrechen. Jeremys linke Faust stößt in die Höhe, und er meint es ernst. Ben winkt vom Dock und zumindest aus meiner Warte, werden seine Sorgen immer kleiner. Und so wie unser Schiff mit vier Knoten um die Ecke fährt, blinzeln wir in die Sonne und blicken auf Valletta, das still an uns vorbeizieht. Ich sauge fest an meiner Kippe, weil gerade alles intensiver ist als sonst. Das Universum ist jetzt einen Touch enger geschnürt, steht unter höherer elektrischer Ladung.

»Eric, machste mal Musik an?«, fordere ich.

Als die ersten Beats von *OutKast* durch die Boxen schallen, fallen mir vor Freude fast die Zähne aus der Fresse: »Roooaaaadtrip!«

»ROADTRIP!«, ruft Otta laut, selbst Eric hat feuchte Augen.

Wir umfahren die Hafenmole, raus aus diesem vollgepissten Becken. Eric zieht seine Wache nun doch an sich, und ich frage Otta, ob sie die Signalflaggen hochziehen will.

»Was für Flaggen?«

»*Alpha Charlie Alpha Bravo*«, liste ich auf und schmunzel.

Sie überlegt einen Moment, dann hellt sich ihr Gesicht auf: »Haha, ACAB. Alter, und ob ich das will!«

Sie macht sich tänzelnd ans Werk, und ich entkoppel mich von der Welt. Da liegt das Meer vor uns. *Tschüss Volk, tschüss hanebüchene Regeln.* Wir sind jetzt unser eigener Planet und schwimmen losgelöst vom Gesellschaftsquatsch herum. Ein Glück, dass dieser goldene Käfig Auftrieb hat. Selbstversorger, selbstbestimmt, fast so als wäre man frei. Jeremy kommt auf die Brücke und gibt mir eine High five. *Auf der Heimreise zurück aufs Meer* – das ist eine Idee zu kitschig, um es auszusprechen. Wir zwinkern uns zu und lachen uns dafür aus, dass wir nicht mit den großen Gefühlen umgehen können, dass wir es bescheuert finden, sie zu haben. Er boxt mir auf den Oberarm, ich schlage zurück und so kabbeln wir uns, bis wir uns endlich in den Armen liegen.

Scheue Banderolen aus Zirruswolken zieren den blässlichen Himmel, und die tiefblaue See schwappt an unseren Rumpf, während die ersten Sturmtaucher gewagte Kreise um uns ziehen. Fünf Möwen kreischen fordernd; sie verstehen nicht, dass wir keine Fischer sind. Die Wellen sind bei zwei Metern Höhe angelangt, die See raut unnachgiebig auf. Genug, um ein klitzekleines bisschen die Wildnis zu ahnen.

Zweieinhalb Millionen Quadratkilometer Mittelmeer. Das Schiff wiegt sich darin würdevoll von links nach rechts und wieder zurück. Ihr macht das nichts, mir auch nicht. Die Luft ist so klar, dass es satt bis in die Alveolen zieht. Ich pumpe meine Lungen voll und fühle den Sauerstoff in jeder einzelnen gottverfluchten Zelle. Ich verlagere mein Gewicht von einem Bein auf das andere und surfe mein Schiff im Wellengang, bilde mir ein, dass ich es bin, die sie mit ihren Muskeln zurück ins Wasser drückt. Noch fällt nichts aus den Regalen, nur ein paar Türen klappern. Das ist schon genug, um unseren Kahn in ein Geisterschiff zu verwandeln, das mich lebendig sein lässt.

Eric korrigiert Seekarten. Ein spitzer Bleistift kullert trotzig an den Rand des Kartentisches. Ich fange ihn auf und bastle eine kleine Fahne aus Tesafilm daran, die ihn von weiteren rollenden Eskapaden abhält. Eric versinkt in Präzision; so sauber hat noch nie jemand ein neues Unterseekabel eingezeichnet. Die Karte ist sein japanischer Sandgarten. Es beruhigt mich, seinen langsamen, minutiösen Bewegungen zuzuschauen. Ich sollte wohl auch mehr das Vornehme der Navigationskunst in mir spüren, pingelig und fein arbeiten, oder es zumindest versuchen. *Doch, doch!* Ich mag Seekarten sehr. Ihr Detailreichtum trifft meinen Sinn für Ästhetik, sie sind zweifelsohne zu was nütze, und ich freue mich jedes Mal, wie einfach sie zu falten sind. Das war jemand anderes als der Erfinder der Beipackzettelfaltung. Dennoch verspüre ich keine Lust, mich ihrer Funktionalität unterzuordnen. Der transzendente Kult um die Seefahrt hat mich nie ergriffen. Ihre verklärte Unantastbarkeit, als gäbe es den Geheimbund der Matrosenilluminaten. Ich will auch nicht jeden beknackten Knoten dieser Welt kennen. Drei reichen. Der Rest ist Angeberei, denke ich und bin froh, dass Eric nicht weiß, dass der Kaffeetassenrand auf Sizilien von mir ist.

Greg kommt, Unverständliches motzend, auf die Brücke gelaufen, dann stockt er: »Wo sind denn alle?«

Ich schmettere ihm beschwingt entgegen: »Sturmfrei!«, und kindischer Narzissmus übermannt mein Mitgefühl: »Ich liebe es, wenn die Seekrankheit ihre Opfer würgend dahinrafft und erstmal wieder Ruhe ist.«

»Ja, ich weiß. Die Leitungen sind auch schon verstopft.«

Einer hat nicht zugehört und ins Waschbecken gekotzt. Das machen die alten Rohre nicht mehr mit, die durch Rost und 40 Jahre Grind enger und enger geworden sind. Ich muss auflachen. »Je-des-mal.«

Greg lacht nicht, dann doch. Salma schüttelt ungläubig den Kopf und nippt an ihrem grünen Tee. Sie wird den verklumpatschten Mist abmontieren und freiblasen müssen. Ein Scheißjob, wahrlich.

Ich mache meine Kontrollrunde. Verrückt, dass das mein Schiff ist und jeder mich anguckt, als würde ich alles wissen. Tu ich ja auch. Auf See gibt es keine Zweifel. Die Gurte vom RHIB müssen festgezurrt werden. Lyn kommt und hilft mit. Sein Lächeln bringt mich um, dann kommentiert er auch noch mein Ablegemanöver: »Sehr gut gemacht, Captain.« Ich bin selig. Wir stehen an der Reling, schauen aufs Meer samt seinen fliegenden Fischen. Im Wind teilen wir Geschichten von anderen Schiffen, Leben und Missionen. Wieso heißt der Scheiß eigentlich Mission? Da denke ich sofort an kolonialistische, verrückte Katholiken. Dann lässt er mich plötzlich stehen: »Okay, genug gelabert.«

Gelabert? Hallo, geht's noch? Verdattert sehe ich ihm nach, wie er im Vordeck verschwindet. Was für ein Blödmann. Ich gehe in den Maschinenraum, um zu checken, ob alles paletti und der Kotzeregen vorbei ist. Die Stille auf dem Schiff, in den verlassenen Fluren und der ausgestorbenen Messe sind das Kontrastprogramm zum Tumult der letzten Woche. Die Abwesenheit der Crew nimmt mehr Platz ein als nur den dreidimensionalen Raum. Es wirkt leerer als ein leeres Schiff. Die sollen ruhig pennen, das haben sie sich verdient. Ich kletter zurück auf die Brücke und bringe Eric Tee und Schokolade mit. Jetzt erstmal eine Runde aufs Wasser starren. Hannes kommt dazu, mit blassen Wangen und einem Scopodermpflaster gegen Übelkeit hinter dem Ohr.

»So, das ist dann mal meine erste schlechte Idee heute«, erklärt er und setzt sich Kaffeetasse schwenkend in den Türrahmen. Ein dünner Schweißfilm schimmert auf seiner Nase. Er nippt an der dampfenden Flüssigkeit, verzieht das Gesicht und starrt auf den Horizont. Er prügelt sich durch den Genuss, der keiner ist, und kriegt es irgendwie hin. Die ersten Tage schmeckt der Kaffee den wenigsten.

»Okay. Dann kommt jetzt die zweite schlechte Idee.«

Er dreht sich in den Windschatten der Brücke, um sich eine Zigarette anzuzünden, atmet tief ein und läuft grün an. Wirklich grün. Stur raucht er weiter. Dann schüttelt er resigniert den Kopf, steht auf und übergibt sich.

Um viertel vor vier komme ich zu meiner Wache. Der Mond scheint so hell, dass er die zahmen Wellen in Quecksilber verwandelt. Dass ich nicht geschlafen habe, macht mir nichts aus. Ich kann Schlaf problemlos mit Sex substituieren. Ich weiß nicht, wie es passiert ist, aber ich habe die halbe Nacht gevögelt. Mit Lyn. Überall Hände, Beine, der Geruch der Geschlechter, heißer Atem auf der Haut. Begehren, Begeisterung für mich und meine Muschi. Akrobatik glücklicher Körper im sanften Schwappen des Meeres. Es war großartig. Ich lasse zufrieden meine Fingerknöchel knacken, und er schläft warm in meiner Koje weiter.

Die Wachhelfer wechseln sich ab und auch Eric geht ins Bett. Ich fummele einmal an jedem Gerät herum, stelle alles so ein, wie ich es mag, und lege die Füße auf die Konsole. Der ewige Sternenhimmel lässt mich wunderbar klein sein. Als die Sonne Stunden später vorsichtig die ersten Orangetöne über das Wasser fließen lässt, ist die Welt vollkommen, und ich bin dankbar: »Digger, ist das schön!« Jonas zuckt nur gelangweilt mit den Schultern. Ich kann nicht begreifen, dass er die elysische Magie des Meeres nicht sehen kann. Zur Strafe erkläre ich ihm das Radar. Dann checke ich meine E-Mails. Ben schreibt mir, dass ich nicht mehr auf der Brücke fluchen soll. Weil die Italiener sie wohl verwanzt haben und auch, weil wir selbst aufzeichnen. Wie zur Hölle soll das denn bitte gehen? Da muss ich mir ja die Zunge abschneiden. Wenn ich nicht fluche, bleibt nur noch ein Drittel von dem, was ich von mir gebe, übrig. Demhimmelseidank schaffe ich es, mich mehr darüber zu wundern als über die Tatsache, dass die Doppelstasi am Werk ist.

»Komm ins Mittelmeer, haben sie gesagt. Das wird ein Spaß, haben sie gesagt. Der Kapitän kann machen, was er will, haben sie gesagt«, äffe ich und grinse, weil ich es ja doch verstehe.

An diesem Morgen kommt der Großteil der Besatzung wieder aus seinen Löchern gekrochen, und wir feilen weiter an unseren Einsatzübungen. Glücklicherweise habe ich immer noch gute Laune wegen letzter Nacht. Zum ersten Mal lassen wir unter Fahrt die Beiboote zu Wasser. Dabei macht jeder so viel falsch, wie er nur kann. Es wirkt beinahe, als gäbe es ein heimlich vereinbartes Bemühen, nichts von dem umzusetzen, was wir vorher durchexerziert und besprochen haben. Eine unfokussierte Kakophonie des Dilettantismus. Normalerweise lasse ich die Leute an dieser Stelle erstmal machen, damit sich die verschiedenen Departments eingrooven. Heute kann ich mich kaum zurückhalten, sie nicht sofort alle anzumachen. Auf Deck wird gequatscht, anstatt sich auf die Leinen zu konzentrieren, und aus dem Funk von der Brücke kommen nur unverständliches Gelaber und Witzeleien gebröckelt. Greg unterbricht das Geschwätz, weil er genau jetzt erzählen muss, dass Klopapier nicht die Schüssel runtergespült werden darf. Da bebt meine Halsschlagader unter der bevorstehenden Explosion, und ich breche das Training ab, versammle die Mannschaft auf dem Bootsdeck und versuche herauszufinden, was schiefgelaufen ist. Alle sind genervt. Jeremy auch, aber immerhin ist er mit mir auf die anderen sauer.

»Tom, wie war's für dich? Das wäre fast eine Katastrophe gewesen mit dem Kran. Wieso machst du keine Ansage, wenn du Hilfe brauchst?«

»Ich bin aus dem Norden, ich rede nicht gerne über meine Gefühle«, grinst er arrogant.

Wenn ich mir noch einen sarkastischen Spruch anhören muss, spring ich dir mit dem nackten Arsch ins Gesicht. Mich nicht ernst zu nehmen ist keine Option, du Nulpe. So ungern spiele ich die Chefkarte dann doch nicht.

»Hast du sie noch alle?«, ranze ich ihn und den Rest in Sippenhaft mit an: »Mann ey, wir sitzen hier auf 'ner Riesenmaschine, und nur weil die Sonne scheint, heißt das nicht, dass jeder machen kann, was er will, und es weniger weh tut, wenn dir das scheiß Beiboot auf den Kopf schmettert. Ich will echt kein Spielverderber sein, aber dafür müsst ihr erstmal das Spiel verstehen. Wir sind hier nicht hipphipphurra unterwegs, um schnell mal 'n paar Leute zu retten. Erstmal müssen wir es schaffen, uns nicht selbst umzubringen.«

Betretenes Nicken, gesenkte Blicke. Wir gehen in die nächste Runde. Noch nie wurde ein Boot mit solcher Eleganz zu Wasser gelassen. Jeremy ist glücklich. Und da ist sie wieder, in Neuauflage – die beste Crew, die man je sah.

Wir patrouillieren 14 Meilen vor der libyschen Küste. Auf und ab, Ost, West, Ost … Den lieben langen Tag halten wir Ausguck nach Booten. Ich starre aufs Radar und ändere ständig die Einstellung, damit uns ja nichts entgeht. Fünf Leute sind zu jeder Stunde des Tageslichts mit Ferngläsern bewaffnet und suchen nach denen, die besser wissen, wovor sie fliehen, als wonach sie suchen. Wir sehen die Schemen der zerschossenen Hochhäuser in Tripolis und ansonsten nur Wasser. Es ist beschwerlich, die Gedanken nicht abschweifen zu lassen. Das Meer ist so friedlich und der Himmel leuchtet so schmuck, dass man schnell vergisst, dass dort draußen Menschen sterben. Zu tausenden. Wir wechseln uns ab und erinnern uns gegenseitig an das Gefühl, wenn aus einem Minifleck am Horizont ein Schlauchboot mit 150 Menschen wird, das im Begriff ist, abzusaufen.

Drei Tage lang passiert nichts. Zu warten ist anstrengender als zu retten. Wenigstens habe ich Sex und Lyns Blicke, die mich selbst auf der Brücke ausziehen. Es ist brüllend heiß, kein Windstoß regt sich über der Wasserwüste. Otta und Greg haben eines der ausrangierten Rettungsfloße auf dem Achterdeck in ein Planschbecken umfunktioniert. Das Wasser ist so warm, man würde nicht einmal mitkriegen, wenn alle synchron reinpinkeln würden. Ich mache mich auf den Weg in die Kombüse, um nachzusehen, ob der Koch lebendig ist. Man wäre ein viel bestauntes medizinisches Wunder, wenn man beim Zwiebelanbraten in dem stickigen Raum nicht seekrank werden würde. Statt des Kochs finde ich Lyn am Kühlschrank, dessen Innenleben von den Tagen mit Wellengang immer noch komplett durcheinander ist. Er hält eine tropfende Packung vergessener Wurst in der Hand.

»Das ist echt fies mit dem Fleisch«, sagt er angewidert und schmeißt es mit ausgestrecktem Arm in die Tonne.

Mit einer Mischung aus Ekel und Freude frage ich ihn, ob er Vegetarier sei. Sein Blick ist leicht verwirrt, als hätte er sich noch nie mit dieser Definition auseinandergesetzt: »Ja schon, denke ich. Aber mir geht's vorwiegend darum, dass Sachen regional sind und nicht so genmanipulierter Monokulturscheiß.«

Ich frag besser nicht weiter nach, um mir eine Antwort zu ersparen, die ich nicht hören will und freue mich über das, was er zu bieten hat. Von da ist der Weg zum Veganismus ja nicht mehr weit ... Ach, manchmal bin ich gern naiv. Machen wir uns nichts vor, selbstverständlich wäre hier schon Feierabend, wenn er die volle Ladung Krawallschachtel abkriegen würde. Und das ist die einzige Rolle, die ich wirklich erfüllen kann. Ich habe andere probiert, aber am Ende bleibt nur eine Schublade, die wirklich zu einem passt. Wie für einen frustrierten Schauspieler, der immer für denselben Mist gecastet wird. Jedes Mal die gleiche Leier, aber immerhin ist es meine. Ich fürchte um unseren Flirt, und hebe mir meinen Vortrag für später auf, damit wir bis dahin noch weiter rumknutschen können.

Ich beginne meine Frühwache, und kurz darauf habe ich zwei kleine Echos auf dem Radar, ganz ohne *pling pling* wie im Fernsehen. Das könnten Boote sein oder Bojen von illegalen Netzen oder Müll. Gestern Nacht bin ich eine Stunde lang einem treibenden Plastikfass hinterhergefahren. Was auch immer es diesmal ist, es ist acht Meilen weit weg. Da bleibt noch reichlich Zeit für einen Kaffee und um vorher kacken zu gehen.

Um fünf mache ich einen weiteren Kontrollgang über das Schiff. Mit den ersten Sonnenstrahlen beginnt eine Handvoll unfreiwilliger Frühaufsteher mit dem Ausguck. Der Fahrtwind trägt die Hoffnungen und Ängste der Flüchtenden in sich und ist sich nicht zu schade, uns die Verantwortung ins Gesicht zu blasen. Eine Glocke der Konzentration und der Achtsamkeit legt sich über das Schiff. Wir sind uns dessen gewahr, was uns da draußen erwarten kann. Dass wir in der nächsten Stunde mit allem konfrontiert werden können – mit dem Tod, mit Freude, mit purem Unglück, mit den libyschen Milizen. Mit der Melange garstiger, unabdingbarer Auswüchse des imperialistischen Kapitalismus und europäischem Neokolonialismus.

Alva geht herum und fragt, wer Kaffee will. Kurz darauf schicke ich Jonas los, die letzten Schläfer aus den Betten zu zerren. Ich bin mir jetzt sicher, dass wir Boote gefunden haben. Eines, das im verzweifelten Zickzackkurs von der Küste wegfährt, mit drei ungeheuer kraftlosen Knoten. Und eines, das nur noch treibt. Das Deckteam hat das Beiboot in Windeseile vorbereitet, die Crew steht parat. *Here we go again!* Ich zünde mir eine Kippe an, und die Sonnenscheibe wuchtet sich endlich in ihrer Gänze über den Horizont.

Die Rettung läuft gut. Nach und nach bergen wir 140 Menschen aus einem Schlauchboot und 80 aus einem Holzboot. Keine Toten. Wir bringen sie in Zehnergruppen mit dem Beiboot auf unser Schiff. Schlaffe Gesichter, Erleichterung, Unsicherheit, totaler Zusammenbruch. Sie müssen sich die ätzende Mischung aus Benzin und Salzwasser von ihrer verbrannten Haut waschen. Kaum einer hat mehr als eine Shorts am Leib. Wir verteilen die Leute auf unseren Decks, geben ihnen Wasser und Rettungsdecken. *Ja, es geht nach Europa. Nein, kein Libyen.* Mehr können wir gerade nicht tun.

Dann kommen immer mehr Boote. Eines nach dem anderen, es hört gar nicht mehr auf. Um elf Uhr haben wir dreizehn Boote um uns herum. Dreizehn Boote mit jeweils an die 150 Menschen. Diese Realität ist vollkommen skurril. Andere NGO-Schiffe fahren in unsere Richtung und helfen mit. Verteilen auch Rettungswesten, versorgen die Notfälle, bergen ab. Ein deutsches Kriegsschiff setzt sich in die Mitte des Geschehens. Was macht das hier? Nichts. Noch nicht mal die Kähne der italienischen Küstenwache sind hier, deren Namen alle mit CP beginnen, und die das Funkalphabet somit zu *Charlie Papas* macht. Seit Monaten verlagern die staatlichen Schiffe ihre Kabalen höher und höher in den Norden, um auch ja niemanden aus Versehen zu finden.

Unser RHIB ist beim nächsten Boot, dessen Schlauch geplatzt ist und zu kentern droht. Wir bringen alles, was schwimmt, und versuchen die Leute zu beruhigen. Wenn Panik ausbricht, ist es vorbei. Plötzlich kentert ein anderes Boot in der Nähe. Zig Leute fallen ins Wasser und strampeln mit mehr als sie haben. Sie können nicht schwimmen, und selbst wenn, sind sie dazu jetzt zu schwach. Das zweite RHIB fährt so schnell es geht hin, zieht die Leute aus dem Wasser und beruhigt die, die noch auf dem nach wie vor überfüllten, schwimmenden Rest sitzen. Die Frauen auf dem sinkenden Wrack beginnen zu singen. Das deutsche Kriegsschiff teilt mir mit, sie könnten nicht helfen – ihre RHIB-Crew nehme gerade ihren Nachmittags-Snack ein. *Ach so, ja gut, fair point.* Arbeiterschutzgesetz oder so.

Das Boot ist in einem zu desolaten Zustand, als dass wir die Leute in Gruppen mit den RHIBs bergen könnten. Die Uhr tickt. Ich muss näher dran und direkt längsseits gehen. Das ist das, was wir nicht wollen, da es zu riskant und viel zu unkontrollierbar ist. *Schnurzpiepegal*, mit unserer Horde geht auch das. Ich fahr also ran, und einer nach dem anderen klettert direkt zu uns an Bord. Unser Schiff ist schon so überladen, dass wir darauf achten müssen, das Gewicht gleichmäßig zu verteilen. Jeremy und Otta reichen ihre Hände ins Boot und ziehen die Schiffbrüchigen auf das Deck. Die Seenotrufleitstelle in Rom fragt mich unablässig, wie viele Migranten ich an Bord habe, und wo sie herkämen. Als gäbe es jetzt Zeit für den Scheiß. Ich lehne mich aus dem Brückenfenster und dann passiert es. Ohne Vorwarnung überrollt eine unaufhaltsame Menschenwelle unser Schiff, eine zeternde Lawine aus Körpern, die über die Seitenwände zu uns an Bord schwappt. 100 Leute in zwölf Sekunden. Rufe, Schreie und hoffentlich keine abrupte Stille von einem, der nichts mehr sagen kann, weil er zertrampelt wurde. *Fuck fuck fuck!* Erst jetzt sehe ich, dass ihr Boot urplötzlich ganz abgesoffen ist. Einfach so, weil's geht. Wie zum Hohn treibt es kurz unter der Oberfläche. Jeremy schaut vom Deck zu mir hoch, ebenfalls fassungslos über das, was soeben passiert ist. Ich schaue mich um. Die Gäste sind entsetzt, aber ruhig so wie wir. Wir sind nicht gekentert. Ich atme durch, fühle wie mein Herz wieder anfängt zu schlagen und funke Jeremy an: »Boarding completed.« Er schaut verdutzt auf sein Funkgerät, dann zu mir und schon prusten wir los. Was anderes hilft in solchen Momenten nicht.

Otta watet durch das abgesoffene Boot und sucht es mit ihren Füßen nach Leichen ab. Vorsichtig schiebt sie sich durch die treibenden Klamotten und Benzinkanister. Das ist jetzt alles Müll, das Boot an sich und das, was noch drauf ist. Am Ende bleibt nichts als Verderb in diesem Meer. Es ist nicht auszuhalten. Wir machen, was wir können, machen weiter. Ein italienisches Küstenwachschiff kreuzt auf. Bevor sie irgendwen an Bord nehmen, zünden sie ein leeres Holzboot an. Keine dreißig Meter vor unserem Bug. Mein Kopf schüttelt sich von ganz alleine, da brauche ich gar nichts für zu tun.

Am Ende des Tages haben wir knapp 400 Gäste an Bord, einige ziehen wir in Rettungsinseln neben uns her. Es gibt nicht genug Platz auf Deck. Auf jede stickige, nach angeschimmeltem PVC riechende Insel setzen wir einen aus der Crew, ausgestattet mit einer Lampe und dem sehnlichen Wunsch, dass alle durchhalten. Jede Sekunde in den schaurigen, wabbeligen Hüpfburgen ist die reinste Qual. Wie die das machen, weiß ich nicht. Sie sind wahrscheinlich doch schlicht Helden. Rom verspricht uns, Hilfe zu schicken, Küstenwachschiffe, die die Menschen nach Italien bringen sollen. Doch wie immer sagt uns keiner wann. Die Crew ist seit 20 Stunden im Dauereinsatz. Und unsere Gäste? Die haben monatelange Flucht und Folter erlitten und überlebt. Wir beschweren uns nicht, und sind dankbar, dass wir uns noch nicht einmal vorstellen können, was sie gesehen haben.

Ich gehe meine Runde über das Deck, suche Tritt zwischen all den neuen Freunden. Irgendwer hat mitbekommen, dass ich der Kapitän bin. Die Nachricht verbreitet sich wie ein Lauffeuer. Die meisten Frauen grinsen mich breit an, die Männer sind verwirrt, manche schütteln entgeistert den Kopf. Wegen zu vieler Tattoos, meiner Klamotten oder weil ich keinen Penis habe? Ich weiß es nicht. Aber es tut uns allen gut, für wenigstens einen Moment darüber zu schmunzeln. So ein Tag ist das, an dem Sexismus meine Laune hebt.

Dann sind die Lebensgeister unserer Gäste wieder verschwunden, und in ihren Köpfen und vor ihren inneren Augen spielen sich Dinge ab, die irgendwo zwischen bodenlosen Abgründen und absoluter Müdigkeit liegen müssen. Einige führen ihre Hand zum Mund, die Geste für Hunger. Es wird noch dauern. Niemand spricht mehr. Das einzige Geräusch ist das Brummen unserer Maschine und das Knistern der goldenen Rettungsdecken im Wind. Und dann der Gestank. Der Geruch von Pisse, Scheiße, Kotze und von Angst – Angst und Verzweiflung. Man riecht es. Ich wusste das vorher auch nicht. Man riecht es sogar an sich selbst. Ein Film trostloser Menschlichkeit zieht sich über alles und ist nicht abzuwaschen. Die Welt ist verdammt und ungerecht.

Die Besatzung isst und raucht heimlich, damit die Gäste es nicht sehen. Wir kochen Berge von Couscous und Otta macht süßen Tee. *Cheap calories*, die wir prompt verteilen können. Mehr ist nicht drin. In Pappbechern teilt die Mannschaft das Essen aus, bedacht darauf, dass jeder etwas kriegt. Gerade die Schwächsten, die zusammengekauert in den letzten Ecken liegen, übersieht man leicht. Heute reichen unsere Gäste wie selbstverständlich die Tassen und Teller weiter, bevor sie ihren eigenen Hunger und Durst stillen. Eric erzählt mir mit Tränen in den Augen, dass sie sich das eine Paar Flipflops an Bord teilen, damit keiner barfuß in das Dixi-Klo muss.

Von der Brücke aus schlage ich mich mit den Behörden rum. Es ist unmöglich, die Leute an Bord genau zu zählen, aber die Nummern sind für die Seenotrufleitstelle das einzige, was sie interessiert. Wann wir die Menschen übergeben können, sagen sie uns nicht. Ich kann nicht mehr als einen Knoten fahren, dafür sind wir zu viele an Bord; das Schiff liegt zu tief im Wasser. Gottlob ist die See weiterhin barmherzig und still. Wir dümpeln in einem Schlachtfeld aus halb versunkenen Booten, Rettungsinseln, treibenden Klamotten und Rettungswesten. Das spiegelglatte Meer, strahlender Sonnenschein und freie Vögel tünchen die Szenerie in surreale Sphären. Das RHIB fährt nochmal raus, um nach Leichen zu suchen, die sie auch finden. Die meisten sinken zum Grund und bleiben dort auch. Das Meer schert sich nicht um ihre Pässe, es nimmt jeden vorurteilsfrei auf. Wir können lediglich die treibenden Körper nach auffälligen Merkmalen untersuchen, mit einer Rettungsweste markieren und die Position melden. Natürlich wird sie kein Militär oder Küstenwächter einsammeln, das wissen wir auch. Eine schwarze Leiche kümmert niemanden. Das Letzte, was wir für sie tun können, ist sie zu einer Nummer im System zu machen. Sonst wären sie noch nicht einmal das, sondern einfach weg, wie nie da gewesen.

Salma dreht eine weitere Leiche auf den Rücken, sodass Fotos von den Zähnen gemacht werden können, zur Identifizierung. Dabei löst sie den Mann-Über-Bord-Alarm in ihrer Weste aus Versehen aus, und es piepst wie verrückt. Hannes verdreht die Augen und beschwert sich: »Kann der mal an sein Handy gehen? Wie soll man denn so arbeiten?« Jeremy bepinkelt sich fast vor Lachen. Nur morbider Humor lässt einen so viel Tod und Elend ertragen.

Auf Deck gibt es bloß Realität, mehr als man möchte. Den Kindern gehe ich aus dem Weg. Vor denen habe ich Bammel. Ich kann schon nicht mit Wohlstandskindern umgehen, *was kann ich also zu euch sagen? Ihr müsst mir vom Leben erzählen. Ihr habt ohnehin so viel mehr gesehen als ich, ungefiltert. Außerdem seid ihr laut und ich versteh euch nicht.* Ich wollte sowieso nur gucken, ob es hier soweit rund läuft. Rein schiffsicherheitstechnisch. Ich muss schnell weg, bin emotional überfordert. *Tschö.* Ich kann nicht für alles verantwortlich sein. Der Rest der Crew kann das besser. Sie sitzen lange mit denen, die reden möchten und spielen Gitarre, manche tanzen sogar. Manchmal weint einer von uns, weil das, was er gehört hat, zu viel war.

Lyn war der Hammer in der Rettung und umsorgt jetzt die Gäste mit Hingabe. Er verteilt zusätzliche Decken für die Nacht und sein Blick, zugleich fahrig und energiegeladen, zuckt über meine Miene. Um den Moment nicht kaputt zu machen, versuche ich nicht zu atmen. Sein Blick trifft meinen, und ich sehe alles und nichts darin. Es liegt eine Wildheit in seinen Augen. Aber sie liegt nicht in Aggressivität, sie liegt in der Scheu. Für eine Sekunde öffnet sich ein Fenster zu einer anderen Welt. Zu kurz, um sagen zu können, ob das Dahinterliegende bedrohlich oder verlockend ist. Ich will so gern hineinspringen, doch da ist der Moment schon wieder vorbei, und sein Blick auf Bedeutsameres gerichtet. In meinem Egozentrismus beneide ich, was sein Auge und seine Aufmerksamkeit trifft. Es zerreißt mich. Das und meine Kleingeistigkeit.

Dann klingelt das Satellitentelefon. Hoffentlich ist es Rom mit Zusagen, und wir können die Menschen endlich einen Schritt näher an ihr Ziel bringen, aus der schwimmenden Schwebe heraus.

»Yes?«

Die Antwort kommt energisch in gebrochenem Englisch mit starkem arabischem Akzent: »I want to speak to the Captain.«

»This is the Captain speaking, Sir.«

Verwirrtes Schweigen – das passiert oft bei der Kombination aus meiner Position und meiner Stimme. Er weiß nicht, wie er darauf antworten soll, erst recht nicht formell. »Ah … my Lady Captain.«

Es kostet mich enorme Beherrschung, nicht laut zu lachen. *My Lady Captain?* Bin ich jetzt in einem Mittelalterfilm, oder was? Aber da fährt er schon fort: »You stop taking migrants! Migrants go to Libya.«

Ja klar!

»Sir, who is speaking there?«

»This is Libyan Coast Guard Navy ... my Lady Captain.«

»Sir, according to international law and the Law of the Sea I would commit a crime if I did that.«

»You bring migrants here!«, wird sein Ton schärfer.

»That's a negative, Sir.«

»This is an order from Libyan Coast Guard Navy!«, regt er sich auf, und ich reagiere entspannt: »Sir, I am not under command of Libyan Coast Guard Navy.«

»I am the Commander of the Sea!«, maßregelt er mich.

Ja, und ich Master of the Universe.

»Please, don't call this number again«, sage ich und lege kopfschüttelnd auf.

So was kann auch nur Männern einfallen, hinterfrage ich diese Farce und meinen Anti-Sexismus. Tom kommt auf die Brücke gestolpert, er sieht ausgemergelt aus und schafft es trotzdem, noch lustig zu sein: »Na, haste wieder mit deinen Schlepperfreunden telefoniert?«

»Jap. Hab noch 'ne Ladung Nafris bestellt. Immer nur diese Subsahara-Leute ist doch fade.«

»Da können wir richtig einen drauf machen. 5.000 Euro pro Person machen wir damit. Stand in der Zeitung.«

Das muss man sich erstmal ausdenken. Die Kreativität der Schmierblätter kennt keine Grenzen.

»I am the Captain and I have nothing to do with this!«, sage ich laut, in Anspielung auf die Wanzen auf der Brücke, und wir lachen. Dann beratschlagen wir, ob es sinnvoll wäre, ein Fremdwörterbuch vorzulesen. Nur damit das dann auf irgendeiner Wache in Italien von einer armen Wurst übersetzt werden muss. In diesem Moment kommt der nächste Notruf rein und scheuert uns das dumme Grinsen aus der Fresse. Drei Boote sind letzte Nacht von Zuwara aus gestartet. Zu weit weg für uns, und auch niemand anderes ist in der Nähe. Die Militärs werden sicherlich nicht hinfahren. Die sind damit beschäftigt, Europas Grenzen zu schützen. Vor was genau weiß niemand.

Nach Mitternacht können wir unsere Gäste auf zwei italienische Küstenwachschiffe abgeben. Einer der Kapitäne sagt, dass er die Leute nicht mit Rettungswesten annehmen kann, es sei zu viel Arbeit, ihnen die wieder abzunehmen. Das erste Schiff legt längsseits an unserer Backbordseite an. Die Flutscheinwerfer auf allen Decks blenden den Rest der schwarzen Nacht aus. Dieser Splitter des politischen Desasters ist gegenwärtig der Nabel unserer Welt, der Rest der Katastrophe ist ausgeblendet.

»Avanti migranti!«, brüllt einer der Küstenwächter unter seiner Schutzmaske und die ersten verstörten Menschen werden rüde auf das Schiff gezerrt. *Wie die Tiere*, zuckt es selbst durch meinen Kopf. Was für ein trauriges Statement. Als hätten Tiere das mehr verdient. Als hätte irgendwer das verdient. Grobe Griffe und Geschubse, nur Verachtung in den Augen und das Geschrei, das niemandem je was gebracht hat. Ich komme mir vor wie an der Rampe. Wir schauen in die ängstlichen Gesichter unserer Freunde, die wir im Zweifelsfall nie wiedersehen werden, und die uns noch ein paar Küsse zum Abschied zuwerfen. Die Empfindung von Verrat breitet sich bitter triefend in uns aus. An die Lager, in die sie jetzt müssen, will ich nicht denken. Sie sind nicht frei und werden es so schnell auch nicht sein. Darüber kann auch der Hauch von Selbstbestimmung bei uns an Bord nicht täuschen. Ich bin alleine auf der Brücke, als sich eine junge Senegalesin in den Türrahmen stellt. Sie traut sich nicht rein und fragt mich mit ratloser Schüchternheit nach einer Binde. Mein Französisch ist zu schlecht, um ihr zu erklären, dass ich hier nicht wegkann, dass ich an der

Funke sein und das Schiff manövrieren muss. So stottere ich rum und hebe entschuldigend die Arme. Die Scham in ihrer ganzen Gestalt bricht mir das Herz. Ich renne runter in die Messe und greife nach der Küchenrolle. Ich habe keine Zeit, nach etwas Besserem zu suchen. Ihr Lächeln ist müde, aber ehrlich: »Thank you, sister.« Dass sie auch noch dankbar dafür sein muss, auf der Reise nicht alles voll zu bluten, lässt mich verzweifeln. *Schwester.*

Unsere Decks leeren sich schnell, das zweite Schiff fährt uns an. Vom Brückenflügel aus schaue ich nach, ob wir gut in Position liegen und entdecke zwei Halbwüchsige, die Arm in Arm in einer dunklen Ecke kauern. Der kleinere redet mit sanfter Stimme auf den größeren ein, flüstert ihm Worte der Beruhigung ins Ohr und streichelt sein Haar. Ich kann ihnen den Moment nicht lassen und knie mich neben sie: »Alles okay? Ihr müsst jetzt runter. Es geht nach Italien.«

»Er hat Angst«, bringt er die schlichte Wahrheit hervor. Mit gefasster Stimme erzählt er, dass der Große eine Psychose hat. Er ist sich sicher, auf dem anderen Schiff gefressen zu werden. Vor Furcht ist er schon halb weggeschrumpft. So unrecht hat er mit seinem Gedanken ja leider nicht. Ich funke Hannes an, damit er mit dem italienischen Arzt klärt, dass der arme Tropf nicht herumgeschubst wird.

»Seid ihr Brüder?«

»Nein, ich habe ihn in Mali auf der Straße gefunden. Ich konnte ihn ja nicht dort sitzen lassen, also habe ich ihn mitgenommen.«

Ich traue mich nicht, ihm zu sagen, was ich denke. *So einen Klotz Verantwortung hast du dir auf deiner Flucht ans Bein gebunden?* Ich sehe mich schändlich klein neben ihm und bete zu den Göttern, an die ich nicht glaube, dass ich eines Tages eine Winzigkeit von seiner Größe haben werde.

Und dann ist es vorbei. Alles auf null. Die Hecklichter der Küstenwächter verblassen zögerlich auf ihrem Weg nach Norden, zusammen mit all den Träumen und Sehnsüchten. Nüchtern und erschlagen stehen wir auf den Decks. Niemand hatte mehr als drei Stunden Schlaf in den letzten zwei Tagen. Es ist kein Gefühl von Erfolg, das ist es nie. Dafür ist zu viel marode. Wir machen noch zwei Stunden lang das Gröbste sauber, weil wir nicht wissen können, wann der nächste Einsatz ansteht. Die Rettungswesten stinken selbst nach der Chlorreinigung noch nach reinem Elend. Eingepackt wie ein Astronaut macht Jeremy mit dem Feuerwehrschlauch das Dixi-Klo sauber. Am Bug wird ein Berg von Decken zusammengetragen, die jetzt wahrscheinlich voller Krätze sind und die wir im Zweifelsfall wiederverwenden müssen. Ich checke, wie fit Eric ist und frage, ob er ein paar Stunden Wache schieben kann. Dann gehe ich ins Bett und sinke, noch bevor ich die Augen schließe, in ein erlösendes Nichts.

Vier Stunden später sind wir wieder auf Patrouille und suchen nach der Nadel im brennenden Heuhaufen. Alva blickt wütend auf das endlose Meer: »Dieses verfickte Wasser, in dem alle ersaufen.«

»Das Meer ist schön. Lass dir das nicht nehmen«, sage ich und nehme es komischerweise persönlich, dass die Schuld auf die Wassermassen geschoben wird, die seit abertausenden von Jahren nichts anderes machen, als perfekt zu sein. An diesem Morgen spüre ich die Verantwortung auf mir lasten, für das Schiff, die Besatzung und diejenigen, die unsere Solidarität brauchen. Wenn es gut geht, dann nur weil die Crew geil ist, wenn was schiefläuft, ist es meine Schuld. *Fakt.* Ich spüre die Rage – Rage in mir, in der Welt und über sie. Nur deshalb bin ich doch Kapitän geworden. Weil mich nervt, wer das Sagen hat, nicht im Umkehrschluss, weil ich unbedingt das Sagen haben will. Die Motivation kommt aus der Verneinung. *Alter, ist das mein Motto, oder was?*

Wir fahren weiter an der libyschen Territorialgrenze entlang. Einer menschengemachten Grenze, die in ihrer niederschmetternden Lächerlichkeit für viele zwischen Freiheit und Tod entscheidet. Wir tuckern hin und her, schieben den Kahn 200 Meilen in den Osten bis zur Großen Syrte, dann wieder Richtung Westen zur tunesischen Grenze. Nach den gewalttätigen Angriffen der libyschen Küstenwache auf NGO-Schiffe, die sich in den letzten Tagen gehäuft haben, fahren wir nicht mehr in die 24-Meilenzone. Nur wenn es wen zu retten gibt. Vereinsbeschluss. Zu viele Drohungen, zu viele Schüsse. Ich wäre gerne wieder an der 12er, der Grenze der zwölf meilenweiten Hoheitsgewässer, um den Booten so weit wie möglich entgegenzukommen. Ein nicht unerheblicher Teil von mir ist bockig und will sich nicht von diesen Milizenheinis einschüchtern lassen. *Wo kommen wir denn da hin?*, lehnt es sich großmütterlich in mir auf. Dann fällt mir wieder ein, dass es nicht mein Schiff ist und dass ich diese Entscheidung nicht für mich treffen kann, sondern nur für die ganze Mannschaft. Der Luxus des Individualisten bleibt mir verwehrt, uns allen. 22-mal Entscheidungsfreiheit, Risikobereitschaft und Verantwortung. Nur ein hochnäsiger Narr würde sich anmaßen, das alles alleine zu tragen.

Von unserer Position aus sieht jede Welle gleich aus, egal auf welchem Längengrad wir kreuzen. Für die Leute in den Booten erst recht – um sie herum nur Wasser. Als der Seenotruf über den alten INMARSAT-Kasten losgeht, zucken wie immer alle erschrocken zusammen. Der Alarm schrillt aus diversen Ecken und fünf verschiedene Displays blinken in heller Aufregung. Ich drücke die F10-Taste unsinnigerweise mehrfach und fester als nötig, nehme den Notruf damit an, und das technische Chaos verstummt. Völlig höhnisch ist dieser Signalausbruch, wo sich in Wirklichkeit so gut wie niemand für die Schiffbrüchigen hier unten interessiert. Das Meer um uns herum ist schrecklich leer. Kaum jemand ist hier, um nach ihnen zu suchen. Wir stärken unsere EU-Außengrenzen mit Ignoranz und der ewig wachsenden Selbstüberschätzung. ›Migrationspolitik‹ ist das vortreffliche Deckmäntelchen der faschistoiden Auslese derer, die leben dürfen. Es wird einem richtig wohlig zumute, wie bequem man sich hinter dieser feigen Falschetikettierung verstecken kann. *Erschlagt die Armen! Es lebe Europa!* Ich reiße das dünne Papier aus dem Nadeldrucker, das mit seiner verpixelten Bitmap-Schrift an eine Apparatur aus einem anderen Jahrhundert erinnert, an eine Technologie, die lange vor dem Faxgerät existiert haben muss. Eric kommt die Treppe hochgehetzt und stößt sich dabei mal wieder den Kopf. Mit seinen 1,90 Metern ist er nicht für dieses Schiff gemacht. Wir verziehen beide das Gesicht vor seinen Schmerzen. Dann lese ich vor: »Von Italian Coast Guard ... rubber boat, 1,3 meter length, grey, with two people, started from Tripolis at 2300UTC, latest received position at 0100UTC blablabla ..., all ships in the area are requested und so weiter.«

»Hä? Zwei Leute?«, fragt Eric nach.

»Komisch«, finde auch ich. Ich massiere meine Unterlippe zwischen den Fingern und suche die Position auf dem Plotter: »Sie könnten schon aus der 12er raus sein.«

Schnell bestimmen wir den Radius, in dem sich das Boot jetzt befinden könnte, nehmen Welle und Wind mit in die Rechnung und legen mit der Suche los. Ich starre wie eine Besessene aufs Radar, ändere die Einstellungen im Minutentakt, damit uns ja nichts, nah oder fern, entgeht. Die anderen starren ebenso verbissen durch die Ferngläser. Es dauert zwei Stunden, bis die ersten Gespräche aufkommen, und wir uns wieder zu atmen trauen. Es ist normal geworden, dass zwei da mitten auf dem Meer in ihrem Schlauchboot sitzen. Ohne genügend Sprit, ohne Kompass, ohne Ahnung. Das ist das Schlimmste daran – die Erkenntnis, dass es normal ist. Ich mache mir einen Zopf, weil es gut ist, wenn wenigstens die Haare in Ordnung sind, wenn die Welt im Chaos liegt. Wir fahren tiefer in die 24-Meilenzone, weiter Richtung Süden.

Am Abend kommt der erlösende Anruf aus Rom. Die italienische Küstenwache hat das Boot gefunden. Wenn ich das Gebrüll am anderen Ende der Leitung richtig verstehe, wollen sie die zwei Männer an uns übergeben. Ich begreife nicht, warum wir als Menschenschlepper behandelt werden, und dann Leute von der Küstenwache übernehmen sollen. Absurdität relativiert sich hier unten schnell. Das Telefonat ist wie so oft eine einzige Nervenprobe. Ich hasse telefonieren, gleichgültig mit wem. Dazu plärrt der wachhabende Offizier in Rom in den Hörer wie eine Oma, die glaubt, sie müsse lauter reden, um die Distanz zu überbrücken. Fast kann ich seine Spucketröpfchen spüren. Ob nun Segen oder Fluch – die Satellitenanlage überträgt nur Fetzen des Geschreis.

»Sir. I need you to talk more slow, please.«

Er begibt sich ins Fortissimo.

»Sir, I can not understand you.«

Er wird noch lauter und kann außerdem nicht mit der Zeitverzögerung der Übertragung umgehen.

»Sir ... Sir? ... Sir! ...«

Ich lege auf und schreibe eine E-Mail an Rom. Auf die kann man nicht allzu laut antworten, und wir kaufen uns ein bisschen Zeit, um darüber nachzudenken, was das alles soll.

»Was denkst du, Boss?«, fragt Jeremy und schiebt einen Hemdsärmel über seinen umwerfenden Bizeps. Komisch, dass mich dieser erstklassige Mensch nicht anmacht. Ich sollte megaverknallt in ihn sein. Na gut, auch komisch, in diesem Moment darüber nachzudenken.

»Pfft ... Keine Ahnung, Mann«, ist mein hochprofessionelles Fazit. Ich weiß doch auch nicht, wie dieses Spiel hier funktioniert, wie es überhaupt zum Spiel werden konnte, wann sie uns hänseln und wann sie mit uns zusammenarbeiten wollen. Tom wirft ein, dass die Küstenwache Leute an Bord innerhalb von 24 Stunden an Land bringen müssen: »Glaub' ich.«

Das wäre eine Erklärung. Soweit wir wissen, ist die CP941 momentan das einzige staatliche Schiff in der SAR-Zone. Bei uns könnten die Gäste länger sein, die *Charlie Papa* müsste nicht nach Italien zurück und könnte mit uns im Suchgebiet bleiben. So weit so gut. Oder eben auch nicht, meine Gedanken drehen sich im Kreis. Weil es keiner weiß, entscheiden wir uns am Ende dazu, die zwei aufzunehmen. Wir lassen uns von Rom das Versprechen geben, dass eine kleine, schnellere *Charlie Papa* uns die Gäste bald abnehmen und nach Italien bringen wird. Das Rendezvous mit der dicken CP941 ist in zwei Stunden angesetzt. Rendezvous ... mir wird bewusst, dass ich noch nie ein Treffen erlebt habe, das es verdient hätte, Rendezvous genannt zu werden, außer diese verfickten Zusammenkünfte mit Militärs und Küstenwachen im Mittelmeer. Mir scheint, da ist was falsch gelaufen. Statt gusseisernen Stühlen mit geschnörkelten Lehnen, verführerisch schwenkenden Weingläsern und zwei Füßen, die sich verstohlen unterm Tisch berühren, funke ich mit Uniformierten und muss simultan meine Hand, unter größter geistiger Anstrengung, davon abhalten, den Mittelfinger zu zeigen. Solch ein Rendezvous kann man nicht mal unter Seefahrtsromantik verbuchen. Ich fühle mich verarscht und muss lachen. Ich bin wirklich nicht zum Prinzessinsein auserkoren, und so begrüßen wir unsere zwei Gäste am Nachmittag in unserem schwimmenden Reich.

Alva kommt im Bikini tropfend vom Achterdeck gestolpert: »Können Firas und Saad auch schwimmen gehen?«, fragt sie und wringt sich die Haare aus. Wie sie da so mit zur Seite geneigtem Kopf steht, könnte es auch ein wonniger Tag im Freibad sein. Das RHIB ist im Wasser und zieht die Centifloats, die langen, orangenen Rettungsschläuche, hinter sich her, an denen sich die kreischende Crew festzuhalten versucht. Jeremy schafft es sogar, darauf zu stehen. Schwimmstopp, heute passiert nichts mehr im Suchgebiet. Die fliegenden Wassertropfen schimmern und glitzern wie ferne Galaxien.

»Oh«, sage ich und wäge ab, ob unsere Fürsorgepflicht vorgeht, oder ob ich ein Bastard wäre, ihnen diesen Spaß zu versagen. Wenn etwas passiert – wenn es sein sollte, dass wir am Ende zwei Ersoffene haben, weil wir Schiffbrüchige zum Banana-Boat-Ride eingeladen haben – dann ist alles aus. »Boah, ich glaub das geht nicht. Tut mir leid.«

Saad und Firas verstehen unsere Bredouille und winken den Planschaktivisten vom Bug aus zu, freuen sich für die im kristallklaren Wasser Schwimmenden und klatschen, wenn einer vom Brückendeck springt. Das schwere Licht des späten Nachmittags färbt den Himmel in Ergüssen aus Blau, Pink und LSD.

Saad und Firas sind in guter Verfassung. Beide sind Syrer, die viele Jahre in Tripolis gearbeitet haben. Der eine Arzt, der andere Ingenieur. Dann ging es nicht mehr und sie haben sich das Schlauchboot und ein Satellitentelefon gekauft, mit GPS auf dem Handy die Route zurechtgelegt und sind abgefahren. Mit akkurat gepackten Koffern sind sie los. Ein Anflug von Schüchternheit umgibt Firas, und man könnte meinen, er würde auch vor Sachen wegrennen, die gar nicht schlimm sind. Er sieht aus wie der Typ Mensch, der lieber erst gar nicht in ein volles Restaurant reingeht, als den viel zu beschäftigten Kellner nach einem Platz zu fragen. Saad hingegen steht gern vor versammelter Mannschaft, erzählt und macht Selfies. Er ist gerade so sehr von sich selbst eingenommen, dass es noch sympathisch ist.

Die Situation ist für alle verwirrend. Firas und Saad fragen sich und uns, wann sie an Land kommen. Irgendwie ist es ihnen auch egal. Hauptsache sie sind nicht mehr in Libyen. Es wird wieder viel geschossen, sagen sie mit betretenem Blick. Wir fragen Rom, wann die Küstenwache sie abholt und uns, ob es komisch ist, sie hier überall auf dem Schiff rumlaufen zu lassen. Es könnte merkwürdig unangenehm werden, wenn wir mehr Gäste haben und dann ihre kärglichen Privilegien wegfallen müssten. Wir reden drüber. Kein Problem, sie verstehen das. Wir langsam auch. Selten sind wir so sehr mit dem Menschsein unserer Gäste konfrontiert, damit, dass sie ja normale Leute sind, und dass wir nicht stur an unseren Regeln festhalten müssen, die für 300 Leute an Bord gemacht wurden. Nicht für zwei, mit denen man besser in der Messe Schach spielen und Schokolade essen sollte.

Lyn hängt die Lichterkette am Achterdeck auf. Mit unseren Hintern auf Rettungswesten geparkt sitzen wir unter den Sternen und essen zu Abend. Für diesen treibenden Moment sehen wir uns abgekapselt von Grenzen und Nationen. Selbst die Atmosphäre scheint sich aufzulösen und macht uns zu einem Teil des Firmaments. Hier hockt ein kleiner Haufen Menschen aus unterschiedlichen Ecken, die ihr Beisammensein heute Nacht als wahr empfinden dürfen und sich nebenbei über astronomische Navigation unterhalten. Saad zeigt uns seine App dazu. Die Endlichkeit des Augenblicks kann ihm nichts anhaben. Für eine Sekunde ist es mir sogar erlaubt, wieder an die Menschheit zu glauben. Immerhin.

Wir haben es aufgegeben, Rom im Stundentakt anzurufen und Informationen von ihnen darüber zu bekommen, wann unsere zwei neuen Kumpanen geshuttelt werden. Von uns aus können sie auch anheuern. Ich tätige nur hin und wieder einen obligatorischen

Anruf, damit sie uns nicht komplett vergessen. Indes fahren wir unsere Suchmuster, machen schlechte Witze und Firas und Saad bestehen darauf, für uns zu kochen. Lyn bringt mich weiterhin um den Verstand. Ich bin so beduselt, dass ich nicht mehr weiß, ob ich mich jemals so begehrt und verstanden gefühlt habe. Gestern hat er mir gesagt, er sei Anarchist. Fast sind mir dabei die Synapsen durchgebrannt. Dass er in mich verliebt sei, sagte er auch, und ich löste mich in meine schwirrenden Moleküle auf. Wenn er zwanghaft penibel jeden Knoten neu knüpft und vor sich hin grummelt, wenn das lose Ende des Palsteks innen liegt, werde ich durch eine Sintflut Glückshormone fast ohnmächtig. *Es lebe die Chemie!*

Wir sitzen auf dem rauen Vordeck und diskutieren, ob es unangebracht sei, das Mörderspiel zu spielen, während wir unsere zwei Gäste an Bord haben.

»Und wenn wir es in Löffelspiel umbenennen?«, grinse ich und fühle mich ungewohnt schüchtern.

Er strahlt mich mit seinem jungenhaften Lächeln an, bei dem sich mein Höschen fast von allein auszieht, und küsst mich zum ersten Mal in der Öffentlichkeit. Die Wellen klatschen an den Bug, mein Herz rast in panischem Glück, und ich schaffe es nicht, mir darüber klar zu werden, wie ich das samt und sonders finde.

»Darum bist du der Kapitän«, beglückwünscht er mich zu diesem vermeintlichen Geniestreich. In meinem Innersten tanzen Demut und Euphorie Pogo.

Mit Saad und Firas an Bord verkneife ich es mir, die Crew mit dem Generalalarm zusammenzurufen. Es dauert zwar länger, durchs Schiff zu laufen und überall nett anzuklopfen, ist aber wohl weniger traumatisierend. Das scheint angebracht. Wir sammeln uns auf der Brücke und klären die Regeln.

»Jeder zieht einen Namen, und die Person müsst ihr dann töt... äh ich mein ... kriegen. Und zwar müsst ihr demjenigen mit einem

Löffel auf die linke Schulter tippen. Es darf keine lebenden Zeugen geben.«

Otta und Jeremy kennen das Spiel und werfen sich verschwörerische Blicke zu. Grinsend wie die Honigkuchenpferde schmieden sie schon Pläne, wie sie am besten durchkommen.

»Wenn ihr einen mit dem Löffel erwischt habt, übernehmt ihr den Zettel von eurem Opfer und habt damit euer nächstes Ziel.«

Alle scheinen es kapiert zu haben.

»Okay, dann ziehen wir jetzt die Namen. Danach hat jeder zwei Minuten Zeit sich 'nen Löffel zu suchen. Wenn das Nebelhorn schallt, geht es los!«

Alle drängeln sich sofort um den Hut mit den Zettelchen, jeder will der Erste sein. Dann fliegen wir durch das Schiff wie die Harpyien. Saad und Firas mittendrin. Bis zur Brücke höre ich es in der Küche scheppern und krachen, Alva schreit und Francis lacht und lacht. Jeremy und Otta haben sicherlich längst eine mörderische Allianz gebildet. Schon nach fünf Minuten kommt Alva auf die Brücke geschlurft und gibt abgehetzt und doch glücklich zu: »Ich bin tot.«

Sie entlockt dem Nebelhorn ein tiefes, langes Brüllen, und ich übertrage die tragische Nachricht über Funk. So wollen es die Regeln. »Attention all crew, attention all crew. Alva is dead. I repeat. Alva is dead.«

Es johlt von den Decks, aus der Funke knistert es mit dämonischer Stimme zurück: »I know what you did last mission ... Boss.«

Wir feiern das makabre Kinderspiel, und ich habe völlig vergessen, dass und warum wir es in Löffelspiel umbenannt haben. Immer mehr Leute kommen auf die Brücke und hoffen, zwischen den anderen noch Lebenden Schutz zu finden. Jonas hat sich alle Kellen und Kochlöffel aus der Kombüse geschnappt, trägt sie jetzt am Gürtel und ist so aufgeregt, dass seine Arme noch unkontrollierter hin und her zucken als sonst. Selbst die kurze Zeit auf See, fern ab von Handys, Kneipen und TV, öffnet uns Tür und Tor zu den kleinen Kostbarkeiten in unseren verlorenen Seelen. Mit kindlicher Aufregung und klopfenden Herzen stürzen wir uns in fantastische Spielereien und schwirren aufgescheucht wie die Fledermäuse im Licht umher.

Es poltert auf der Treppe, Jeremy kommt auf die Brücke gehechtet und schubst jeden, der in seiner Fluchtroute steht, aus dem Weg. Verfolgt von Saad, der bedrohlich seinen Teelöffel über dem Kopf schwenkt, ist er genauso schnell wieder aus der Tür. Plötzlich ruft Salma: »Macht alle die Augen zu!«, und tippt dem verblüfften Greg auf die Schulter.

»Du bist tot!«, freut sie sich.

»Nein! Francis ist lebendig und Tom auch. Ich habe lebende Zeugen!«, beschwert sich Greg.

»Die hatten aber die Augen zu und haben es nicht gesehen«, belehrt sie ihren Kollegen und reibt sich siegesgewiss die Hände. Ich sterbe bei dem Versuch, Hannes zu erwischen, verspiele das Überraschungsmoment, weil ich ihm die Mordwaffe auf die rechte Schulter schlage. Nach weniger als vier Stunden sind alle bis auf Jeremy tot und auch die Toten selig.

Nach ganzen zwei Tagen kommt endlich der Anruf aus Rom. Diesmal ist es eine freundliche, bisweilen säuselnde Stimme mit starkem italienischem Akzent. Ich bin für jeden dankbar in dieser internationalen Seenotrufleitstelle, der wenigstens rudimentär Englisch beherrscht.

»Madam. You have to bring the migrants to Lampedusa.«

In mir zieht sich alles zusammen. *Ihr verschissenen Lügner.* Ich könnte kotzen.

»Sir. I have been promised a shuttle by the Italian Coast Guard for the migrants.«

Migrants. Ich rümpfe die Nase über mich selbst, dass ich seine kalte Lingo übernehme. Doch ich befürchte, dass er nicht mehr versteht, von wem ich rede, wenn ich die *migrants* aus seiner Statistik zu Menschen mache.

»But it's not possible, Madam.«

»Sir«, versuche ich eine Stimme zu finden, die nicht vor Hass und Aggression platzt, »I am not willing to leave the SAR-zone for all these days. There is no other asset in the area.«

»Madam, we know that.«

»Sir! I request a rendezvous with a *Charlie Papa*, as it was agreed upon.«

Er nimmt den Hörer vom Ohr und redet mit jemandem auf Italienisch. Ich verstehe kein Wort, aber ich kann sie mir vorstellen, in ihrer Kommandozentrale voller Bildschirme und Telefone. In meinem Kopf ist da immer schummriges Licht, der Geruch von Espresso und Zigaretten, ein Kopierer in der imaginären Ecke und das Knistern ihrer weißen Hemden. Dann wendet er sich wieder an mich: »Madam, I will call you back.«

Ich blähe die Wangen auf. Scheiße, das sieht nicht gut aus. Und mit Geretteten an Bord unterstehen wir leider in gewisser Weise ihrem menschenverachtenden Regiment. Wie sehr weiß niemand so genau. Das haben die Seerechtsschreiber schön schwammig gelassen. In diesem Europa ist es kein Argument, dass wir die Einzigen im Suchgebiet sind. Es geht nicht darum, Leben zu retten, es geht darum, nicht zu sehen, wenn Menschen sterben. Wut über die Skrupellosigkeit kocht – mal wieder – in mir hoch, Wut darüber, dass wir zuschauen müssen, wie Formalien die Vernunft und die Menschenwürde schlagen. Ich kugele mich auf dem rauen, abgewetzten Teppich in der Ecke neben dem Telefon zusammen und versuche zu schlafen, bevor der nächste Anruf kommt. Dabei denke ich an die, die unter demselben Mond mit vorgehaltener Waffe auf das nächste Boot gezwungen werden.

Alles, was wir in der Nacht bekommen, ist ein Versprechen, dass uns eine *Charlie Papa* auf halber Strecke nach Lampedusa treffen wird. Mit Widerwillen setze ich Kurs nach Norden. Firas und Saad sind froh, dass endlich etwas passiert. Ihr Aufenthalt an Bord muss sich mehr und mehr wie eine nicht enden wollende Brücke anfühlen, im limbus puerorum zwischen ihren Leben vor und nach der Flucht, die über Abgründe führt, die man selbst dann nicht begreift, wenn man mit eigenen Augen in sie herabgeblickt hat. Ob sie ahnen, dass auch an Land noch unzählige dieser mühsam knarzenden Schritte vor ihnen liegen? Die Crew ist der Sperenzchen müde. Jeremy putzt das Schiff mit einer Emsigkeit, die selbst jemand mit Waschzwang verspotten würde. Salma sitzt mit missmutiger Miene auf der Brücke und verteilt mit ihren eisig funkelnden Augen Dolchstöße an die Welt. Wir alle wissen, dass das Wetter heute Nacht perfekt für das Ablegen von Booten sein wird, dass die Wellen sie nicht direkt zurückspülen oder kentern lassen würden. Und wir wissen auch, dass wir sie nicht retten werden können, da wir hier zu diesem zwecklosen Tango gezwungen werden. Ekel steigt in mir hoch. Ich merke, wie sich Staatsmacht und Willkür auf uns nieder senken, all den Raum einnehmen, in dem es auch vorher schon keinen Platz für Freiheit und Gerechtigkeit gab.

Weil sonst nichts hilft, lassen wir in voller Lautstärke *Feine Sahne Fischfilet* übers Schiff schallen und Tom macht noch einen Schwung letzter Selfies mit Firas und Saad. Firas wünscht sich ein Foto von sich am Steuerrad. Ich will das System stürzen, aber komme nicht weiter, als noch einen Kaffee aufzusetzen. Salma nimmt mich unbeholfen in den Arm: »Was für Pisser«, und die Welt ist gleich ein bisschen besser.

Hannes raucht Kette, mittlerweile ohne kotzen zu müssen, und lässt sich die *Medical Reports* unserer Gäste von mir stempeln.

»Danke«, sage ich und bin mir sicher, dass die Küstenwache sie ungelesen wegwerfen wird. Wir behalten eine Kopie und geben auch Firas und Saad eine, damit sie den Wisch bei sich behalten können.

»Wie geht's dir?«, fragt Hannes, halb Freund, halb Arzt.

»Ich bin sauer. Es kotzt mich an, wie die in Rom mit uns sprechen und dass wir den Scheiß auch noch mitmachen müssen.«

»Ich glaube, die in Rom finden das manchmal auch kacke, was sie machen müssen«, sagt er, als versuche er, mich mit dem Schicksal aller zu versöhnen.

Ich weiß ja, dass sie unter Druck stehen, dass es nicht die Entscheidungen der Offiziere sind, sondern politische, von oben aufgezwungene. Hannes sucht dennoch weiter nach Menschlichem: »Ich denke, für die ist das auch hart, von diesen Notrufen zu wissen und zu sehen, wie viele davon nicht gefunden werden. Oder die italienische Küstenwache. Die ziehen auch schon seit Jahren Leichen aus dem Wasser. Die sehen denselben Dreck wie wir, müssen machen, was sie gesagt kriegen und werden mit ihrem Psychomüll allein gelassen.«

Ja, ja. Klar sind das am Ende des Tages auch nur Menschen, die vermutlich darunter leiden, stimmt ein kleiner Teil von mir zu. Der andere Teil hat Zugang zu meinen Stimmbändern: »Aber dann kann man – muss man! – irgendwann auch mal aufhören, nur ein Stück des Systems zu sein und 'nen Befehl verweigern, statt stumpf zu gehorchen. Diese Freiheit haben sie und darin liegt die Verantwortung! Ansonsten machst du dich zum Arschloch.«

Hannes nickt, ist mir aber immer noch zu verständnisvoll. Wenigstens fliegt ihm die Asche in das Auge, das er sich jetzt mit der Faust reibt. »Ja, aber wenn du Familie hast und 'n Haus abbezahlen musst ... Wenn man da so drinsteckt.«

»Och man, Hannes! So kommen wir da doch nie raus! Joa, alle stecken drin im Käfig. Im Käfig der Küstenwache, der Gesellschaft, im Käfig der Verfolgung, der Flucht. Egal wo du hinguckst, alle stecken wir im Käfig«, ereifere ich mich tollwütig und ziehe an meiner Zigarette. »Und was machen wir? Wir gucken, wie wir es uns in diesem Käfig bequem machen können oder höchstens, wie wir die Stäbe verbiegen können. Aber warum existiert dieser scheiß Käfig überhaupt? Das System, das diesen Käfig produziert, muss niedergerissen werden. Und das geht nicht durch mitmachen.«

Hannes raucht seinen Filter heiß und fragt mich belustigt: »Und wie geht es dann?«

»Mit Kaffee und Anarchie. Und Kippen«, sage ich und blase ihm den Rauch ins Gesicht.

»Und Bier?«

»Ja, Bier geht auch. Nur nicht so viel.«

»Ok, dann bin ich dabei.«

Hannes ist ohnehin dabei. Deswegen darf er sich auch mal einen kurzen Moment dem relativierenden Verständnis hingeben. Lange dauert so etwas nicht. Es ist deprimierend, wie wenig es da zu verstehen gibt. Wie zur Untermauerung meiner These klingelt das Telefon. Rom ist dran. *q. e. d.* Es ist wieder der flötende Offizier, den man immerhin versteht.

»Sir ... eh ... Madam«, beginnt er, und ich rechne damit, dass er mir eröffnet, dass das Rendezvous ausfällt. Er schafft es, mich zu überraschen und erzählt stattdessen von einem Holzboot mit

60 Menschen an Bord, das von Tunesien Richtung Lampedusa losgefahren sei. Wir sollen suchen.

»I will send you the instructions, Madam. Please check your e-mail.«

Leicht verwirrt lege ich auf. Was für Anweisungen meint er denn? Sonst kriegen wir immer nur die letzte bekannte Position mitgeteilt und machen dann unser Ding. Und normalerweise muss man fünf Mal nachfragen, bis man ausnahmsweise etwas Schriftliches aus Rom bekommt. Ich kratze mich hinter dem Ohr, und meine Augen bleiben am INMARSAT kleben, bevor mein Kopf weiß warum. Da blinkt und piepst nichts. »What the fuck ...«, presse ich zwischen dünnen Lippen hervor und drücke alle möglichen und unmöglichen Knöpfe. Aber der Kasten bleibt still.

»Die haben keinen offiziellen Notruf abgesetzt«, sage ich mehr zu mir selbst als zu Hannes, dem auch nichts anderes übrig bleibt, als richtungslos zu schnauben.

Der Kurs ist angepasst und in meinem Hirn eine Schranke. Die Mannschaft ist gut aufgelegt, weil Italien sich selbst ausgetrickst zu haben scheint, und wir jetzt doch machen können, wofür wir eigentlich rausgefahren sind. Sogar Saad und Firas sind mit Begeisterung dabei und schnappen sich Ferngläser. Etwas in mir verbietet es, sich zu freuen, ich weiß aber noch nicht genau was. Dieser Wust aus politischer Katastrophe, irren Behörden, ertrinkenden Menschen und mittendrin einem Schiff voller Anarchohippies verwischt jeden klaren Gedanken.

Die E-Mail ist im Postfach, und ich muss mich wirklich fragen, ob ich verrückt geworden bin oder Rom es ist. Sie haben uns ein Suchmuster geschickt – das ist Premiere. Allerdings ist es das stümperhafteste, was ich je in meiner SAR-Arbeit gesehen habe. Nun gut. Was bringt mir meine Fachkompetenz, wenn andere am längeren Hebel sitzen. Ich drucke mir den Anhang aus, hänge mich damit über den Kartentisch, bis meine Ellbogen schmerzen, und rechne den Murks noch drei Mal durch. Unseligerweise immer mit dem gleichen Ergebnis: Die vorgegebene Suchstrecke macht keinen Sinn. Das Beste an ihr ist, dass die Koordinaten wirklich zwischen Tunesien und Lampedusa liegen. Doch die Abstände sind viel zu eng gesetzt, als könnten wir das Boot nur finden, wenn wir mit verbundenen Augen darüberfahren. Weder Strömung und Wind noch der Eigenantrieb des Bootes wurden einbezogen. Es würde drei Tage dauern, dieses Raster abzufahren. Sind die bescheuert oder ist das Vorsatz? Ich bin nicht sicher, ob ich lachen oder weinen soll, und schlage sicherheitshalber im offiziellen SAR-Handbuch nach. Jap, total falsches Suchraster. Es sei denn, man ist ein Helikopter. Ich lasse Otta und Eric nochmal über mein Resultat schauen. Es ist so absurd, dass ich innerlich flehe, ich möge doch bitte einen Fehler gemacht haben. Negativ. Ich rufe Rom an, und es wird noch schlimmer.

»Madam, you have to follow the orders.«

»Sir. The orders don't make any sense.«

Er will nicht mit sich diskutieren lassen, und ich werde pissig: »Sir! What is the official SAR-case number for this boat?«

»Madam, you will receive this later.«

»Why is there no official distress call via INMARSAT?«

»You will receive information later, Madam. I can not give you more information at this point. Please continue the search.«

Wir wissen, dass wir auf irgendeine Art verarscht werden, mehr aber auch nicht. Da es nicht das Problem der 60 Leute sein kann, die vielleicht wirklich da draußen sind, dass Rom ihrem Fall keine blöde Nummer gibt, beginnen wir, die Koordinaten abzufahren. Wir lassen das RHIB zu Wasser, um mehr Fläche abzudecken und um nicht drei Tage zu brauchen. Keine 20 Minuten später ruft Rom an und pfeift das RHIB zurück. Sie befehlen uns, das komplette schwachsinnige Raster mit dem Schiff abzufahren. Zornesfalten fräsen sich in meine Stirn. Ich funke jedes Schiff im Umkreis an – keiner hat das Boot gesehen, keiner einen Notruf gehört. Ich klopfe mir mit der Funke gegen die Schläfe, im unglücklichen Versuch den Quatsch zu verstehen. *Fail.* Wir bleiben mit dem Schiff auf dem dämlichen Kurs, aber behalten das RHIB bis zum Sonnenuntergang trotz allem im Wasser. Es heizt in die Ferne, in der Hoffnung, das Boot zu finden und diesem Theater ein Ende zu bereiten. Dann erfahren wir, dass einem zivilen Suchflugzeug der Start verboten wird. *Warum? Darum.* Gefühlt alle drei Minuten kommt ein Besatzungsmitglied auf die Brücke, um zu fragen, ob es etwas Neues gibt. »Nein. Alles unverändert scheiße.«

Als Jeremy das RHIB wieder an Bord krant, lacht keiner mehr. Wenigstens bewirft Hannes Francis mit Papierkügelchen aus Kotztüten. Im Gegenzug spritzt sie ihn mit dem Gartenschlauch ab, anstatt das RHIB damit vom gefräßigen Salzwasser zu befreien. Als alles wieder ordentlich verklappt ist, treffen wir uns auf der Brücke. Es gibt ein neuerliches Update darüber, dass es nichts Neues gibt. Und dass es stinkt: »Entweder es ist Amtsmissbrauch und die schicken uns hier rum, um uns zu schikanieren. Oder es ist unterlassene Hilfeleistung, und das Boot soll nicht gefunden werden.«

»Beides ganz schön pervers«, findet Jeremy. Er nennt mich noch nicht mal mehr Boss.

Miguel will ein Interview führen. Vielleicht wird ja wenigstens eine Nachrichtenmeldung daraus. Ich sehe ihm an, dass er selbst nicht wirklich daran glaubt, dass irgendeine Zeitung an einer solchen Story Interesse haben könnte. Saad und Firas wollen nicht, dass Fotos von ihnen gemacht werden. Ich kann es ihnen nicht verübeln. Ich komme um den Mist nicht herum. Wir tun alles, was vielleicht helfen kann. Alles für den Dackel. Miguel setzt sich die Kamera ans Auge, und ich drücke auf ein paar Knöpfen rum, weil sich die Redaktionen immer so prächtig über diese Bilder freuen. Dann setze ich einen ernsten Blick auf und volle Konzentration darauf, nicht zu fluchen. Nicht gerade meine am saubersten vorgeturnte Übung.

Im Stundentakt kontaktieren wir Rom. Wie lautet die Fallnummer? Warum ging der Notruf nicht an sämtliche Schiffe raus? Schickt mir endlich die *Charlie Papa* für unsere Gäste. Nichts regt sich, nur ich mich auf. Jonas bringt Pfannkuchen auf die Brücke. Meinem hat er mit Schokosoße ein grimmiges Gesicht gemalt. *Best crew ever.*

Die Decks vibrieren und die alte Maschine dröhnt vor sich hin, während die Fäden der einsamen Verantwortung bei uns zusammenlaufen und sich zu einem unlösbaren Knäuel aus Kampfeswillen verstricken. Manchmal spürt man, wie die Fäden sich spannen und erzittern, bei dem Versuch sich aus dem Geflecht zu befreien – wenn man mal schwach und naiv sein will und keine Lust mehr hat. Doch wenn man einmal die Verfassung dieser verkorksten Welt gesehen und verstanden hat, dann bleibt einem nur noch die Tat. Unser Lechzen nach Freiheit bringt uns in Zugzwang.

Unsere Mission ist das entzündete Aufbegehren aus dem verrotteten Leichnam einer Gesellschaft heraus, die einst von Gerechtigkeit sprach. Unser Einsatz ist ein letztes humanes Zucken dieses Zombies, der sich und seine Werte verriet. So sind die gärenden Fette seiner Verwesung Öl in unserem Feuer. Der Zerfall des Menschlichen treibt uns an, ob wir wollen oder nicht.

Anspruch und Wirklichkeit der westlichen Welt klaffen so weit auseinander, dass wir uns nicht mehr für das Gute, sondern nur noch gegen das Schlechte erheben können, hier auf unserem schwimmenden Außenposten der Vernunft. Und wie wir diese Schlacht der Missbilligung führen, wissen wir, dass es noch so viel mehr gibt, was wir wollen, was wir müssen. Wir halten uns nicht an der Frage auf, wann und wie unsere Utopie Wirklichkeit sein wird. *Onward and upward.* So schlagen unsere Herzen unermüdlich voller Liebe und unsere Fäuste den Faschismus.

Es wird wieder Tag und wieder Nacht. Die betäubend langen Stunden füllen sich mit unserem Zusammenhalt und unserer Freundschaft. Es ist perfide, wie unbeeindruckt sich das Universum von unserer, von ihrer prekären Situation zeigt. Das Boot ist nirgends in Sicht, die Telefonate mit Rom erinnern an einen Loriot-Sketch, in dem alle aneinander vorbeireden.

Wie wir uns in uferloser Langsamkeit gen Norden schlängeln, mehren sich die Lichter der Fischerboote am Horizont. Ihnen würde kein Leben entgehen, weder das der letzten Fischschwärme dieses sterbenden Meeres noch das der 60 Menschen, die versuchen, kein Teil davon zu werden. Otta macht den obligatorischen stündlichen Logbucheintrag und grübelt wie immer über der Wellenrichtung. Der Schein der roten Lampe über dem Kartentisch reicht nicht weit und wirft weiche Schatten auf ihr Gesicht. Kurz sehe ich in ihr das embryonale Sinnbild einer Bewegung, die auf den Blasensprung wartet, auf eine schmerzhafte Geburt, die Neues bringen soll. In diesem Augenblick piepst der Satellitenkompass, weil er mal wieder das Signal verloren hat. Ich schalte auf den Kreiselkompass um, und Otta wird von der Vision wieder zum Menschen.

Die Unsinnigkeit dieser Veranstaltung ist zermürbend. Wenn ich darüber nachdenke, wie viel Zeit und Energie wir auf die Rettung von Leben verwenden müssen, vergeht mir der Glaube an die

Rettung der Welt. Wann werden wir endlich Zeit dafür finden? Mit angezogenen Knien sitze ich auf meinem viel zu großen Kapitänssessel, der sich auf merkwürdige Weise so einfach füllen lässt, und überlasse mich dem Trott dieses Unfugs.

Um 20 Uhr kommt der nächste Anruf. In diesem Akt des Schmierentheaters deutet sich schon das Grand Finale im Orchestergraben an. Die Anordnung lautet: Richtung Lampedusa fahren, ein Küstenwächter werde uns entgegenkommen und Firas und Saad an Land bringen. Wieder kann oder will er mir nicht sagen, was mit dem tunesischen Boot passiert ist.

»I have no information to share with you, Madam.«

Es verbleiben drei Stunden bis zum Rendezvous. Ein Hauch von Erleichterung weht durch die Gänge und Kabinen. Bald können wir wieder in der Suchzone sein. Bleibt nur die Frage nach dem Boot, die uns quälend im Nacken sitzt. Ich wurschtel am Radar rum, um zu sehen, ob ich die *Charlie Papa* en route zu uns entdecken kann. Doch außer einer Reihe bewegter Echos von falscher Größe und einem riesigen statischen Flatschen, der wohl eine Fischfarm oder ein Tanker auf Reede ist, tut sich nichts auf dem Röhrenbildschirm. Ich lache, als Rom erneut anruft, um mir zu sagen, dass die Küstenwache erst einem Fischerboot im Norden der Insel helfen muss, bevor sie shutteln können. Bullshit. Da sitzen sechs *Charlie Papas* im Hafen. Die Mannschaft hat wahrscheinlich einfach keinen Bock, so spät noch rauszufahren. Versteh ich, nur ist es halt ihr verdammter Job. Aber wir sollen weiterfahren, uns weiter zum Hampelmann machen und Spendengelder durch die Einspritzdüsen jagen. Ich fühle mich nicht gut dabei, und wir gehen auf Minimaldrehzahl, was umgehend mit einem Anruf quittiert wird. Sie beobachten uns mit Argusaugen, unser AIS, das über UKW automatisch unsere Schiffsdaten übermittelt. Wieder sehe ich ihr verrauchtes Büro vor mir. Ich verstehe fatalerweise viel zu gut, warum sie uns als Feind betrachten. So weit sind wir in dieser Totgeburt eines Staatengebildes.

Eine Stunde später hat die *Charlie Papa* angeblich ein Maschinenproblem, und ich kann mir nicht verkneifen, den Offizier in der Notrufzentrale zu fragen, ob er mich verarschen will. Eine Antwort bleibt er mir schuldig.

Um Mitternacht ist immer noch nichts passiert, wir kriechen voran und warten. Irgendetwas stimmt hier nicht. Ich lege vorsichtig die Hand an meine Kehle. Ganz achtsam, und fürchte dabei fast, ich könnte dort den Strick ertasten, der uns umgelegt wurde.

Plötzlich beißen sich aus allen Richtungen Flutscheinwerfer durch die Dunkelheit. Die Blaulichter flackern gereizt und taktlos durch die Nacht. Gleich vier *Charlie Papas* tauchen wie aus dem Nichts neben uns auf, darunter auch die große CP941, die uns Firas und Saad übergeben hat. Das war keine Fischfarm, kein Schiff vor Anker, das war eine Falle. Ein italienischer Kommandeur ranzt über Kanal 16, während die voll bewaffneten Küstenwächter auf den Decks in weihnachtlicher Beleuchtung aufblitzen und wieder verschwinden. Eine Laterna magica des moralischen Verfalls.

»This is Italian Coast Guard speaking!«

Ich bin fassungslos. Fassungslos über das, was hier passiert und fassungslos darüber, meinem Bauchgefühl nicht mehr Gehör geschenkt zu haben. Und noch immer verstehe ich nicht alles. Meine Finger trommeln auf die Lehne, und ich kaue auf meiner Zunge. Die ganze Truppe kommt auf die Brücke gehetzt und will wissen, was los ist. Firas und Saad stellen sich mitsamt ihren Fragen hinter Jeremy und machen sich so klein, wie sie nur können.

»Ich glaube, wir sind am Arsch«, fasse ich zusammen und bin verwundert über den Stolz und Spott, die noch in meiner Stimme mitschwingen.

»Ist das normal?«, will Saad wissen, den Blick aus dem Fenster gerichtet. Alle schütteln schweigend den Kopf, auch Firas.

»Was machen wir jetzt, Boss?«

Ich schlucke, weil Jeremy sonst immer derjenige ist, der weiß, was zu machen ist, und mich nur meine idiotische Position an das Ende der Kette stellt. Ein Ende, mit dem ich mich doch auch nicht auskenne.

»Let's dance«, mehr der Ansprache fällt mir nicht ein. Ich ziehe die Schultern zurück, mache mich ein Stück größer und funke zurück: »Italian Coast Guard, this is the Captain speaking.«

»THIS IS ITALIAN COAST GUARD. YOUR ORDER IS TO GO INTO LAMPEDUSA HARBOUR.«

Ich verdrehe die Augen, und meine Nasenflügel weiten sich.

»Negative, Sir. We have orders from Rome to transfer the migrants at sea.«

Vielleicht gerade, weil ich weiß, dass wir dieses Gefecht verloren haben, bin ich energisch. Greg schaut mich mit großen Augen an. Er würde sich nicht trauen, gegenüber Leuten in Uniform solch einen Ton anzuschlagen und muss sich scheinbar noch überlegen, ob er das unverschämt, wahnwitzig oder gut findet. Die Gesellschaft brennt das Duckmäusertum zu tief in unser Mark, als dass jeder die juckenden Narbenwulste ignorieren könnte.

»CAPTAIN!«, schallt es aggressiv zurück. »THIS IS ITALIAN COAST GUARD! THIS IS AN ORDER! YOU GO TO LAMPEDUSA HARBOUR!«

Ich denke kurz nach und suche bei der Crew nach Zuspruch. Lyn begegnet meinem Blick und formt mit seinen Lippen ein lautloses *I love you*. Mit einem Nicken und einem schelmischen Zwinkern gibt Jeremy mir alle weitere Rückendeckung. Lächelnd funke ich zurück: »Copy that, Sir. We send our RHIB with the migrants into port.«

Ich bin nervös. Außer dem üblichen Piepsen der Geräte herrscht Totenstille auf der Brücke. Ich mutmaße, dass Greg jede Sekunde in Ohnmacht fallen könnte. Eric ruft in Rom an, doch das Einzige, was er zu hören bekommt, ist, dass die Küstenwache das Kommando übernommen hat. Der Offizier habe sich ein Fitzelchen schuldbewusst angehört, glaubt Eric. Ich denke, *wohl eher ertappt*, und habe nur noch Verachtung in mir übrig. Die *Charlie Papas* kommen noch näher an uns heran, keine 20 Meter Wasser sind mehr zwischen ihnen und uns. Es zetert aus dem Funkgerät: »THIS IS AN ORDER! YOU COME WITH THE SHIP INTO HARBOUR! NOW!«

Uns bleibt keine Wahl. Ein widerliches Gefühl.

»Was machen wir jetzt?«, traut sich Francis zu fragen, und ich bin von mir selbst enttäuscht, als ich ihr antworte: »Wenn wir nicht geboardet werden wollen, müssen wir einlaufen.«

»Fuck.«

»Jap.«

»Mitgesailt, mitgejailt«, fügt Hannes hinzu und Jonas kichert wie ein Schuljunge.

Ich steuere auf die Hafeneinfahrt zu. Jeremy und Otta machen das Deck zum Anlegen parat. Alva schließt die Kabinentüren und Tom klebt Namensschilder darauf, damit sie nicht durchsucht werden können. Mit matter Zerschlagenheit versuchen wir uns auf das gefasst zu machen, was wir nicht absehen können. Unsere Panzer der Überzeugung sitzen gut, sie werden für immer unantastbar bleiben. Die *Charlie Papas* folgen dicht auf uns, mit ihren uniformierten Kasperlepuppen an Deck, die immer noch ihre Maschinengewehre vor der Brust halten. Glauben sie etwa, wir würden mit unseren acht Knoten Maximalgeschwindigkeit versuchen abzuhauen? Für immer in internationalen Gewässern abtauchen? Otta stellt sich neben mich, so dass sich unsere Arme leicht berühren, und fragt, ob sie die ACAB Flaggen einholen soll.

»Auf keinen Fall«, schießt es aus mir heraus, ohne dass ich darüber nachgedacht hätte. Ein, zwei Gran rebellische Würde werden wir uns bewahren. *Fuck it.* Salma schnalzt zufrieden mit der Zunge.

Der Anblick, der sich uns beim Umfahren des Kais bietet, gleicht einem Filmset. Scheinwerfer sind aufgestellt, auf dem Dock wimmelt es von Küstenwächtern und Polizisten, auch ein Trupp Riot-Cops hat sich dazugesellt sowie eine Kolonne Gestalten, die aussehen, als seien sie das CSI-Team von Lampedusa. *Schöne Komparsen seid ihr.* Am beunruhigendsten ist jedoch die Menge an Journalisten hinter dem kleinen Absperrgitter. Was wissen die, was wir nicht wissen?

Um halb eins sind die Leinen festgemacht, die Crew weiß Bescheid: Es gibt nur eine korrekte Antwort auf jegliche Frage der Behörden – *ask the fucking Captain.* Das ist dann der weniger glorreiche Teil meiner Rolle, denke ich zerknirscht und hoffe, dass dieser fucking Captain wissen wird, was zu tun ist. Francis und Lyn schieben die Gangway aufs Dock und bleiben wie abgemacht an Deck, damit niemand ungefragt an Bord kommt.

Der Capo der Küstenwache kommt in seiner weißen Uniform zum Steg gestiefelt, und ich treffe ihn mit ausgelatschten Turnschuhen, Shorts und verwaschenem Shirt an der Pier. Er rückt sich seine Mütze zurecht und verlangt dann kühl und überheblich nach dem Kapitän.

»I am the Captain«, enttäusche ich ihn und verkneife mir das *Sir.* Sein Bemühen, sich sein Unglauben nicht anmerken zu lassen, wird nicht von Erfolg gekrönt, und er sieht mich verwirrt an. Als Antwort bekommt er mein zähnefletschendes Grinsen. Ich bitte ihn und zwei seiner Umpalumpas an Bord, damit wir ohne Blitzlichtgewitter weitersprechen können. Und weil er in seinem Hafen machen darf, was er will. Auf der Brücke angekommen, gibt sich der Capo irritierend jovial. Er besteht auf seiner Behauptung, dass der Trubel völlig normal sei. Wenigstens nimmt er seine bekloppte Kappe ab. Wir bestehen darauf, dass sich zuerst jemand um unsere Gäste kümmert. Der Amtsarzt, einer der Umpalumpas, rollt tragisch mit den Augen, als Hannes sie zu diesem Zweck ins Hospital bugsiert. Als wäre Diskretion der unliebsame Makel seines Berufs. Es dauert keine zehn Minuten, und die vier kommen zurück auf das Deck. Firas und Saad schauen mit Furcht und Erwartung auf das hell erleuchtete Spektakel an Land. Wenigstens ist das Rote Kreuz da und eine kleine lokale NGO, die zusieht, dass ein paar Rechte von Asylbewerbern gewahrt werden. Unangenehm berührt treten die Küstenwächter von einem Bein auf das andere, als sich Firas und Saad mit sperrigen Umarmungen und Dankesworten von uns verabschieden, bevor sie mit ihren akkurat gepackten Koffern die Gangway betreten. Firas dreht sich noch einmal um, schlägt seinen Kragen hoch und nickt uns zu. Ich hoffe, sie sind bereit für das, was vor ihnen liegt. Hoffentlich sind wir das auch.

»What is next?«, wende ich mich forsch an den Capo. Er will die Pässe der Besatzung kontrollieren.

»After that we can leave?«

»Yes, yes.«

Zurück auf der überfüllten Brücke geht er die Pässe durch, vergleicht sie mit der Crewliste und den Gesichtern dieser formidablen Menschen. Ich bin in Gedanken noch bei Saad und Firas. Als der Capo feststellt, dass nicht nur der Kapitän, sondern auch der Erste Maschinist penislos ist, wirkt er, als stünde er kurz vor einem Herzinfarkt. Salma genießt, wie unangenehm es ihm ist. Ihr Antlitz ist eine herrliche Maske der Erhabenheit, aus reinem flüssigem Stickstoff gegossen. Ich liebe diese Frau.

Natürlich dürfen wir nicht auslaufen. *Ach was.*

»We need to do interviews with the crew, Capitana«, erklärt er uns mit vor Bedauern triefender Stimme, als sei das alles nicht auf seinem Mist gewachsen und als hätte er es nicht schon vorher gewusst.

»Interview or interrogation?«, verlange ich nach Klarheit.

»Interview.« Er lächelt mich unentwegt an. Mich beschleicht die Sorge, er könnte mit mir flirten.

»So, it's voluntary ...«

»No!«, herrscht er mich an. Kein Mann, der gerne in Frage gestellt wird, belustigt sich mein Inneres. »If you don't do it, you can not leave.« Okay, doch kein Flirten.

Die Interviews werden nicht mehr heute stattfinden, es ist nach drei. Um sieben Uhr am selben Morgen sollen Miguel, Eric und ich abgeholt werden. Ich überlege kurz, ob ich nicht besser einfach nach Hause fahren soll. Die können mich mal mit ihrem Staatsscheiß – deswegen früh aufzustehen, passt mir auch nicht. Dann fällt mir ein, dass ich gar kein Mensch bin, der ein Zuhause hat.

Der Capo und sein Fußvolk verlassen das Schiff. Ich mache einen letzten Rundgang auf Deck, zur Leinenkontrolle und zum Atmen. Die Maschinen sind aus, das Schiff liegt am Dock, reglos wie ein müder Hund. Gegenüber von uns klappern die Seile und Karabiner der Segeljachten im Wind hektisch gegen die Masten. *Klabim klabim klabim*, als wollten sie eine Rede halten. Nur eine Handvoll Küstenwächter steht noch Wache an der Pier und das zerrissene Absperrband flattert in der Brise, hinter dem zuvor die Reporter geierten. Aus allen Ecken flüstert es mit schwelendem Atem: *Das System ist kaputt. Es muss weg.* Jeremy stützt sich mit seinem Ellbogen auf meine Schulter, gemeinsam lassen wir die unwirkliche Szenerie auf uns wirken.

»Als wäre das Schlimmste, was man tun kann, Leute vor dem Ertrinken zu retten«, stelle ich fest. »Sollten die nicht eher eine Parade für uns schmeißen?«

»Boss, du verdienst jede Parade der Welt.«

»Ich hasse Paraden.«

»Weiß ich doch, Boss.«

Jeremy wird die ganze Nacht lang Wache halten, damit niemand unbemerkt an Deck schleicht. Otta gesellt sich zu ihm, und ich gehe durch die schwere Luke ins Schiffsinnere, weiterhin ohne einen blassen Schimmer, was die Schikane eigentlich soll. Angezogen wie ich bin, lege ich mich in meine Koje und schlafe tatsächlich ein. Keine Ahnung wo Lyn ist, jedenfalls nicht bei mir. *Mäh.*

Um neun Uhr sitzen wir noch immer in dem kahlen Warteraum im Gebäude der Küstenwache. Putz bröckelt lustlos von den Wänden, die Plastikstühle knirschen bei jeder Bewegung, und ich bin froh, dass Jonas zum Frühstück noch einmal Pfannkuchen gemacht hat. Miguel ist wütend und fühlt sich in seiner Souveränität als Journalist verletzt. Eric hält sich wie immer bedeckt. Ich bin einfach nur erschöpft und müde. Wir reden nicht viel und wenn, dann nur über Nichtigkeiten. Hin und wieder kommt eine Küstenwache an unserem Zimmer vorbeigelaufen. Einer bietet uns Wasser an, ein anderer schenkt uns nur verächtliche Blicke. Wunderbar, dass wenigstens der Capo ausschlafen konnte, denke ich, als ich endlich zu meinem Interview gebeten werde.

Ein mittelmürrischer Küstenwächter führt mich in den nächsten, fast ebenso karg eingerichteten Raum. Es wird einem regelrecht langweilig vor so viel ungemütlicher Unterdurchschnittlichkeit. Einfache Tische, wie in der Schule zusammengestellt, ein paar Stühle, wenigstens keine aus Plastik, ein Delfinkalender an der Wand (Martha hat nächste Woche Geburtstag) und einige unordentliche Papierstapel. Und dann sind da noch diese drei Männer, die der Größe nach aufgereiht hinter einem alten Rechner sitzen. Ich grüble kurz darüber nach, ob die Kisten damals tatsächlich alle in diesem Beige hergestellt wurden, oder ob sich das Plastik über die Jahre verfärbt. Die drei stellen sich überaus freundlich vor. Der Größte von ihnen, mit schwarz glänzenden Locken, blinzelt mich ununterbrochen an, während er sich schleimig grinsend so weit über den Tisch beugt, dass er mit seinem Bauch fast die Kaffeetasse abräumt. Wenn die hier nicht fix ihren Machismo unter Kontrolle kriegen, schneide ich mir die Titten ab und stopfe sie ihnen in den Hals.

Bevor hier irgendwas passiert, lasse ich mir ihre Namen samt Dienstgrad aufschreiben. Der kleine Dicke von rechts, der sich stolz als der Übersetzer vorstellt, schaut so dümmlich, als fände er es unangebracht, dass ich mein Recht darauf wahrnehme. Trotzig schreibt er mit nassgesabbelten Lippen alles auf, stöhnt unter seinem Backenfett und schiebt mir schief grinsend den Zettel zu.

Was zur Hölle! »Polizia di Stato?«, frage ich trocken. Hier ist was im Busch. Der Lockentyp mit dem zuckenden Auge ist sogar Chief bei der Staatspolizei. *Ha!* Sind die durch damit, die Mafia hochzunehmen, oder woher hat der die Zeit für solche Spielchen? Ich drücke mein Kreuz durch und lege meine Rüstung an. Von mir aus kann es losgehen: »Wieso nicht die Küstenwache?«

Schnell wird klar, dass meine Fragen hier nicht beantwortet werden. Dem Dicken gefällt das. Der Chief kann die schmierigen Schmeicheleien nicht sein lassen. Der Dritte in der Mitte tippt das Protokoll mit, in unbegreiflicher Behäbigkeit mit zwei Fingern, die wie blinde Bussarde über der Tastatur kreisen. Obwohl ich nichts zu sagen habe, was sie nicht schon wüssten und ausschließlich die Versäumnisse Roms zu Protokoll gebe, dauert die Befragung über zwei Stunden. Gelangweilt wiederhole ich wieder und wieder, dass die zwei Syrer von der Küstenwache an uns übergeben wurden. Der Wisch, der mir am Ende überreicht wird, ist nicht einmal eine Seite lang. Genaugenommen besteht er nur aus dem Briefkopf und meinen persönlichen Daten. Ich lehne mich schadenfroh zurück. Zumindest dieser kleine Teil scheint für sie zermürbender zu sein als für mich.

Während ich die gewundenen Straßen entlang zurück zum Schiff gefahren werde, starre ich schweigend aus dem Fenster. Das sonnige Mittelmeerstädtchen verwehrt mir seinen Zauber und ich ihm den meinen. Miguel und Eric müssen noch auf der Wache bleiben – die schaffen das auch ohne mich. Als wir auf das Dock fahren, eröffnet der Capo mir, dass er später noch weitere Crewmitglieder auf die Wache bringen will. Ich frage nicht mehr nach, weil es mir zu lächerlich ist, doch er versichert mir von sich aus, dass wir danach auslaufen dürfen. Ich glaube derweil an gar nichts mehr und drehe mir eine Kippe.

Er fischt ein Tuch aus seiner Brusttasche, tupft sich die feuchte Stirn und scheut sich, mich direkt anzuschauen. Wohl fühlt der sich auch nicht. Vielleicht ist er auch nur traurig, weil er jetzt den Fahrdienst für die Staatspolizei mit ihren protzigen dunklen Uniformen machen, er die Crew zwischen Schiff und Wache hin und her kutschieren muss. Es ist kochend heiß und triefend schwül. Die Luft steht still und die dicken Baumwollhemden kleben den Küstenwächtern im Rücken. Ich zuppel an meinem ausgenudelten Hemdchen herum und finde das ziemlich gut. Das habt ihr von dieser scheiß Verkleidung, ihr Hampelmänner.

Als ich vor die Mannschaft trete, bin ich angespannter als vor den Bullen. Die Lüftung in der Messe kommt der Hitze nicht hinterher. Übernächtigt, aber ungezähmt, klammern sie sich an Kaffeetassen und Wasserflaschen und finden es genauso scheiße wie ich, wie wir herumgeschubst und zu Bittstellern degradiert werden. Um die Stimmung hochzuhalten versuche ich so zu tun, als hätte ich alles im Griff. Ich fühle den luftleeren Raum unter meinen Füßen, als ich bei diesem abwegigen Drahtseilakt wackel. Ich erzähle, was auf der Wache passiert ist und dann, dass wir hier schlechthin nichts unter Kontrolle haben, nicht unter Kontrolle haben können. Also gehen wir nochmal unseren Part durch: Nichts sagen, nicht allzu unfreundlich sein, sich nichts, aber auch gar nichts gefallen lassen. Ich mache mir keine Sorgen. Ich glaube, jeder auf diesem Kutter hatte schon hinreichend Kontakt mit der Polizei und kennt das Spiel.

»Wenn es gut läuft, können wir heute Abend wieder rausfahren und wären dann in der folgenden Nacht wieder im Suchgebiet. Das Wetter sieht immer noch gut aus.«

Die Crew weiß genauso gut wie ich, dass es nicht in unseren Händen liegt. Wir diskutieren hitzig, was hier gerade eigentlich mit uns passiert, und machen unangebrachte Witze darüber, ob die Zellenaufteilung dieselbe wie in den Kabinen sein wird. Lyn gibt mir einen Kuss, auch das ist prima.

»Äh, Boss«, unterbricht Jeremy das Geschnatter und Gewusel und zeigt durch das Bullauge zum Dock.

»Scheiße«, analysiere ich. »Jeremy, Otta, ihr kommt mit. Der Rest bleibt erstmal hier.«

Das vollständige Aufgebot von letzter Nacht fliegt wie ein Heuschreckenschwarm auf der Pier ein. Drei Wannen mit Staatspolizei und Küstenwache, eine Hundestaffel, Riot-Cops und natürlich

Vertreter der italienischen Presse. Aus vier Streifenwagen hieven sich noch mehr Bullen und stecken ihre Hemden zurück in die Hosen. Der kleine, dicke Übersetzer trägt jetzt nicht nur eine schusssichere Weste mit der Aufschrift POLIZIA, sondern auch eine fette Knarre am Halfter. Ihn hasse ich irgendwie am meisten. Mit breiten Schultern versuchen sich sowohl der Capo als auch der gelockte Chief der Staatspolizei als Platzhirsche zu behaupten. Der eine ganz in Weiß streicht sich das Revers glatt, der andere in Schwarz richtet seine goldbordürte Kappe. Das Dock wimmelt vor Uniformen und kleinen Menschen, die sich darin verstecken. Ich blinzle gegen die Sonne und hoffe, dass sie sich bemüht, diesen Schwachsinn auszubrennen. Ich nehme noch einen großen Schluck Wasser und trete ihnen an der Gangway entgegen. Offensichtlich irgendwo zwischen beeindruckt und verliebt nimmt der Chief zwinkernd meinen festen Händedruck entgegen. Ich kämpfe gegen alles an, was meine Mutter mir an Benimm beigebracht hat, um ihn nicht anzulächeln. Ich besiege die verteufelten Automatismen und fühle mich gleich besser.

»Was ist hier los?«, will ich an den Capo gewandt wissen. Er schweigt und verweist mich an den Chief, der mir sogleich eine Sammlung zusammengehefteter Blätter in die Hand drückt. Mit gepressten Lippen lese ich die erste Seite, schaue dann mit knappen 1312 Tonnen Verachtung erst den Chief und dann den Capo an, der meinem Blick weder standhalten kann noch will. Im Hintergrund rumort das Stimmengemurmel der Polizisten und eine Welt, die aus den Fugen geraten ist.

»Ein Durchsuchungsbeschluss?«

»Yes, Capitana«, bestätigt der Capo und der Dicke nickt eifrig.

»Wegen was?«

»Verdacht auf unerlaubten Waffenbesitz.«

Ich muss lachen. Was für Schweine. Mit hochgezogenen Augenbrauen mache ich meine Ansage: »Ihr wartet, bis wir einen Anwalt an Bord haben. Niemand geht alleine aufs Schiff. Niemand.«

Der Dicke übersetzt. Verwundert über meine gefasste Reaktion, lächelt mich der Lockentyp breit an, so will er mir wohl Respekt zollen. Mir würde es besser gefallen, sie hätten Achtung vor unserer Arbeit.

»Ihr habt zwanzig Minuten, einen Anwalt herzurufen, dann legen wir los«, eröffnet der Übersetzer.

»Soll das ein Witz sein?«

Ich kenne mich nicht gut genug mit italienischem Recht aus, um zu wissen, ob sie das wirklich machen können. Gottsei'sgeklagt weiß ich stattdessen, dass das Recht die Polizei in den seltensten Fällen von irgendwas abhält. Da kommt Jeremy zur Rettung. Wie macht der das nur immer? Im Schlepptau hat er einen jungen Punker, der für die kleine lokale NGO arbeitet, die auch da war, als Saad und Firas von Bord gingen. Er knibbelt an seinem Lippenpiercing, ihm ist sichtlich unwohl zwischen dem Gesindel. Er erklärt, dass sie sich gestern bereits gedacht haben, dass hier irgendwas nicht stimmt. Ob wir Hilfe brauchen? Obwohl wir uns noch nie zuvor gesehen haben, ist uns seine Unterstützung gewiss. Er überrascht mich mit einem zuversichtlichen Nicken, als ich ihn frage, ob er einen Anwalt besorgen könne. Menschen wie Antonio und das Wissen, dass es sie überall gibt, sind schimmernde Juwelen in diesem Riesenhaufen Scheiße.

Sie bilden vier Durchsuchungsteams aus Staatspolizisten und Küstenwächtern, jeweils in Begleitung von einer Person aus unserer Mannschaft. Lyn organisiert die Aufteilung und erinnert alle wieder und wieder, was man den Cops nicht durchgehen lassen darf. Innerhalb von Minuten zerpflücken sie die Brücke und reißen grob unser Zeug aus Schränken und Regalen. Als wären hier je Waffen an Bord gewesen. Die anderen verschwinden im Hospital und zählen Medikamente, die nicht mal unter das BtMG fallen, auch nicht in Italien. Es ist ein ekelerregendes Chaos, und ich verbiete mir jede Emotionalität, während sie unser Schiff mit ihren behandschuhten Fingern und ihrer Obrigkeitsgeilheit beflecken. Antonio hat tatsächlich innerhalb einer halben Stunde eine Anwältin aufgetrieben, die eigentlich nach Lampedusa kam, um hier Urlaub zu machen. Wir gehen gerade den Durchsuchungsbeschluss durch, als mich eine Polizistin von der Seite anranzt, wütend eine Strähne ihres auberginefarbenen Haares aus dem Gesicht pustet und mir eine Plastikdose mit weißem Pulver unter die Nase hält.

»What is this?«

Ich schaue sie mitleidig an.

»Vitamin C. Steht auch drauf ...«

Sie wirft mir einen todbringenden Blick zu, schnaubt, dreht sich um und fährt fort, mein Schiff zu verschandeln.

Der Durchsuchungsbeschluss wurde erst gestern unterschrieben. Nun wissen wir immerhin, dass es das tunesische Boot nie gab, und alles nur eine perverse Hinhaltetaktik war – bis der verfickte Stempel drauf war und der räudige Verein aus Rom und Sizilien eingeflogen werden konnte. Trotz der miserablen Situation, in der wir stecken, ist ein heroischer Teil meiner Psyche für einen Moment dankbar und froh, dass gar keine 60 Menschen in Seenot waren. Unsere Anwältin Chiara lässt mich wissen, dass sie laut Durchsuchungsbeschluss sogar die Privaträume durchsuchen dürfen. Ich bitte sie, mit dem Capo zu klären, dass das nur in Anwesenheit von ihr und den betroffenen Kabinenbewohnern passieren darf. Otta gelingt es, rechtzeitig ihr Tagebuch von Bord zu schmuggeln. Jeremy schaut den Cops scharf auf die Finger und platzt beinah aus einer Mischung von unkaputtbarem Stolz und totaler Verneinung des Systems. Hin und wieder schaffen wir es, uns ein *motherfuckers* zuzuraunen und uns gegenseitig zärtlich die Hände zu drücken. Wir werden mehr denn je zur erlesensten und verbundensten Ansammlung von seefahrenden Weltverbesserern, die je gesehen wurde. Da höre ich Lyns lautstarke Beschwerde: »Nicht ohne die Crew! Nicht ohne die Anwältin!«

Ich packe Chiara am Arm und renne die Treppe herunter. Die Auberginenpolizistin will mit der Durchsuchung der Kabinen anfangen – ohne uns. Ich stelle mich vor Toms Tür und erkläre ihr, was mit dem Capo abgemacht wurde. Ich erspare mir zu erläutern, dass es auch unser verficktes Recht ist.

»Ich bin der Capo!«, motzt sie.

Lady, ich kann auch nichts dafür, dass ihr hier mit drei verschiedenen Einheiten angetanzt seid. Sie lässt mich nicht zu Wort kommen und echauffiert sich weiter: »Nur weil ich keinen Bart habe, bin ich nicht der Capo oder was?«

Bist du dumm?, denke ich, verziehe ungläubig mein Gesicht und zeige auf mich selbst: »Sono la Capitana! Ohne Bart.«

Sie hält endlich die Klappe und wartet auf Tom, der sich gerne Zeit lässt.

Eric und Miguel sind zurück von der Wache, dürfen aber nicht aufs Schiff. Sie reichen uns Eis über die Reling, das wir mit Genuss auf den flimmernd heißen Decks vor den Bullen essen. In den Hörnchen unter den cremigen Kugeln haben sie Zettel mit kleinen Zeichnungen und Nachrichten versteckt. Meine Favoriten sind die rebellischen Ever-Greens *Still not loving the police, Fuck charity – love solidarity* oder auch *No borders, no nations.* Wenn wir schon untergehen, dann mit Stil.

Die Durchsuchung läuft seit fünf Stunden. Salma ist überall gleichzeitig und hilft mir, den Überblick zu behalten. Sie sagt kein Wort, schüttelt permanent den Kopf und versucht herauszuhören, was die Polizisten auf Italienisch erzählen. Gerade als ich mir ein Update von ihr holen will, kommt der Übersetzer hinter mir her getrabt und ruft: »Miss!«

»Capitana«, verbessere ich ihn und bleibe stehen.

Er kommt nicht damit klar, dass ich nicht vor Furcht und Respekt vergehe oder mich zumindest vor ihm und seiner Marke in den Staub werfe. So genießt er es merklich, mir mitzuteilen: »In ein paar Stunden kommt der Beschlagnahmungsbeschluss für das Schiff.«

Das ist mir keine Antwort wert. Es könnte auch sein, dass ich schlicht sprachlos bin. Alles steht still. Lautstark höre ich meinen törichten Glauben zerbrechen, es sei nur darum gegangen, uns drei oder vier Tage aus dem Suchgebiet herauszuhalten. Die Drecksäcke spielen hier ein größeres Spiel, eines, das mehr als nur die Leben eines einzigen Rettungstages kosten wird. Der Dicke zieht ab.

»Can not have nice things«, raunt Salma, die sich, ohne dass ich es bemerkt hätte, neben mir manifestiert hat.

»Can not have nice things«, stimme ich bedrückt zu, und wir halten Händchen. Mehr als einen kurzen Moment der Freundschaft können wir uns nicht gönnen, ich muss die Anwältin suchen.

Die Sonne senkt sich schwerfällig und nimmt unsere letzten Hoffnungen mit hinter den Horizont. Die Nachricht verbreitet sich genauso rasant wie das Entsetzen. Tom empört sich gegenüber einem Küstenwächter, der ganz bedröppelt aus der Wäsche guckt: »Du hast doch auch alles da unten gesehen! Wie viele Menschen dort sterben! Was glaubst du, wie sich das für uns anfühlt, dass ihr uns das Schiff wegnehmt?«

Am liebsten würde ich mit ihm auf den Küstenwächter einprügeln, aber das wäre bestimmt nur ein kurzer Spaß. Also sage ich Tom, er soll die Klappe halten und schmeiße den Küstenwächter raus, da er ohne Begleitung der Crew in der Messe war. Ich entschuldige mich bei Tom. Es ist derzeit unmöglich, allen gerecht zu werden. Auch wenn die Anwältin mit den Uniformierten spricht, ertönt ein einziges italienisches Geschrei. Es scheint nur eine Frage der Zeit zu sein, bis sie sich an die Gurgel springen. Hätte ich Geld, ich würde alles auf Chiara mit ihren kleinen, spitzen Zähnen setzen.

Der Trubel zieht sich bis in die Nacht. Sie nehmen Telefone und Laptops mit und rupfen alles auseinander. Selbst vor der Deckenverkleidung machen sie keinen Halt, bis die Isolierung kummervoll zwischen den verbliebenen Paneelen herausquillt und die nackten Stahlstreben preisgibt. Entblößt wie die Rippen eines ausgenommenen Kadavers, nur dass das Herz noch schlägt.

Als um 21 Uhr dann die Beschlagnahmungsakte eintrifft, muss die Crew vom Schiff. 400 Seiten dick ist das Ding. Damit wäre dann auch abschließend klar, dass die Falle sowie die Beschlagnahmung von langer Hand geplant waren. Ganz nach dem Drehbuch der Staatsanwaltschaft, beruhend auf einer ausgedachten Begebenheit, auf imaginären Fakten. Salma und ich bleiben an Bord. Antonio fährt die Mannschaft irgendwohin. Ein Glück, dass wir uns nicht selbst um eine Unterkunft kümmern müssen. Oder hat das einer von uns gemacht? Ich bekomme gar nichts mehr mit, außer den Diskussionen mit den Bullen und den verzweifelten Versuchen unserer Anwältin, zu retten was noch zu retten ist – das ist nicht viel.

Natürlich haben sie keine Waffe gefunden. Wollten sie auch nicht. Die Anschuldigungen in der Beschlagnahmungsakte sind viel gravierender. *Beihilfe zur illegalen Einwanderung.* Menschenschmuggel.

Die letzten Cops und Küstenwächter trotten vom Schiff. Am Vormittag hatte Salma die Klimaanlage mit einem bezaubernd diabolischen Lächeln ausgeschaltet und mit einem »Defekt«-Schild versehen. Ich weiß nicht, wer von ihnen nach diesem sengenden Tag einfach müde ist, und wer von ihnen vielleicht doch an Schuldkomplexen stirbt. Langsam und qualvoll bitte.

Es herrscht eine unheimliche Ruhe auf dem Schiff. Ich trete zwischen den Inhalten ausgekippter Schubladen und aus den Regalen gerissenen Büchern und Papieren umher. Es ist schaurig leise, auch in mir. Das Phantasma der EU erdrückt uns. *Das haben sie sich fein ausgedacht.* Ein Schlag gegen ziviles Engagement, gegen Menschenrechte und für tödliche Protektion dessen, was sie sich auch in Zukunft weiter zusammenstehlen werden. Die Glut meiner Zigarette leuchtet rot auf, und ich inhaliere den Rauch, als könnte er meine Hoffnung sein. *Scheiße.* Wir sind hier in etwas unbestreitbar Großem. Von allen Seiten zieht es an mir, drängt mich, meine Rolle darin zu füllen. Das interessiert hier keinen, wie klein man in Wahrheit ist, noch nicht mal mich selbst. Mit jedem Bullen, den sie uns heute auf das Schiff geschickt haben, mit all der Gängelei, mit jeder Verhöhnung von Gerechtigkeit, bestärken sie uns in dem, was wir tun. Ihre Razzia schnitzt und feilt an unseren Ambitionen, gräbt sie aus unseren Ängsten und popelt sie aus der Patina der Gesellschaftslügen. Als ginge es darum, diese oder jene 100 Menschen zu retten. Wir wollen viel mehr, wir wollen alles – bedingungslose Freiheit und absolute Verantwortung. Das, was jetzt noch leise in mir ist, ist die ruhige Gewissheit, dass wir den richtigen Kampf kämpfen und siegen werden.

Doch der Capo und der Chief wissen das noch nicht, sie nehmen Salma und mich nochmal mit auf die Wache. Der gleiche Raum, aber diesmal mit mehr Leuten bestückt. Es wird auf alten Tastaturen getippt, jeder Buchstabe wird den steifen Fingern mühselig abgerungen. Dazwischen wird lautstark diskutiert und wild gestikuliert. Wir werden auf zwei freie Stühle vor einem Schreibtisch bugsiert. Es ist zehn Uhr abends. Ich betrachte das laute Gewusel und mache mir eine Kippe an. Ein Küstenwächter blitzt böse in meine Richtung, ich quittiere es ihm mit Blicken aus gläsernem Hass. Nicht so gut wie Salma das könnte, aber immerhin. Wenn ihr mir ein Schiff unter dem Arsch wegklaut, dann werde ich hier zumindest rauchen. Er versteht, hebt beschwichtigend die Hände und geht wieder dazu über, seine Kollegin anzuschreien.

Es werden Protokolle angefertigt, *statements*. Der einzige USB-Stick im Besitz der Küstenwache von Lampedusa ist nicht aufzufinden, so weiß niemand genau, wie man die Sachen zum Drucker im zweiten Stock beamen soll. Ein heilloses Durcheinander. Ich berichtige vieles, auch das ein oder andere Komma. Der Text wird sogleich geändert, dann heißt es wieder: USB-Stick suchen, Druckerausflug in die nächste Etage und zurück. Der nächste Satz stimmt ebenfalls nicht. Mit schwarzen Augen funkelt mich der Dicke an. Mein Job wird niemals sein, seinen zu erleichtern. *Ihr könnt das sehr, sehr gerne nochmal neu machen.*

Ich rauche fleißig, asche in eine Tasse mit Delfinaufdruck und würde gerne wissen, wer von ihnen hier Fan des Meeressäugers ist. Salma wippt unbarmherzig mit dem Fuß und hasst alle. Ich warte wieder auf irgendeine Übersetzung und spiele mit einem heiligen Bildchen der Sixtinischen Madonna, das ich auf dem Schreibtisch finde. Mit seinen schrillen Farben sieht es so aus, als würde es eher zu einer Baseballkartensammlung als in ein Gebetbuch gehören.

»Glaubst du an Gott?«, fragt mich eine Bullentipse mit einem missionarisch verblendeten Grinsen, das uns wohl versöhnen soll.

Ich gluckse düster und schiebe ihr das Kärtchen zu: »Ne. Aber viele von denen, die da draußen ersaufen, die tun das.« Ich wende mich von ihr ab und lasse sie in ihrer christlichen Nächstenliebe verschimmeln.

Als wir um halb vier aus der Wache treten, sitzen Antonio, Jeremy und Otta im gelben Licht der Straßenlaterne unweit der Tür. Wortlos nehmen sie uns in den Arm und schieben uns einen Block weiter zu einem Mäuerchen. Antonio holt Pasta und Bier aus dem Auto. Dankbar, abgekämpft und stinkend machen Salma und ich uns darüber her. Auch die Nacht bringt keine Abkühlung, und ich wische mir einen Film aus Schweiß und Bier von der Oberlippe. Müde und glücklich über diejenigen, die Schulter an Schulter mit mir im Schweigen versinken, schalte ich meinen Kopf aus. Dass sie keine Fragen stellen, ist der lauteste Beweis ihrer Großartigkeit.

Ich stopfe mehr Nudeln in mich rein. Das Letzte, was ich gegessen habe, war der Pfannkuchen. Und selbst an dem habe ich nur rumgepikt. Ich denke an die Person, die ich noch vor 24 Stunden war, und an das, was an diesem Tag über uns hereingebrochen ist. Zu verstehen, was das alles bedeuten könnte, ist für den Augenblick eine Spur zu groß, und ich lasse das Denken schnell wieder sein. Noch mehr als Essen fehlt mir Schlaf, der mir schon vor Tagen durch das Abfahren dieses perfiden Suchmusters geraubt wurde. Doch *ällabätsch*, wir stehen immer noch, wenn auch etwas wackelig.

Ich kriege noch ein Bier in die Hand gedrückt. Es bleibt bei wenigen Worten, liebevoller Kenntnisnahme und Aufmunterungen, die wir uns aus gekräuselten Mundwinkeln zufliegen lassen. So sitzen wir in bester Gesellschaft da und wissen trotzdem nicht recht, wie es uns geht, in diesen leergefegten Gassen.

Antonio fährt uns irgendwohin. Mir ist schummrig, mein Körper zentnerschwer, nur der hinterste Teil meines Gehirns läuft weiterhin auf Hochtouren. Salma schläft mit offenem Mund auf Jeremys Schoß. Antonio parkt auf einem Schotterplatz, und ich habe keinen blassen Schimmer, wo wir sind. Ich bin überrascht, wie leicht es mir fällt, ihnen unhinterfragt zu folgen. Ich bin nicht mal neugierig. Da ist nichts in mir, was diesen Menschen nicht traut. Vielleicht ist das das Einzige, was ich in dieser Nacht noch verstehe.

Über einen steinigen Pfad stolpere ich ihnen hinterher. In einem Bungalowpark angekommen schiebt Jeremy mich durch eine Tür und zeigt auf ein Bett, in dem Francis schon zart schnarchend liegt. Dankbar lasse ich mich auf die Matratze fallen und stelle den Wecker auf sieben. Ich stürze in ein gnädiges, alles verschluckendes Schwarz. Als sich meine Augen nach hinten drehen, fragt sich etliches in mir, wo Lyn ist.

Die Schweißtropfen kitzeln, wie sie so an der Innenseite meiner Oberarme herunterlaufen. Meinem Körper, der gar nicht richtig da ist, führe ich nur Kaffee, Zigaretten und literweise Wasser zu. Ich dünste so viel aus, dass ich nicht mal pinkeln muss. Die Hitze presst sich in alle Winkel und füllt jeden freien Kubikmillimeter in den weiteren 48 Stunden dieses sinnfreien Tohuwabohus. Ich weiß am Nachmittag nicht mehr, was ich am Morgen gemacht habe, weiß nicht, ob ich essen will und wenn ja, was. Ich schlafe zu wenig, aber mehr noch als ein Bett vermisse ich den Rest der Crew, den ich so gut wie gar nicht zu Gesicht bekomme. Von früh bis spät sind Salma und ich entweder auf der Wache oder auf dem Schiff. Die Staatspolizei scheint mit ihrem Teil durch zu sein und ist verschwunden. Ich schlage mich mit der Küstenwache herum, eingepfercht im grell flackernden Abglanz eines Kaleidoskops von Amtsbütteln und ihrer Willkür. Noch mehr Papierkram, Warten in hässlichen Fluren und immer wieder die Witterung, dass einer von ihnen doch noch erkennt, was es bedeutet, uns hier festzuhalten. Dass sie genau wissen, wie viel ihrer Arbeit wir ihnen abgenommen haben. Dass sie an die Menschen in den Booten oder im Wasser denken, glaube ich nicht. Sie machen einfach weiter und sagen nichts, als könnte man die Realität ignorieren, wenn man sich nur stark genug auf Stempel und Ränge konzentriert.

Am Morgen des dritten Tages gehen Salma und ich zurück zum Schiff, ein letztes Mal. Wir müssen es an die Küstenwache übergeben. Ich muss mich gleich übergeben. So sehr sich alles in mir dagegen sträubt, ihnen den Kahn zu erklären, so sehr wollen wir auch, dass sie unser schönes Schiff durch ihre Unkenntnis nicht kaputt machen. Doch vorerst müssen wir natürlich ihr Erstaunen über unser Geschlecht über uns ergehen lassen. *Huch, ich dachte, ich weiß, was ich mache, aber jetzt fällt mir auf, dass ich 'ne Möse habe. Batsch, ist das Schiff versenkt.* Ich kann das sexistische Trara nicht mehr ertragen.

»Wow, Frauen als Kapitän und Erster Maschinist«, erklärt einer der Küstenwächter seinem nicht minder staunenden Kollegen mit einem bedeutungsschwangeren Wink. Selbst nach all diesen Tagen kann er es nicht fassen. Dann schiebt er sein wulstiges Kinn vor, als müsse er nochmal darüber nachdenken und nickt dann in gönnerhaftem Verständnis.

»Ha, Frauen!«, traut sich der Andere zu lachen, und ich schätze, Salma wird ihn gleich erschlagen müssen. Stattdessen sagt sie mit vor Kälte klirrender Stimme: »Als hättest du jemals was Sinnvolles mit deinem kleinen, hässlichen Penis angestellt.« Da geben sie Ruhe.

Der Kartenplotter zickt starrköpfig herum, aber ich verzichte darauf, die Einstellung zurückzusetzen, um das Problem zu beheben. Sollen sie doch selbst zusehen, wie sie das Schiff nach Trapani überführt kriegen. Nach der Übergabe gehe ich noch ein letztes Mal auf die Brücke – allein. Der große Sessel quietscht vertraut, als ich mich auf ihn schwinge. Mit hochgelegten Füßen lehne ich mich zurück und spiele liebevoll an den Knöpfen und Tasten der Geräte. Aus alter Gewohnheit wische ich den Staub vom Radarbildschirm und stelle den Steuerhebel auf null Grad. Dann fällt mir nichts mehr ein, und so zupfe ich an meiner Unterlippe, während ich mich innerlich von meinem Schiff verabschiede. 2.200 PS wahre Liebe.

Am späten Abend finde ich mich ohne mein Zutun mit meiner Meute in einem Restaurant wieder. Tom stellt mir ein Glas Wein vor die Nase. Die Flaschen und Gläser klirren, feinster Galgenhumor macht die Runde, und Eric erzählt voller Stolz, wie sie die Zettel in die Eishörnchen gepackt haben. Gerne wäre ich gesellig, aber es ist so beschwerlich, zu ihnen zu gelangen. In ihrem Paralleluniversum im Bungalowpark hatten sie Zeit, nachzudenken und darüber zu reden, was passiert ist. Sie sind mir mindestens zwanzig Schritte zu ihrem Utopia voraus. Wie ein Verdurstender hinke ich lahm der lockenden Luftspiegelung nach. Ich nehme mir die Karte, und als der Kellner mich mit zu vielen Zähnen im Mund fragt, was ich essen möchte, merke ich, dass ich nicht gelesen, sondern nur leer vor mich hingestiert habe. Also irgendwelche Nudeln, ohne den Mozzarella.

»Bestell doch mit Mozzarella, dann nehme ich den«, sagt Jonas fröhlich. *Oh Jesus!* Ich kann nicht mehr.

»Auf gar keinen Fall.«

Das Letzte, was ich jetzt brauche, sind Tierquälereien auf meinem Teller.

»Kostet doch bestimmt sowieso das gleiche und wäre für dich ja immer noch vegan«, merkt Jonas verständnislos an. »Und ich würde mich freuen!«

Ich prüfe für eine Sekunde, ob ich einen Abriss über Ethik und allerlei Scheußlichkeiten der Tierproduktion halten kann, kriege aber nicht mal die Überlegung zu Ende gedacht.

»Nein.« Und dann flehe ich fast: »Können wir diese Diskussion heute bitte nicht haben? Können wir heute bitte einfach nur Freunde sein?«

Ich weiß, dass ich ansonsten komplett verzweifeln würde. Jonas versteht – ich weiß zwar nicht genau was – und beäugt mich mit einer Mischung aus Verwirrung und Mitleid: »Ja, klar.«

Ich schiebe das Weinglas mit leerem Blick vor mir auf der Tischdecke hin und her. In diesem Moment begreife ich, was es bedeutet, der Schatten seiner selbst zu sein.

Auf dem Heimweg hält Lyn meine Hand in seiner, ich wünschte, sie würde mich tragen. Ich befürchte, ich bin zu marklos in meinem Schweigen, ich befürchte, ich bin zu viel, wenn ich ihm mein ungefiltertes Ich zeige. *Haha, mein Ich.* Ich weiß ja gar nicht mehr, wer ich bin. Bin ich diese Capitana oder ist das nur eine Rolle? Wird man zur Rolle, wenn man sie lebt? Was spiele ich hier und vor wem? Ich drücke seine warme Hand, in der Hoffnung, mich dabei selbst zu spüren, und gehe unter im Strudel meiner Gedanken und müder Zweifel. Er zieht mich in einen mit violetten Bougainvilleen umwucherten Hauseingang und küsst mich mit sensationellen Lippen. Heißkalte Schauer laufen mir über die Haut, und ich wünschte, alles wäre normal.

»Ich wünschte, ich wäre normal.«

Seine Augen stürzen sich in meine. Wehrlos lasse ich das zu und genieße.

»Manchmal fühle ich mich schwach neben dir«, gibt er zu, und in mir bricht der nächste Tumult aus. Ist das ein Kompliment oder der größte Abturner aller Zeiten? *Lieber Kopf, sei doch mal still.*

Seit eineinhalb Stunden sitze ich jetzt auf der unbequemen Holzbank im Foyer und warte auf das finale Dokument, unseren Totenschein. Küstenwächter gehen ein und aus, sie grüßen mich mittlerweile wie einen alten Bekannten. Die Mühlen der Bürokratie pressen zumindest für sie Normalität in diese niederträchtige Posse. Ihre Jovialität ist pervers. Als spüren sie sich durch die letzten Tage verbunden mit mir – nach all dem, was wir *gemeinsam* durchgemacht haben. *Haut bloß ab!* Chiara hat gesagt, ich muss unterschreiben. Dann seien wir durch – dann ist das Schiff weg.

Der Hintern tut mir weh, für meinen müden Körper gibt es keine bequeme Lage mehr. Als ich mich eben dazu überwinden will, mich auf den kühlen Fliesenboden zu legen, kommt der Capo, wie immer perfekt gekleidet, den Flur entlang. Wie viele weiße Uniformen der wohl im Schrank hängen hat? Er glaubt, er könne mit einem Nicken an mir vorbeihuschen. Ich stelle mich ihm mit einem Lächeln, von dem wir beide wissen, dass es falsch ist, in den Weg.

»Wie lange dauert das hier noch?«

Nach so vielen Stunden in gegenseitiger Gesellschaft, scheint er mir die fehlenden Respektsbekundungen nicht mehr übel zu nehmen.

»Noch eine Stunde«, sagt er, genau wie er es bereits vor einer Stunde gesagt hat.

»Aha.«

Da entdecke ich immerhin einen Kaffeefleck auf seinem gestärkten Hemd.

»Capitana«, hebt er das Kinn, »das war nicht unsere Idee. Wir tun nur, was man uns aufträgt.«

»Okay«, ist die dürftige Ernte meiner Reaktionskaskaden, während ich an dem Bemühen scheitere, seine Gesichtszüge zu interpretieren. Ich bin so ausgebrannt, dass ich gerne glauben möchte, dass er es nicht nur sagt, um sich die Hände reinzuwaschen, dass da noch ein Funken Ethos in der Küstenwache steckt, dass der Seemann in ihm glaubt, niemand verdiene es zu ertrinken. Er dreht seine Mütze unentwegt in den manikürten Händen, nickt mir nochmal zu und verschwindet mit langen Schritten in einem der Büros. Die Tür fällt zu, und ich höre sie sogleich fröhlich lamentieren, worüber verstehe ich nicht. Was ich aber erfasse, während ich meinen wundgesessenen Arsch massiere, ist seine Selbstgefälligkeit. Solang die politische Agenda über ihr Leben gestellt wird, kann es denen da draußen wohl egal sein, ob der Capo mit sich hadert oder nicht. Erschütternd unspektakulär ist die Erkenntnis, dass – wenn er auch nur im Ansatz ernst meinen würde, was er da sagt – er sich seine unschuldsweiße Uniform vom Leib reißen und ihre Fetzen als Fahnen des Widerstandes wehen lassen müsste.

Diesmal wartet die ganze Mannschaft vor der Wache, das vollzählige Ensemble für den letzten Akt. Wir waten durch das heuchlerische Bühnenbild aus goldtriefendem Licht und gemütlichen, langen Schatten, die sich zaghaft in der einsetzenden Dämmerung verlieren. Je näher wir dem Dock kommen, desto weniger sprechen wir. Als wir unser Schiff dann an der Hafenmole entlangfahren sehen, ohne uns an Bord, verlassen uns auch die letzten Worte. Es ist zu spät. Da fährt sie, unser Werkzeug, unsere Waffe, unser Zuhause. Ich lege meine Hände in den Nacken und spüre, wie die letzten Fäden der Hoffnung mit der Distanz zerreißen und die Enden in meiner Wut verglimmen.

Milde und traurig leuchten uns ihre Navigationslichter einen letzten Gruß. Man mag gar nicht daran denken, dass sie von der Küstenwache, vom Staat gefahren wird, dass diese Heinis auf unserer Brücke und in unserem Maschinenraum stehen. Vielleicht versenkt sie sich ja selbst, denkt der romantische Tor in mir.

»Die Pisser müssen echt in dem Moment los sein, als du den Wisch unterschrieben hast«, brüskiert sich Otta. Das sticht erstaunlich schmerzhaft. Ja, es war meine Unterschrift, unser Schiff.

Dann ist es totenstill, als sie sich in der diesigen Schwüle des Abends von uns fortbewegt. Eric kickt einen Stein ins Wasser. Francis und Alva halten sich im Arm. Plötzlich rumpelt Hannes Lachen durch die trübe Atmosphäre unserer kleinen Trauergemeinde: »Haha, geil!«

Irritiert schauen wir in sein breit grinsendes Gesicht.

»Die fahren mit unseren ACAB-Flaggen«, weiht er uns ein.

Francis prustet kurz, Jeremy reckt die linke Faust in die Luft, dann sind beide doch wieder bedrückt. Ich hocke mich hin, presse alle Luft aus meinen Lungen und komme nicht darauf, wie ich mich fühle. Ich bin zu ausgelaugt, um zu denken, bin mir nicht mal mehr sicher, wie ich heiße.

»Boss?«

Ah ja, irgendwie so war das. Aber jetzt nicht mehr.

»Nenn mich nicht Boss«, befehle ich ihm, greife die Hand, die er mir entgegenstreckt und lasse mich von ihm hochziehen.

»Wir suchen uns ein neues Schiff, Boss.«

Ich boxe ihm auf den Oberarm: »Das machen wir. Aber zuerst suchen wir 'ne Flasche Gin.«

Und der Vorhang fällt.

Nach zehn Stunden tiefen, traumlosen Schlafs wache ich auf einem anderen Planeten und in einem Schweiß durchtränkten Laken auf. Mein Kopf ist immer noch furchtbar müde. Mein Körper schmerzt vor Erholung. Ich starre eine Weile an die Decke und brauche 20 Minuten, bis ich mich von meiner drückenden Blase dazu überreden lasse, aufzustehen. Auf überkochten Spaghettibeinen wanke ich zum Bad. Und das nur, weil es noch anstrengender wäre, sich um ein vollgepinkeltes Bett zu kümmern. Irgendwoher nehme ich den Willen zu duschen. *Heiß, kalt, heiß, kalt.* Ich komme nicht an und bleibe in meiner wabernden Hülle. Wie ein Wasserfleck, der sich unbeholfen vom Papier aufsaugen lässt, bestehe ich nur aus meinem Rand. Blass und konturlos, nichts dahinter. Irgendein Champion hat meine Wäsche gewaschen und ordentlich gefaltet auf den Beistelltisch gelegt.

Als ich von meinem Bungalow zum Café schlurfe, betrachte ich den Ort, als würde ich ihn zum ersten Mal sehen. In kleinen Grüppchen sitzt die Crew an den großen Holztischen und schuftet ungebremst für die Rettung der Welt. Während die einen Pressearbeit machen, suchen die anderen nach dem besten Weg für uns, diese vermaledeite Insel zu verlassen. Hannes macht dumme Sprüche und verteilt Kaffee. Ich bin zu gar nichts mehr imstande, umso dankbarer bin ich, dass die anderen schon vor mir verstanden haben, dass ein Kapitän ohne Schiff auch nicht viel machen muss. Sie sind längst da, wo wir alle am liebsten sind. An einem Ort ohne Hierarchien, an dem jeder der Beste und Wichtigste ist. Ich mache mir eine Kippe an. Lyn setzt sich zu mir, lässt sich den Arm von mir streicheln und erzählt von einem Anhaltertrip durch Kasachstan. Die Oberflächenspannung meiner verqueren Stimmung ist zu stark, um ihn durchzulassen. Abwesend dümpel ich durch den

Moment. Trotzdem frage ich mich, ob sein Monolog mangelndem Interesse an mir oder dem Versuch meiner Schonung geschuldet ist. Ob Fluch oder Segen, es ist mir gerade zauberhaft egal.

Miguel packt seine Kameratasche und schultert das Stativ. Der Treck setzt sich in Bewegung, ich sitze da wie bestellt und nicht abgeholt. Ich habe keine Ahnung, was los ist und schaffe es nicht zu fragen. Ich kriege nicht mal meine Beine andersherum geschlagen, obwohl schon lange kein Blut mehr in meinen rechten Fuß fließt. Wie ein Fisch, der auf dem Trockenen zappelt, schaue ich mich mit großen Augen um. Lyn stupst mich an: »Wir machen ein Foto. Komm.«

Ich wäge ab, ob es anstrengender wäre, mitzugehen oder sich zu verweigern und laufe ihnen im nächsten Moment stumpf den Klippen entlang hinterher. Das Meer liegt in schimmernder Wildheit vor uns. Graziöse, weiße Schaumkronen zieren andächtig den vollkommenen Teppich aus königlichem Türkis und edlem Blau. Ich blinzel vor mich hin, selbst meine Augen sind schlapp. Wir sammeln uns auf einem Felsvorsprung, und ich höre, wie die Zahnräder in meinem Hirn einrasten und wieder greifen. Hier stehen wir nun, an dem Ort, wo vor wenigen Jahren hunderte Leute ertrunken sind. Zerschellt, noch bevor sie Land erreichen konnten. 366 Menschen, zerschmettert an einem Europa, das so mächtig ist, dass selbst wir überprivilegierten Aussätzigen es noch nicht schlagen konnten.

Mit der freien, frischen Luft, die uns vom Meer entgegenweht, platzt meine Hülle auf, und ich finde mich mit festen Beinen auf dem Boden wieder. Auf dem Grund, den wir nicht dem Kapitalismus und dem Patriarchat überlassen dürfen, auf dem Grund, aus dem wir weiterkämpfen.

Möglicherweise sind wir paranoid. Aber auch wer paranoid ist, kann Recht haben. Nachdem sich die Abwegigkeiten auf dieser Insel so hochgeschaukelt haben und jeden Tag eine neue gruselige Makulatur aus der Wundertüte staatlicher Willkür gezogen wurde, wollen wir kein Risiko eingehen. Wenn ein Cop sagt, es lege nichts gegen Crewmitglieder vor, heißt das nichts. Schließlich haben sie uns vor vier Tagen auch nicht wieder auslaufen lassen, so wie es uns von diesen elenden Katholiken hoch und heilig versprochen wurde. Also planen wir, uns von der Insel wegzuschleichen.

Hannes fährt Salma, Jeremy, Eric und mich mit Antonios Auto zum Jachthafen. Das erste Boot sollte in absehbarer Zeit da sein. Unsere Freunde Ben und Co. auf Malta haben kleine Segeljachten organisiert, um uns hier rauszuholen – ohne Passkontrolle. Wir warten ungeduldig am Steg. Eric reckt und streckt sich und hält Ausschau. Salma und Jeremy witzeln herum, bis auch sie das Warten leid sind. Ich kaue ausgiebig auf meiner Zunge und rauche mit Hannes. Als das Segelboot schließlich eine Stunde später ankommt, winken uns Boris und Mike recht unmotiviert zu. Mehr als ein »Moin« können wir ihnen nicht entlocken. Die zwei Schaumschläger konnte ich noch nie leiden. Naja, den einen kenne ich streng genommen gar nicht. Mein Versuch, nicht ungerecht zu sein, scheitert armselig, als sie uns vorheulen, wie anstrengend ihr Trip war. *Ja? Waren die letzten Tage wirklich hart für euch?*

Das Innere des Bootes ist die reine Wüstenei. Essensverpackungen, leere Bier- und Wasserflaschen türmen sich in der kleinen Messe. Ein großes Stück Käse klebt in der Spüle und stinkt. Die Schubladen sind mit Gafferband zugeklebt, die ein oder andere Leiste löst sich schon im Interieur. Sobald wir abgelegt haben, suche ich mir ein Bett. Eric liegt auf der Couch in der Messe, mit den Füßen auf der Küchenzeile. Auf dieser Schüssel wird das der einzige Platz sein, an dem er sich tatsächlich ausstrecken kann.

Salma, Jeremy und ich quetschen uns auf die kleine Matratze in dem mit dunklem Holz verkleideten Bug. Es sind mindestens 45 Grad hier drin und es ist unmöglich, sich nicht zu berühren. Wenn man seinen Arm vom verschwitzten Rücken seines Nachbarn wegzieht, muss man sich sorgen, dass das schmatzende Geräusch ihn aufwecken könnte. Aber es kommt schlimmer. Boris rüttelt nach einer Stunde Schlaf an meinem Arm: »Du musst jetzt Wache machen.«

Obwohl bei der Hitze niemand wirklich schlafen kann, bin ich zu zerstört, um richtig aufzuwachen. *Wache halten. Jetzt?*

»Digger, willst du mich verarschen?«, pampe ich ihn nuschelnd, ungläubig und mit einem halb geöffneten Auge an.

»Ja, also wir haben letzte Nacht durchgemacht. Ich kann halt nicht mehr«, sagt er selbstmitleidig. Ich könnte im Strahl kotzen. Wie kann man so dämlich sein und nicht schlafen? Das ist ein saublöder Anfängerfehler, ein Angeberfehler. Immerhin lässt mich der Zorn aufwachen.

»Ihr habt sie echt nicht mehr alle«, ranze ich ihn gedämpft an, um Salma und Jeremy nicht noch mehr zu stören, und kletter aus der Koje.

Kein Lüftchen weht. Unter Segel müssten wir auf die Plattentektonik warten, um je wieder Land zu sehen. Dumpf tuckert der kleine Motor. Das aufregendste Geschehnis meiner Wache soll das Umfahren eines Fischers bleiben, an dem ich auch ohne Manöver vorbeigekommen wäre. Okay, heute darf ich das auch mal finden: Das Meer ist öde. Zwei Stunden sitze ich stumpf am Steuer, versuche nicht einzuschlafen und mich dennoch an dieser geisttötenden Flaute zu erfreuen. Stattdessen vermisse ich Lyn. Dann kann ich nicht mehr, und ich wecke Eric, der heldenhaft übernimmt. Ich nehme meinen Ölsardinenplatz neben Salma wieder ein und döse sofort weg.

Wenige Stunden später sitzen wir alle an Deck. Salma liegt am Bug, wir anderen lümmeln uns auf den plastiküberzogenen Sitzen um den Steuerstand. So wie der Klumpen stellarer Kernfusion auch nur einen Zentimeter am Firmament emporgeklettert ist, werden die Temperaturen im Innern des Schrottkahns unerträglich. Man zerfließt förmlich, möchte sich ins Wasser ergießen, seine hitzeempfindliche Struktur auflösen und in abertausenden Molekülen geistlos in der kochenden Luft flirren.

Mein einziger Wunsch ist es zu schlafen, aber jedes Mal, wenn ich kurz davor bin, erzählen Boris und Mike irgendeinen Mist. Sie merken nicht, wie sehr sie uns mit ihrem Potpourri der Belanglosigkeiten nerven. Und wir sind so sehr in unserem Film, dass wir unsere eigene Ungerechtigkeit ihnen gegenüber nicht erkennen. Von der Sonne geblendet und in unserer Bauchnabelschau gefangen, dümpeln wir dahin. Mike reicht eine fast leere, warme Flasche Tequila herum. Ich verbiete es mir, nach der Minibar zu fragen, die uns zuvor so überschwänglich angepriesen wurde.

»Wieso halten wir an?«, ruft Salma vom Bug, und Boris antwortet verschmitzt: »Ich muss kacken.«

»Hä?«

»Das Klo funktioniert nicht. Die Pumpe ist kaputt.«

Na großartig. Wir warten, bis wir an Fahrt verloren haben. Wenigstens schwimmt Boris vom Schiff weg, und auch wir können eine Runde planschen gehen. Mike schaut verdutzt, als Salma und ich unsere Wäsche komplett ablegen und kopfüber ins Mittelmeer tauchen. *Platsch!* Jeremy landet mit einem doppelten Salto neben uns, während Eric vorsichtig die kleine Leiter am Heck herunterklettert. Die Abkühlung beschwichtigt unsere Gemüter, und wir haben uns wieder ein klein wenig mehr lieb, als wir weiter Richtung Malta fahren.

Nach 18 Stunden sehen wir den braunen Hügel am Horizont auftauchen. Endlich sind wir da. Ich hätte nie geglaubt, mich jemals auf Valletta zu freuen. Dafür musste man mir lediglich ein Schiff klauen und die Sorge schenken, in Italien verhaftet zu werden – *oh, paradiesisches Malta.*

Das zweite, viel größere Boot kommt sechs Stunden später mit dem glücklichen Rest der Mannschaft an. Mit strahlenden, erholten Gesichtern begrüßen sie uns. Hannes heult vor Lachen, als er hört, wie es uns ergangen ist. Sie hatten nicht nur tatsächlich eine Minibar, sondern auch zwei funktionierende Toiletten und wurden zu allem Überfluss von einem Schwarm Delfine begleitet.

»Delfine sind nur schwule Haie«, winkt Eric ab, der das sagen darf, weil er es selber ist, und mixt sich noch einen Gin Tonic.

Die Klimaanlage in der Crew-Villa läuft auf Hochtouren und bringt genau genommen nichts. Wir sind alle völlig gerädert, nicht einmal Alkohol hilft. Luxuriös ist die Villa nicht. Stockbetten stehen kreuz und quer verteilt in den kleinen Zimmern. Im Flur türmen sich Kisten mit Medikamenten, und der Abfluss im Spülbecken stinkt modrig, selbst wenn er gerade gesäubert wurde. Der Kühlschrank ist so vollgepackt, dass die hinteren Sachen anfrosten und der Rest gerade mal drei Grad unter Zimmertemperatur hat. Im Zimmer steht die Luft mit 30 Grad.

Jonas dreht eine Tüte nach der anderen und reicht sie reihum. Die Tür fällt ins Schloss und Francis ist unterwegs, um mehr Bier und Schnaps zu kaufen. Auf dem Glastisch im Wohnzimmer stapeln sich Zigarettenschachteln und Tabakbeutel. Heute gibt es kein meins und deins. Denn auch eine verlorene Schlacht wird von uns gefeiert, in Vorbereitung auf die nächste.

Ich bin endlich wieder bei der Crew angekommen, die sich sukzessiv in ihre Bestandteile auflöst. In die einzelnen Menschen, die unser Team ausgemacht haben, die nicht stillhalten können, und stetig ihre Waffen und ihren Verstand für den nächsten Coup schärfen. Ich bin verliebt, nicht nur in Lyn. Hannes brilliert in seinem Königreich des Kalauertums, während Alva mit einem Kissen unterm T-Shirt und Eiswürfeln in den Backen den Übersetzer parodiert. Beschwipst von unserer Zusammengehörigkeit, die zu nichts außer bis zum Letzten verpflichtet, halten wir uns vor Lachen die Bäuche.

Jeremy glaubt gegen ein Uhr, sich hinlegen zu dürfen. Kichernd lassen wir ihn auf einer der oberen Matratzen in unserem stickigen, beduselten Lazarett einschlafen, nur um ihn dann auf dem Stockbett ins Wohnzimmer zu tragen und zu hirnlosen Charthits so lange zu tanzen, bis das Bett ächzend zusammenbricht.

Schon am nächsten Tag bekomme ich den Anruf für das nächste Schiff, die nächste Heuer. Gleiche Chose. Ob Jeremy auch kommen kann, frage ich und ernte Begeisterungsstürme. Also ist es abgemacht. In drei Wochen fahren wir unsere nächste Mission. *Läuft.*

Um den Crewblues zwischen den Einsätzen weiträumig zu umschiffen, fahre ich mit Salma nach La Spezia. Mir ist, als wäre mir etwas amputiert worden, vielleicht auch etwas, das gewuchert ist und da gar nicht hingehörte. Wir trinken Kaffee und massieren unseren Phantomschmerz. So erschöpft war ich noch nie in meinem Leben.

Gestern bin ich mitten in der Nacht aufgeschreckt, als hätte mir jemand einen Kübel Eiswasser über den Kopf gekippt. Es hat gedauert, bis sich diese andere Sicht auf Firas und Saad aus meinem Unterbewusstsein gepuhlt hat. *Waren sie eingeweiht in die Intrige?* Die Story in meinem Kopf nimmt Daily-Soap-artige Züge an. Vielleicht sind sie V-Männer. Oder ihnen wurde gedroht, dass sie ihre Papiere nicht kriegen, wenn sie nicht mitspielen. Es ist nicht zu bestreiten, dass ihr Fall alles andere als ›normal‹ ist. Stimmte ihre Geschichte? Ich will gar nicht darüber nachdenken. Mir soll es gleich sein, ob Firas und Saad als Marionetten dranhängen oder nicht. Ich will es im Grunde gar nicht wissen. Das Zermartern meines Urvertrauens werde ich den Strippenziehern nicht gönnen. Schlafen kann ich trotzdem nicht. Auch Salma scheint es so zu gehen. Absichtlich reden wir höchstens beiläufig über die Beschlagnahmung und ringen um unseren Seelenfrieden.

»Was ist das denn mit Lyn?«, will Salma wissen, um uns beide auf andere Gedanken zu bringen, und bestellt noch zwei doppelte Espressi. Ich strecke meinen Kopf hilfesuchend hin und her, doch das knatternde Motorrad bleibt nicht stehen, um mir eine Antwort zu liefern. Auch der alte Mann, der mit seinem Pinscher spazieren geht, kommt mir nicht zur Hilfe. Also stottere ich irgendwas und bin selbst gespannt, was ich gleich erzählen werde.

»Joa. Ich bin schon ziemlich fett verknallt«, druckse ich herum.

Salmas eiserne Miene mahnt mich, dass das ja wohl kaum als vollständiger Bericht herhalten kann, den ich ihr gewiss schuldig bin.

»Ich will den.« Die Grübchen furchen sich ganz verzückt vor Poussierlichkeit tiefer in meine Wangen. »Irgendwie passt alles. Und er will mich auch, hat er gesagt.«

Unbefriedigte Erinnerungen an die letzte Nacht, die wegen Jonas elendiger Tüten weitaus weniger innig war als gehofft, schiebe ich beiseite. Das ist nicht schwierig, weil er mir vorhin bereits am Telefon gesagt hat, dass er mich vermisst. So spinne ich in meinem Kopf und in meinem Herz ein kunterbuntes Gestrick aus erotischen Erinnerungen, tollkühnen Kampfversprechen und glücklich naiven Träumereien. Eine Prise Größenwahnsinn werde ich mir ja wohl erlauben können.

Die Italiener werden uns so schnell nicht festnehmen, hat Chiara gesagt. Doch so froh ich auch bin, hier zu sein, so wenig interessiert mich diese Stadt. Ich brauche mich nicht mit einem selbstauferlegten Kulturprogramm kasteien, dafür gibt es hier schlichtweg nicht genug zu sehen. Unsere täglichen Ausflüge führen uns nicht weiter als bis zur Gelateria, dem Café auf dem kleinen Platz oder in die Weinlokale. Auch die kleinen Gässchen von Cinque Terre gucke ich mir lieber nur auf Bildern an, weil sie zu dieser Jahreszeit sowieso hoffnungslos mit fetten Kreuzfahrttouristen verstopft sind. *Bella Italia, hätten wir das also auch geschafft.*

Zurück in Salmas Wohnung stürzen wir uns ins Tussisein. Wir zupfen unsere Augenbrauen, wachsen unter Kreischen und Gejohle, was das Zeug hält, während wir ernsthaft diskutieren, warum wir diesen Mist nicht einfach sein lassen. Ist unsere Schnepfenexkursion das Zeichen eines Jochs, von dem nicht mal wir uns befreien wollen? Oder wie kann man vor sich selbst rechtfertigen, dass man diese und jene Härchen von einem ohnehin volltätowierten Körper entfernt? Wir beschließen, dass wir genügend andere Baustellen haben und uns diese heute nicht kümmert. Während Salma anfängt, sich mit kunstvoller Präzision die Zehennägel schwarz zu lackieren, mache ich uns etwas zu trinken. Als ich mit klimpernden Gläsern und Kippe in der Gusche zurück in das kleine Zimmer tänzel, schaut sie mich ernst an: »I think we are fucked.«

»Bestimmt«, pflichte ich ihr bei und reiche ihr das Glas. »Aber warum?«

»Die Männer sind nicht bereit für Frauen wie uns. Egal ob mit rasierten Beinen oder nicht«, sie schiebt das kleine Pinselchen in die Lackflasche und nippt an ihrem Drink. »Selbst die Feministen nicht. Da ist viel zu viel soziologische Grütze in den Köpfen. Eine starke Frau finden die nur in der Theorie gut, nicht in ihrem Leben. Da kann ich mir noch so viele Spängelchen ins Haar machen, um von mir abzulenken. Ich glaube, die raffen nicht, wie komplex Feminität ist.«

Es ist ihr ewiges Thema, auf das ich auch keine Antwort weiß.

»Kein Wunder. Wir raffen das ja selber nicht richtig«, sage ich, und mein Glas ist halb leer.

Salma wackelt mit den Zehen und lackiert weiter.

»Vögelt Lyn gut?«, will sie wissen, und ich verziehe den Mund ein wenig.

»Ausbaufähig, aber gut«, erkläre ich. »Ja, ausbaufähig«, versuche ich, das Universum anzustupsen. Er hat es im Grunde drauf, aber ich könnte schon öfter kommen und das will ich auch. »Aber das war bis jetzt auch alles auf dem Schiff. Da kann man ja nicht komplett ausrasten.«

Sie würdigt meine Ausführungen mit keinem Kommentar und setzt fort: »Versteht er dich? Also, so generell?«

Mann, das ist ein knallhartes Verhör.

»Keine Ahnung. Ich halte mich sehr zurück. Will ihn ja nicht sofort verschrecken. Hä hä«, das Lachen bleibt mir im Halse stecken, als ich mich selbst so sprechen höre. Salma, die sich in diesem Moment den finalen Zehnagel bemalt, stimmt mir ausnahmsweise mit überheblichem Ton zu.

»Das hört sich scheiße an, Captain.« Sie streckt ihre Füße in die Luft, um ihr Werk besser beurteilen zu können.

»Können wir einfach trinken und nicht sofort meine erste potentielle Beziehung nach acht Millionen Jahren emotionaler Eiszeit zerlegen?«

Sie hebt ihr Glas und spricht voller Pathos: »Es lebe die Verklärtheit. Ein Hoch auf interpersonelle kognitive Dissonanz!«

»Ein Hoch!«, rufe ich ein bisschen zu laut und wir schnauben wie nervöse Teenies. Sie muss aufhören diese Psychologie-Zeitschriften zu lesen, das ist für uns beide nicht gut.

Nach vier Tagen fahre ich weiter. Den Rucksack hatte ich nicht einmal ausgepackt. Diesen Rucksack, in dem alles steckt, was ich habe und der mir Freiheit schenkt. Mir gehört fast nichts, ich gehöre nirgends hin, ich gehöre niemandem. Ich bin nicht gehörig, denke ich, als ich es mir im Zug bequem mache und zum ersten Mal seit sieben Wochen meinen Djian aufschlage. Ich fliege durch das Buch, kann mich nicht davon abhalten, durch die Seiten zu rasen und weiß, dass ich später keuchend zu den Eselsohren mit den weichen Momenten zurückschlendern werde. Seine Lebenslust beflügelt mich. Ich will mehr. Die Welt rast schemenhaft an mir vorbei oder ich durch sie. Ich kann nicht sagen, ob ich weglaufe oder auf der Suche bin. Je schneller der Zug rattert, desto weniger denke ich darüber nach. Ich bin glücklich im Verlorensein. Nur ganz selten, wenn ich zu lange aus dem Fenster starre, mein Blick verschwimmt und sich nicht mehr einfangen lassen will, dann wünsche ich mir, ich wäre jemand anderes. Wünsche mir, ich wäre mehr ich. Aber in diesen Momenten dauert es nie lange, und eine Fliege setzt sich auf meine Schläfe oder der Schaffner fragt nach dem Ticket, und ich werde wieder erlöst. Erfrischend unerleuchtet und zufrieden.

Emma macht mir freudestrahlend die Tür auf, und ich bin sofort und restlos angekommen. Sie will alles wissen, aber muss auch zugleich selbst alles erzählen. Und wie immer regen wir uns wunderbar auf, finden Lösungen für sämtliche Probleme der Welt in Gewaltfantasien und albernem Schabernack, während sich die Weinflaschen unmerklich leeren. Ihr Hund, ihr Kalb, die *kindliche*

Kaiserin stupst mich, nach Aufmerksamkeit heischend, mit ihrer kühlen Nase an. Es ist, als wäre ich nie weg gewesen – wie jedes Mal. Ich asche in den Blumenkasten auf dem Balkon und verheddere mich in der Hängepflanze, die von der Decke baumelt. Es ist immer wieder genial, ein Idiot sein zu können.

»Was? Dann haben die Wichser euch wirklich das Schiff weggenommen?«, regt sie sich am Ende der Geschichte auf.

»Mit ACAB-Flaggen«, relativiere ich die Tragödie. Emma bricht in schallendes Gelächter aus und gießt nach. Froh, dass wir das Thema schnell abhaken können, und ich nicht weiter Kapitän sein muss, erkläre ich ihr trunken meine Liebe und den Beginn der Revolution.

»Fahren wir morgen in den Wald?«

»Klar! Was denkst du denn? Dass du zum Urlaubmachen hier bist?«

Das größte Geschenk dieser Freundschaft ist, dass sie mich gleichzeitig fängt und treibt. Emma kennt mich nicht auf See, nicht als Chef. Aber sie kennt mich voll und ganz und ist sich nicht zu schade, mich zur Verantwortung zu ziehen. Hier muss ich kein Held sein, und das ist genau das, was ich brauche. Um zwei Uhr nachts überkommt sie die Idee, meinen Rucksack auszukippen und meine löchrige Klamottenkollektion in die Waschmaschine zu stopfen.

»Das müffelt doch alles«, ermahnt sie mich mütterlich.

Ich lehne mich amüsiert zurück, kippel auf meinem Stuhl und rauche noch eine.

»So!«, erklärt sie ihr Unterfangen für abgeschlossen und zieht den Korken aus dem Flaschenhals. »Jetzt noch 'nen Trümmerschluck.«

»Was?«, frage ich grinsend und wittere, dass ich die Antwort schon kenne.

»Noch ’n Trümmerschluck. … Hä? Was? Trümmerschluck«, wird sie lauter und lauter, als würde das Gesagte damit richtiger und schlägt mit der Faust auf den Tisch: »Nein! Schlummertrunk!«

Wir heulen beide auf vor Lachen, und ich kippe mit dem Stuhl nach hinten um. *Ich glaube, ich habe mir vor Lachen in die Hose gepisst.*

Ich schlafe bis in den späten Vormittag und wache mit einem verfluchten Schädel auf. Ächzend und stöhnend hieve ich mich unter die Dusche und laufe danach eine halbe Stunde nackt durch die Wohnung. Weil es ausnahmsweise geht und ich gerade nicht mit 20 Leuten hause. Dann haue ich mich auf die Couch, gucke fern und knibbel an einem Pickelchen auf meinem Oberschenkel, wohlwissend, dass ich es damit nur schlimmer mache. Emma wird erst am Nachmittag von der Arbeit kommen, und ich werde bis dahin jeden Moment auskosten. Ich räume den Kühlschrank leer und lasse den kulinarischen Krempel allerorts verteilt in der Küche liegen, picke mal hier dran und beiße mal dort ab. Ich setze mich mit einem Kaffee aufs Klo und lasse die Tür offen. Nur die kindliche Kaiserin schaut ein-, zweimal herein, um zu überprüfen, was hier los ist. Ansonsten bin da nur ich. Ich mache den Plattenspieler an und dann doch wieder aus, weil es sensationell ist, Ruhe zu haben. Um halb drei ist mir sterbenslangweilig, und ich mache mir ein Bier auf.

Als ich das Herumsitzen nicht mehr aushalte, ziehe ich los. Ich wandere durch die Stadt, die nicht mehr meine ist, vorbei an den immer gleichen Glasfassaden und beliebig austauschbaren Shops. Der kleine Krämerladen ist weg, auch der Schuster und das Spielzeuggeschäft. Überall glattgebügelte Großkonzernwichse statt Existenzen. Wenigsten auf dem Marktplatz schreien noch allerhand echte Menschen und verkaufen Äpfel – aus Neuseeland.

Ich biege in die kleine Gasse, die mich von all dem wegführen soll, vorbei an dem Bettler an der Ecke. Neben ihm schläft ein bildhübscher Köter auf einer Decke, vor ihm stehen drei Becher. *Essen, Hund, Alkohol.* Ich schmunzel über etwas Ehrlichkeit auf diesem Pflaster, und wir nicken uns zu.

Nach ein paar Metern fühle ich mich schlecht, weil ich ihm nichts gegeben habe. Es dauert trotzdem noch zwei Schritte, bis ich mich umdrehe und zurückgehe. Ich krame in meiner Tasche nach Münzen und reiche sie ihm. Er wird selbst wissen, in welchen Becher er sie werfen möchte. »Schönen Tag noch«, wünsche ich den zweien. Der Penner schenkt mir ein schnödes »selber«, der Hund ignoriert mich total. *Na vielen Dank auch*, mokiere ich mich innerlich und zottel weiter. Sofort ärgere ich mich über meine Reaktion. Der muss ja nicht nett sein, er hat sich zu nichts verpflichtet. Ich bezahle ihn doch nicht für seine Freundlichkeit, bezahle ihn für gar nichts.

Ich laufe in Richtung Fluss und bereue auf einmal, dass ich ihm überhaupt Geld gegeben habe, anstatt es in den Tierschutz oder den Klassenkampf investiert zu haben. *Oder habe ich das?* Sicher nicht mit meiner übergriffigen Bevormundung seiner Person, selbst wenn es die nur in meinem Kopf gab. *Merci, Gehirn. Du machst sogar das Helfen kompliziert.* Ich denke das nicht zu Ende, zucke mit den Schultern und stolpere gerade so an der Fallgrube moralischer Relativierung vorbei.

Es wird immer noch recht spät dunkel und so gehen wir erst noch in unsere alte Stammkneipe, hinter deren Tresen wir vor gefühlt hundert Jahren alle verflucht haben, die die Dreistigkeit besaßen, bei uns Getränke zu bestellen. In vielen der Gesichter haben sich nur die Furchen vertieft, aber die meisten Menschen sind uns altbekannt. Andere Kaputte wurden durch neue Kaputte ersetzt.

Drinnen steht die Luft, vermischt mit dem stechenden Geruch von Ammoniak und Toilettensteinen, der aus dem Klo Richtung Fenster zieht. *Voilà: Das unrühmliche Geruchsensemble eures Nichtraucher-Schutzgesetzes!* Wohin sind die Tage, in denen mich vollgepisste und bekotzte Toiletten nicht störten, und mir fremder Achselschweiß nichts anhaben konnte? Der dicke Qualm hat so manches erträglicher gemacht in diesem ohnehin zehrenden Gesellschaftsspiel. Auf klapprigen, unbequemen Stühlen sitzen wir nun im Biergarten und haben uns gern.

Paul gesellt sich zu uns, der darf das, wenigstens ist er vegan. Leider hat an diesem Abend wohl jemand ein Schild an meine Stirn gepappt, auf dem in Großbuchstaben steht, dass mein Leben und mein Aktivismus zur allgemeinen Debatte stehen. *Jedes Los ein Treffer. Schlagen Sie zu!* Ich dreh mir eine Zigarette und frage mich, was wäre, wenn ich so ungestüm über seine persönlichen Grenzen und moralische Verfasstheit poltern würde. Manchmal komme ich mir wie eine Nummer in einer Freakshow vor, wo jeder einmal in xenophober Neugierde mit dem Zeigestock piken darf, um zu sehen, wie so ein Sonderling reagiert. *Attraktionen, Sensationen!* Und dann geht es unaufhaltsam los.

»Von denen, die du rettest, ist aber auch keiner vegan.«

Tätää, tätää, tätäääää, tuscht die Karnevalskapelle in meinem Kopf. »Stimmt. Die meisten sind außerdem wahrscheinlich noch sexistisch und homophob«, füge ich fischblütig hinzu und nippe bedeutungsvoll an meinem Bier.

»Siehste. Also ich find's besser, wenn du Tiere rettest«, findet er und bestellt noch eine Runde Getränke. *Wieso soll der ganze Scheiß eigentlich an mir hängen bleiben?* Emma knetet ihre Unterlippe, um ihr hämisches Grinsen zu verbergen. Mit gehässiger Sensationslust freut sie sich auf das, was jetzt kommt, und genießt ihren Logenplatz in diesem Kolosseum.

»Ich finde es besser, wenn jeder gerettet wird«, gebe ich mit gespielter Kulanz zu.

»Ja, aber du rettest ja Leute, die dann Tiere essen.«

»Du meinst, ich soll die deswegen sterben lassen?«, stelle ich meine Frage weniger angriffslustig als gedacht. *Oh weh.* Welcher Teil meiner Überzeugungen ist jetzt zu hart, welcher zu weich? Wenn ich gegen jede Form von Unterdrückung bin, wo fängt sie dann an, wo hört sie auf? Ja, was ist, wenn ich für Menschenrechte kämpfe, nur damit all diese Menschen dann völlig kretinoid Fleisch fressen? Müsste ich mir doch anmaßen, über Leute ohne Wahl zu richten? Der Erde und dem Ferkel kann es ja schnuppe sein, ob sie von jemandem vernichtet werden, der etwas für seine zerstörerische Lebensweise kann oder eben nicht.

»Kommt halt drauf an, was man will …«, redet er sich dreist heraus.

»Also ich soll die Flüchtlinge noch weiter degradieren, als Mittel zum Zweck? Ist ganz schön arrogant, mir das Dilemma aufzuhalsen.«

»Wie aufhalsen?«

»Du sagst mir, ich soll den Tod von Menschen in Kauf nehmen, damit mehr Tiere leben können?«

»Ja, ne. So meinte ich das nicht.«

»Was meinst du denn dann?«, grätscht Emma kaltschnäuzig von der Seite rein und lehnt sich mit dem Arm auf den Tisch. Die Spätsommersonne sitzt ihr im Nacken und lässt ihre Haare in goldenen Flammen auflodern, eine Aureole elektromagnetischer Makellosigkeit. Paul hingegen will weder zuhören noch nachdenken: »Ich meine, dass wir doch wissen, dass Tierquälerei von Menschen kommt. Und im Umkehrschluss …«

Seine Theorie scheitert, wie alles, am Individuum.

»Bist du bescheuert?«, fahre ich ihn jetzt an. »Wer bin ich, über Leben und Tod zu richten? Scheißegal, ob kranke Hühner in der Legebatterie oder ebenso verzweifelte menschliche Wesen im Boot. Die haben genauso wenig Rechte, genauso keinen Platz zum Leben. Ich kann diesen Menschen, exakt diesen einen, der da vor mir sitzt, doch nicht in Sippenhaft nehmen für das, was die Spezies dem Planeten antut, sich selbst und allen anderen!«

»Aber sie werden doch nicht nur unterdrückt, sie unterdrücken auch!«, wehrt er sich und hat damit noch nicht mal Unrecht. Ich will ihn anschreien. *Halt die Schnauze und guck mal jemandem beim Ertrinken zu, du überprivilegiertes Arschloch!*, aber das Totschlagargument ist mir zu billig.

»Argh! Das geht ja alles viel früher los«, sage ich stattdessen. »Du kannst doch jetzt nicht die zwei Leiden gegeneinander ausspielen. Man muss sich gegen das System wenden, nicht gegen seine Opfer!«

Der Tisch wackelt so sehr, dass man es nicht mehr ignorieren kann, weil Paul so mit dem Bein wibbelt. *Nerv!* Es treibt mich zur Weißglut und irgendwann sicherlich auch noch in den Wahnsinn. Ich verstehe nicht, wie man so blind um einzelne Symptome kreisen kann. Menschenrechtler, die Tiere fressen. Tierrechtler, die Knall auf Fall synonyme Todesurteile für Menschen aussprechen wollen. Die Entfremdung, das zwanghafte Definieren der Unterschiedlichkeit, das uns so gnädig der Pflicht und der Schuld enthebt, läuft immer nach dem gleichen Prinzip ab. Die Definitionen von Speziesismus und Rassismus lesen sich erstaunlich gleich. Ob wir nun eine Linie ziehen zwischen uns und den Tieren, die in sterilen Stückchen unter Plastikfolie im Kühlregal liegen oder zwischen uns und den namenlosen Flüchtlingen, die mit aufquellender Haut im Meer treiben, ist ebenso willkürlich wie vermessen.

»Solange wir nicht durch die Bank weg vegane Anarchisten, also quasi Veganarchos sind, wird's weiter scheiße sein«, entnehme ich dem Destillat meiner Prophezeiung.

»Richtig!«, stimmt mir Emma zu.

»Wieso denn jetzt Anarcho?«, lehnt Paul affektiert ab.

Emma verdreht die Augen, entgeistert über seine Verbohrtheit: »Weil alles das Gleiche ist, man! Warum bist du Veganer?«, fragt sie und antwortet lieber selbst: »Weil alles andere Ausnutzung, Ausbeutung und Tod bedeuten würde. Und jetzt kommt's: Nur wenn die Prinzipien von Veganismus auf alle Ungerechtigkeiten angewandt werden, ergibt sich doch erst der Sinn, Alter. Alleinstehend widerspricht Veganismus sich selbst.«

Paul rutscht unruhig auf seinem Stuhl hin und her und findet sich am Pranger wieder. »Dafür muss ich doch nicht Anarchist sein«, nörgelt er.

»Doch!«, sage ich. »Jeder muss Anarchist sein. Herrschaftslosigkeit ist das, was wir brauchen, in jedem Belang.«

Der Gedanke scheint ihn zu schockieren, denn er schaut uns nur noch mit aufgerissenen Augen an. Empörte Angst davor, nicht zu herrschen und vielleicht genauso viel Angst davor, nicht beherrscht zu werden. Pauls Bein wippt erbitterter denn je.

»Wenn du entscheidest, dass eine Form der Unterdrückung okay ist und die andere nicht, dann entscheidest du dich für Ignoranz und im Zweifelsfall auch für persönlichen Vorteil«, wage ich einen letzten Versuch.

»Naja«, versichert er uns mit gespielter Verbundenheit und steht auf. Er weiß nicht mehr, was er sagen soll, und trinkt stattdessen noch einen Schnaps an der Theke.

»Der ist so hirnverbrannt, der glaubt wirklich, dass Anarchismus brennende Autos, Stromausfälle und Dieberei sind«, teile ich Emma unter meinem Atem mit. »Ich raste gleich aus!«

»Ich auch. Hat ihm gar nicht gepasst, unsere Kassette. Der ist nämlich auch nur ein scheiß Kapitalist ... Komm Schatz, wir gehen.«

Emma packt ihren Kram. Wir legen das Geld auf den Tisch und hauen schnell ab, bevor wir uns verabschieden müssen.

Als wir im Wald ankommen, ist es fast dunkel, und die alten Tannen schlucken noch das restliche Licht. Es wird sich immer falsch anfühlen, hier ohne die kindliche Kaiserin spazieren zu gehen, aber jetzt würde sie nur stören. Die Kraterlandschaft des Mondes offenbart sich in fast vollem Rund und wirft tiefe Schlagschatten. Ich erkenne die Dramaturgie an und genieße das dezente Knirschen des Weges unter meinen beschwingten Sohlen. *Chapeau, lieber Abend.* Emma zieht den Reißverschluss ihres Kapuzenpullis hoch und wir stiefeln voran.

»Ist es nicht totaler Irrsinn, dass es das Patriarchat immer noch gibt?«, nehme ich eine Diskussion von gestern wieder auf.

»Ja klar ist das Unsinn, aber was meinst du jetzt genau?«

»Also, wenn es im Patriarchat auch darum geht, sich die Frau für die Kindererziehung zu halten, dann müsste sich das Problem doch eigentlich von selbst lösen.«

Wir halten kurz an und sind erwartungsvoll still, weil etwas im Gebüsch geraschelt hat. Da es sich uns nicht zeigen will, und wer könnte das je verübeln, rede ich weiter: »Seit Generationen sitzen doch Frauen zu Hause mit ihren Kindern. Sie verbringen die meiste Zeit mit denen. Und was bringen sie denen bei? Sie könnten doch ihre Söhne zu Feministen und ihre Töchter zu Rittern schlagen. Wieso verwehren wir uns das selbst? Die Lösung sollte gerade eben in der Krux der verschissenen Rollenverteilung liegen«, ich kicke missmutig einen Tannenzapfen ins Dickicht.

»Joa. Ziemlich dumm, dass wir das nicht an uns reißen …«, beginnt Emma ihre Überlegungen, doch da sind wir schon am ersten Hochstand. Wir nehmen unsere Rucksäcke ab und packen die Säge und die Seile aus. Beim ersten Mal dachten wir noch, dass wir sicher erwischt werden. Dabei ist die Angst völlig ohne Belang. *It has to be done, what has to be done.*

Mittlerweile sind wir ein perfekt eingespieltes Team und müssen nicht mehr viel dabei reden. Das ist gut so, weil wir dann lauschen können, ob jemand kommt. Heute haben wir statt Sorgen nur noch Spaß. Ich klettere die knarzende Leiter hoch, knote oben das Seil fest und spanne es dann nach unten an einen Baum. *Ratsch, ratsch,* sägt Emma am ersten Bein, ich tue es ihr am nächsten nach. Es dauert nicht lange, bis wir entzückt schwitzen, und das Gesicht meiner Freundin silbrig im Licht des Mondes glänzt. Auch wenn ihre Zunge vor Konzentration spitz zwischen ihren Lippen hervorragt, sieht sie vollkommen und erfüllt aus. Ich lasse mich nicht von den kleinen Insekten nerven, die vor meiner Nase herumschwirren, und gehe über zum nächsten Bein. *Un-do it yourself.*

Viel zu lange habe ich nicht mit den Händen gearbeitet. Mein Arm fühlt sich jetzt schon lahm an, während meine Hand dumpf um den Griff der Säge krampft. Als der Hochstand krachend umfällt, sind wir beseelt, nehmen uns in den Arm und geben uns einen Kuss. Hastig packen wir das Seil und die Sägen ein und sprühen schnell noch ALF auf eine der Bretterwände, obwohl wir das letztlich beide albern finden. Abschließend klettert Emma auf den hölzernen Haufen, zieht sich die Hose herunter und pinkelt. *Geschafft.* Glücklich wie zwei Kinder und genauso köstlich kichernd hüpfen wir durch den Wald zum nächsten Aussichtspunkt der Jäger. Der Boden ist himmlisch weich unter unseren Füßen, und ich hoffe, ein Reh oder gar ein Dachs schaut uns bewundernd zu.

Drei Hochstände schaffen wir in dieser Nacht, den Rest der Welt nehmen wir uns für später vor.

Mein Besuch bei Emma, in dieser alten Welt, die mir so fern und gleichzeitig so nah ist, dauert nur eine Woche. Die meisten meiner anderen alten Freunde meide ich geflissentlich. Sie zwingen mich, ihr Richter zu sein, und dieses Urteil lastet auf meinem Gemüt. Wir hatten doch gemeinsam angefangen, diese Welt zu zerschlagen, um eine neue errichten zu können. Wo ist dieser Wille hin? Warum haben sie mich verlassen, und warum sagen alle, ich sei gegangen? *Da kann ja die Geographie nichts für. Ihr seid diejenigen, die sich nicht mehr bewegen.* Sie reden viel über Kredite, Kinder und Kollegen, und ich übe mich in Nachsicht. Immerhin an dieser Front bin ich konfliktmüde, und sei es nur, um es mir selbst einfacher zu machen – so sehr ähneln wir uns dann doch. Je öfter unsere Unterhaltungen scheitern, desto weiter gehe ich ihnen aus dem Weg.

So bleibt es also bei Emma und einer Woche mit langen Nächten voller Zuneigung und Tatendrang, in der ich meine Liebe zu ihr immer wieder neu entdecke. Ich finde nahezu religiöse Erlösung darin, unsere Herzen für das gleiche schlagen zu wissen. Es sind die kostbaren Momente, in denen man sich, und was daran hängt, teilt. Den Schmerz, die Überzeugung, den Hass und die Liebe. Natürlich ist sie vegan, selbstredend Antifaschist. Es gibt keine gottverdammte Diskussion darüber, ob wir dieses System stürzen müssen, nur darüber wie. Mein Geist schwirrt frei und mit unendlicher Leichtigkeit, durchs Philosophieren mit ihr. Mit jedem Schlag unserer Herzen hämmern sich rostige Nägel tiefer in den Sarg des Kapitalismus, mit jedem unserer Atemzüge hauchen wir der Freiheit etwas mehr Leben ein. Und dann, dann ziehen wir durch Kneipen, tanzen durch Konzerte, und ich verkneife es mir, rumzuknutschen. Wir lachen über all die Unwissenden und feiern zwischen ihnen. Sie können uns nichts anhaben.

Die Kellnerin, die mehr Piercings im Gesicht als Haare auf dem Kopf hat, schiebt uns an einem dieser Abende zwei Bier über den Tresen, die wir nicht bestellt haben.

»Von denen da«, zwinkert sie uns zu und zeigt auf zwei Skatertypen am anderen Ende der Theke. Ich schaue die Jungs an und frage Emma mit einem kritischen Schmollmund: »Geht schon, oder?«

»Ja, find ich auch.«

Wir prosten ihnen zu. Schnell sitzen sie neben uns, und der Small Talk ist sogar kurz nett. Bis es dann wieder passiert.

»Und was machst du so?«, fragt mich der mit der viel zu teuren Kappe, der trotzdem verflixt gut aussieht.

Och man, ich mag es nicht, wenn solche Gespräche ernst werden, und beschränke mich auf minimalen Informationsaustausch: »Ich arbeite auf Schiffen.«

»Oh krass«, freut er sich und nickt dann wissend. »So als Stewardess, was?«

»Genau. So ähnlich ...«, nicke ich ebenso plump zurück.

Wenigstens kann man sich darauf verlassen, dass sie nicht weiterdenken, ihr Kopf viel zu tief in ihrem eigenen Arsch steckt, um ihr Gegenüber je als substantielles Wesen zu begreifen. Emma versteckt in solchen Momenten immer ihr fieses Grienen, diesmal im Pilsglas. Ich darf auf keinen Fall hinschauen, damit ich nicht anfange zu lachen, und lande so dummerweise wieder bei den braunen Augen von Käppityp, der jetzt glaubt, ich würde mit ihm flirten. *Mission abort!*, schallt es in meinem Hirn, und ich gehe pissen. Als ich zurückkomme, hält Emma einen Vortrag über Sweatshops und es ist klar, dass auch sie keine Lust mehr auf die Boys hat. *Kumbaya!*

Auf dem Heimweg brechen wir obligatorisch die Bild-Automaten auf und schippen Hundescheiße rein. Zufrieden machen wir uns zurück auf Emmas Balkon noch ein Bier auf, weil wir das verdammt nochmal verdient haben.

»Das nächste Mal machen wir richtig Riot«, verspricht Emma uns beiden in heller Vorfreude, und ich kann es schon jetzt nicht erwarten.

Der Wecker klingelt viel zu früh, und mir graut davor, mich wieder zu verabschieden und unsere Freundschaft zu beurlauben. Ich stopfe meinen Plunder in den Rucksack und spüre eine Prise vorsorglicher Reue, weil meine Käsesocken doch wieder alles vollstinken werden. Klammheimlich denke ich darüber nach, ob es schön wäre zu bleiben und sich für nächsten Mittwoch mit irgendwem zum Kaffeetrinken zu verabreden. Oder ein Hobby zu haben. Ich frage mich, wie es ist, wenn man eine Wand hat, an die man ein Foto einer lieben Erinnerung pinnen kann.

Als ich am Bahnhof ankomme, bin ich wieder ganz verzaubert von meiner Landstreicherei und besoffen vor Freiheit. *Homeless bound.* Im Zug schreibe ich einen Brief an Lyn. Einen richtigen Liebesbrief mit kleinen Zeichnungen, getrockneten Blüten und einem Oben-ohne-Bild, das ich beim Umsteigen in der Fotobox gemacht habe. Ich komme mir nicht einmal bescheuert dabei vor. Ich lecke den ekligen Klebestreifen des Umschlags ab und versiegel ihn mit einem Aufkleber der Space Invaders – *against transphobia.* Nach der nächsten Mission werde ich ihn endlich wiedersehen. Vielleicht gibt es sie wirklich, diese Liebe, seufzt mein Herz. Eine Liebe, die sich anmutig im gemeinsamen Niederreißen von Mauern und der zärtlichen Saat von Revolte offenbart. Und dann schläft man, noch vor Aufregung keuchend, unter dem Sternenhimmel ein. Im Unglauben darüber, was – wen! – man unlängst gefunden hat. Voller Energie für jedes Abenteuer und mit jeder Menge Sex. So blubbern in meinem Kopf eine Million Seifenblasen, glänzend in allen Farben und Facetten des Regenbogens. So kostbar und delikat, dass mir schwindelig wird. Ich ermahne mich, die Erinnerungen nicht zu zerdenken, die fantastischen Bilder nicht zu überbelichten. Und so male ich mir stattdessen die Zukunft aus, in einem wahnwitzigen Mandala, in genau den Farben, die mir passen, wie im Rausch über jede Linie hinweg.

Das Büro in Hamburg ist mit *Hate mail* zugetackert. Mit Ausdrucken von E-Mails voller Großbuchstaben und Ausrufezeichen. Irgendein Wirrkopf macht sich die Mühe, jede Woche eine Postkarte zu schreiben, aus denen Marc ein Mobile gebastelt hat. *Menschenschlepper, Deutschlandfeinde, Abschaum, Kriminelle, Früher-hätte-es-das-nicht-gegeben.* Die Dummheit der Braunen, die doch sonst so beschränkt sind, kennt keine Grenzen. Wir sind 15 Aktivisten, teils vom Schiff, teils aus dem Büro und frickeln mit Hilfe von behämmerten Post-its an einem Masterplan, damit wir das nächste Schiff nicht auch verlieren. Es will uns nicht richtig in den Kopf, dass sich mit Willkür schlecht planen lässt und dass auch nicht jeder Fachmann für alles ist.

»Oder wir fahren bis zu den Landungsbrücken!«, schlägt Heiner vor, der sich besser weiter mit der Büro-Orga beschäftigen sollte.

»Pffft«, prusten meine Lippen. Das ist meine Version von Anti-Aggressions-Training. »Äh, hast du ’ne Ahnung, wie lange das dauert? Du weißt schon, dass wir Flüchtende an Bord haben. Ich glaub’ nicht, dass ich die für ’nen cooles Foto durch die Biskaya prügeln würde. Fürsorgepflicht und so …«

Auf dem Sofa und dem Klappstuhl, der Tischkante und dem Boden breiten wir unsere Ideen aus, bevor wir sie wieder verwerfen. Klimpernde Löffel in Kaffeetassen bilden kleine Strudel, die unterhaltsamer sind als so mancher Beitrag. *Wieso gibt es eigentlich keine veganen Kekse hier?* Voll giftiger Abneigung schaue ich auf die Tüte Biomilch und würde gerne eine Grundsatzdiskussion führen. Aber Humanisten lassen sich selten die Systemfrage stellen. Ben steht außerdem schon wieder kurz vor einem Nervenzusammenbruch. Er kollabiert fast bei der Vorstellung, noch ein Schiff könnte konfisziert werden. Weder sein Hundeblick noch seine Bedenken sind mit dem Schiff verschwunden.

»Vielleicht warten wir erstmal ab und gucken, wie sich alles entwickelt«, schlägt er mit einer Stimme vor, die brüchig ist, so als würde sie nicht oft genug benutzt werden, und sich kaum aus seinem Rachen herauswagt. Ich schreibe mit Edding *NEIN!* auf einen grünen Zettel und pappe ihn mir an die Stirn. Dieser Bürgi-Besitz-Protektionismus bringt mich noch um, und die in den Booten auch. Wir müssen da raus! Erfreulicherweise regt sich auch Felix auf, dann muss ich das nicht machen: »Geht's noch? Und in der Zwischenzeit ersaufen die Leute?«

»Es geht auch ums politische Statement«, gibt Antje zu bedenken und sitzt mit einem viel zu geraden Rücken im Schneidersitz auf dem Boden. Mir schmerzen die Wirbel allein vom Hingucken. »Was soll denn jetzt dieser prophylaktische Bückling vor den Faschos?« Ich setze mich aufrechter hin und Ben nickt traurig. Auf einen pinken Zettel schreibe ich *JA!* und klatsche ihm das Ding mit zu viel Nachdruck auf die Stirn. So sieht er schon besser aus.

Da packt Merle zum hunderttausendsten Mal ihre Geschichte darüber aus, wie sie stundenlang im Mast festsaß, weil jemand ihr Sicherungsseil unten angebunden hatte. Gebetsmühlenartig spielen wir uns, nicht ganz unbewusst, solch kleine Anekdoten zu, damit die Sorge nicht Überhand gewinnt, und wir uns daran erinnern, dass wir glücklich sind da draußen. Das ist wohl der eigentliche Sinn und Zweck des Treffens. Nichtsdestotrotz steht nach acht Stunden Flipboard, Arbeitsgruppen, Pizzabestellungen, Kippenpausen und Gequatsche das ausgeklügelte Ergebnis: Wir machen weiter wie bisher, schauen was passiert und reagieren dann. Ein wahrhaft meisterlicher Plan.

Jeremy und ich holen noch Bier am Späti und machen uns dann auf nach Stellingen zu Stef, der schlau und sozial inkompetent genug war, sich das Treffen zu schenken. Wir steigen *Hagenbecks Tierpark* aus, laufen in die falsche Richtung und landen viel näher am Zoo, als wir das jemals gewollt hätten. Das olfaktorische Desaster des Seelöwenbeckens liegt beißend in der Luft und vermischt sich mit dem fischigen Gestank der Flamingoscheiße.

Das alte Jugendstil-Eingangstor türmt sich herrschaftlich vor uns auf. Die Statuen der zwei Elefantenköpfe, die Haltung des Löwen und Bären, projizieren ein Bild von Wildheit und Würde, die jedem Wesen hinter dem Zaun längst geraubt wurden. Es widert mich an, wir widern mich an. Ich drücke Jeremy meine Flasche in die Hand, um mir eine Kippe anmachen zu können. Da verbeißt sich etwas in meinem Augenwinkel. Jeremy merkt erst nach ein paar Schritten, dass ich stehengeblieben und selbst erstarrt bin. Er folgt meinem Blick, und dann sieht er es auch. Neben den Tierfiguren stehen auch zwei menschliche Biester. Mit Speer und Schild, mit Tomahawk bewaffnet, posieren sie angriffslustig, ja sogar blutrünstig, auf ihrem Sockel. Es sind »Wilde«, die hier einst genauso ausgestellt wurden wie die nicht-menschlichen Tiere. Ausgestellt für entfremdete Unterhaltung. Eingesperrt und jeder Souveränität beraubt, in Kostüme gesteckt als sterile Show für gehirngewaschene Zuschauer, die sich Zuckerwatte essend an der

Sklaverei laben. Sie starren das an, was wir uns seit Jahrhunderten beibringen und gemeinhin als Wissen deklarieren. Die Lüge des Andersseins, des Überlegenseins. Das, was uns ermächtigt – ja, mit göttlicher Hand dazu zwingt! – zu unterwerfen und zu knechten.

Jeremy schüttelt den Kopf und stellt sich neben mich: »Echt nicht zu glauben, dass die die Menschenskulpturen nicht runternehmen.«

Wie Ölgötzen stieren wir auf die grün angelaufenen Menschenfresser.

»Warum nur die?«, will ich wissen, weil ich den Unterschied nicht akzeptieren kann. Weil es keinen Unterschied geben darf zwischen denen, die im Zoo ausgestellt wurden und denen, die es immer noch werden. Obwohl ich weiß, wo die meisten in ihrer Lernkurve festhängen, und ich schon Purzelbäume der Freude schlagen würde, sollten wir uns darauf einigen können, dass zumindest alle Menschen gleich sind. Aber ich kann da nicht aufhören. Sonst brechen wir uns an dieser Stufe der systemischen Dominanz das Genick.

»Ist alles dasselbe, Jeremy. Wenn wir unsere Entsprechung mit Tieren verleugnen, dann untergraben wir nur unsere eigene Stärke. Dann ist man auf die despotische Propaganda reingefallen und macht sich zum Mittäter seiner eigenen Unterdrücker. Es ist dieselbe Herrschaft, verbreitet von denselben Herren, die auch uns ihre Missachtung ins Gesicht spuckt«, sage ich und kann meinen Blick immer noch nicht abwenden.

Das fein gearbeitete Tor ist das Symbol einer eingepferchten Gesellschaft, die versucht, sich damit zu befreien, andere in noch kleinere Gehege, Gefängnisse und Vorurteile zu pressen. Und wenn die Schaulustigen so adrett an den Gitterstäben entlang flanieren, eine Handvoll Erdnüsse werfen und sich bei den exotischen Reaktionen schrecklich pläsierlich fühlen, können sie für einen

Moment die Schranken um sich selbst und in ihren Köpfen vergessen. Wenn sie sich an den Zaun lehnen, so dass ihre feuchten Nasen durch die Maschen herausragen, um in den anderen Käfig zu spähen, dann wähnen sie sich sogar von dem Zaun, der sie selbst umgibt, gestützt.

»Solange nicht alle frei sind, ist niemand frei«, nickt Jeremy.

»Genau das.«

Stef öffnet uns die Tür mit lustig glasigen Augen: »Erzählt mir bitte nicht, wie es war!«

»Keine Sorge«, grinst Jeremy und schiebt sich an ihm vorbei in die kleine Wohnung. Es passiert viel zu schnell, dass man über nichts anderes mehr redet und sich selbst mit den nicht enden wollenden Nacherzählungen von Vereinsbeschlüssen nervt. Wer was, wo, wie gesagt hat, wie an dieser Stelle geschaut wurde, und ob sich einer dabei etwas gedacht hat. Also beschließen wir, heute nicht über Schiffe zu reden. Wer auch nur das Wort ausspricht, muss einen Löffel Zimt essen. Wir wetten, dass Stef als erstes verliert. Er ist seit Anfang an Teil der Organisation, schraubt mal hier und kocht mal dort, lässt die anderen debattieren und schafft es meistens, sich nicht davon stressen zu lassen. Als Endzeitpunker mit schief gestochenen Tattoos und ausgewaschenem Iro ist er schlicht nicht für die Vereinsmeierei gemacht. Ich würde mir auch lieber das rechte Bein abhacken, als einem Verein beizutreten. Es wäre mir schlicht unmöglich, nicht gewalttätig zu werden bei so viel Befindlichkeit, emotionaler Investition und ja, Post-its. Ich freue mich zwar, wenn ich meinen Senf dazugeben, aber noch viel mehr, wenn ich wieder abhauen kann.

Wir machen uns in der Küche breit, trinken Bier, und Stef – in Shorts, Flipflops und Schürze gekleidet – kocht äthiopisch für uns. Als Mahnmal steht der Zimtstreuer in der Mitte des Tisches.

»Wir haben nächste Woche wieder ein Konzert«, erzählt Stef frohgemut, der wie immer alles daransetzt, mir vorzugaukeln, dass ihre Schrottkombo Musik und nicht nur Krach macht. Er hätte mir nicht erzählen dürfen, dass sie gelost haben, wer welches Instrument spielt, und wer singt. *Arschkotze* wird nie zu meiner Lieblingsband avancieren. »Seid ihr dann noch da?«

»Ne, ich bin dann wieder auf'm Sch...« Ich unterbreche mich gerade noch rechtzeitig, und Jeremy starrt feixend und voller Spott auf das Glasfläschchen mit dem Zimt. »... äh, ich bin dann wieder weg!«, rette ich mich kichernd.

Stef zieht an seiner viel zu großen Tüte, die mich allein beim Passivrauchen fertigmacht. Von ihm aus könnten wir für immer in seiner 24 Quadratmeter Butze wohnen. Er fummelt an seinem Septumpiercing herum und richtet seinen fragenden Blick an Jeremy: »Und wo bist du?«

»Kann ich stattdessen Zimt essen?«, versucht er zu entkommen. Stef zeigt ihm den Mittelfinger, schimpft ihn einen Banausen und holt noch eine Runde Bier aus dem Kühlschrank.

Das Essen serviert er schnieke angerichtet, da kennt er nichts. Mit spitzen Fingern drapiert er erlesene Fitzel Feldsalat am Rand, wischt Verkleckertes mit dem Tuch ab und macht irgendetwas Künstlerisches mit Petersilie. Mit der schwungvollen Bewegung eines Maître lässt er die Teller auf den Tisch gleiten: »Voilà!« Jeremy reibt sich die Hände, ich stürze mich sofort auf das Essen. Ich kann mich nicht entscheiden, ob ich den Geschmack besser finde oder die Tatsache, dass man es mit den Fingern isst, oder ob das eine das andere begünstigt. Ich reiße kleine Stücke vom Injera ab, freue mich über die feuchte, weiche Textur zwischen meinen Fingern und schmatze ausgelassen vor mich hin. Stef kaut seine Kreation umständlich und in Ruhe prüfend, nickt anschließend zufrieden und stopft dann alles auf einmal in sich rein. Und wie sich die fettigen Fingerabdrücke auf den Gläsern und Flaschen mehren, überfressen wir uns an unserer Freundschaft und haben endlich geschafft, was uns selten gelingt. Unbekümmert entziehen wir uns an diesem Abend den Verpflichtungen unserer Moral, damit wir nicht an ihr verbrennen. Ich tanze barfuß in der Küche, Jeremy kommentiert meine albernen Bewegungen sportreporterisch, Stef macht Himbeersorbet zum Dessert. Nein, es ist kein schnöder Nachtisch, es ist ein Dessert. Wir kommen nicht mal in die Nähe des Zimts, so unbeschwert sind wir. Wir sind für uns, sind *wir*, wunderbar unnütz.

Erst als ich Stunden später in meinem raschelnden Schlafsack liege und Jeremy neben mir schnarcht, reist mein Kopf wieder nach Lampedusa und fragt sich, wo das alles hinführen wird. Und ob es nicht doch etwas Wichtigeres gäbe, wofür ich kämpfen müsste. Die Kupferstatue vom Zoo meldet sich und stupst mit ihrem Tomahawk mein Gewissen an. Na toll. Wie soll ich denn bitte das ganze System stürzen? Kann nicht schon einmal jemand anderes damit anfangen, während wir das hier zu Ende machen? Weil mir die ausbleibende Antwort zwangsläufig zu blöd ist, schaue ich zum sechsten Mal auf meinem Handy nach, ob Lyn mir nicht doch noch etwas geschrieben hat. Fehlanzeige.

Ich zwirbel mich tiefer in den Schlafsack und bemühe mich, meinen Kopf vom Schlaf zu überzeugen. Doch je mehr ich es ihm befehle, desto wacher werde ich. Ich habe jetzt bereits senile Bettflucht und Altersstarrsinn. Weil ich sonst nichts zu tun habe, wuchte ich meine zusammengeschnürten Beine Richtung Jeremy und trete ihm gegen den Po, bis er sich bewegt.

»Du schnarchst«, quengel ich.

»Sorry, Boss«, nuschelt er und hört tatsächlich auf, womit mein nächtliches Unterhaltungsprogramm wieder auf mein Hirn beschränkt ist. Es ist unglaublich, was Italien gegen uns aufgefahren hat. Mit der Beschlagnahmung haben wir erfahren, dass vier verschiedene Behörden, inklusive des Geheimdienstes, gegen uns ermitteln. Den Spaß machen die sich seit einem Jahr. Mit lustigen Gadgets wie Wanzen auf der Brücke, Telefone abhören und Undercover-Cops auf NGO-Schiffen. *James Bond goes Dr. Mabuse.* Ich bin erstaunt, wie wohlorchestriert die Kriminalisierung der Seenotrettung ist. Wenigstens meine Füße fühlen sich einwandfrei an, wie sie da an Jeremys durchtrainiertem, warmen Arsch liegen.

Bald ist die Zeit gekommen, wieder im Mittelmeer aufzuschlagen. Da der Norden auch im Sommer zu kalt für mich ist, mache ich mich zuvor noch für ein paar Tage auf den Weg nach Barcelona. Von dort lasse ich mich von Betty und Enzo durch die Pyrenäen jagen, zu idyllischen Buchten fahren und mich für mein grottenschlechtes Spanisch auslachen. Seit Jahren springen wir gegenseitig in unseren Leben umher, sehen uns auf Schiffen, Festivals und bei Eiscremegelagen. Richtig kennengelernt haben wir uns in der Antarktis, als wir mit Walfängern kollidierten und uns gegenseitig tätowiert haben. Dort im Südpolarmeer, das zu schön ist, um wahr zu sein. Die Weite der Stille ist erhebend. Und spätestens beim nächsten Eisberg blitzt es in der Seele auf – man geht in einem Gedicht spazieren.

Das ist schon lange her, doch unserer Verbundenheit macht das nichts. Die hat schon einige Crewwechsel, Jahre und Meilen überstanden, ist sogar daran gewachsen. Manchmal wundere ich mich, womit ich all diese großartigen Menschen in meinem Leben verdient habe, die mir ihre Häuser und Herzen öffnen und über meine peinlichen Witze lachen. Dieses Mal sehe ich nicht viel von Betty, weil sie ständig arbeitet. Nur morgens fliegt sie mit ihrer brünetten Mähne durch die Wohnung, sucht nach etwas, das sie vergessen hat, fragt mich auf Katalan danach, lacht über sich selbst, gibt mir hastig im Vorbeiziehen einen Kuss und ist dann bis zum späten Abend weg.

Enzo und ich liegen auf der Couch, nach einer steilen Wanderung, die mich mit tauben Beinen und geröteten Bäckchen belohnt. Er ist Bergsteiger. Wie eine gedopte Gazelle springt er da herum, während ich bei jedem Schritt die verschrumpelte Erdkruste verfluche, die den infamen Berg hervorgebracht hat. Ich schaue mich lieber in dichten Wäldern um als neben Gipfelkreuzen nach Luft zu schnappen. Erst wenn ich durch bin mit Atemholen und mich in der Immensität umschaue, dann erinnere ich mich, warum ich mich jedes Mal aufs Neue zum Kraxeln überreden lasse. Ich knete meine geschundenen Füße und Enzo daddelt auf seinem Telefon herum, bis er aufgeschreckt seinen Kopf hochreißt.

»Soll ich Ricardo anrufen?«, prescht er vor, gänzlich überzeugt von einem genialen Coup. Ricardo und ich haben uns bei meinem letzten Besuch so richtig schön durchgebumst. Wir haben die Sprachbarriere ausgenutzt und uns ausschließlich auf unsere Körper gestürzt. Animalisch, hypnotisch.

Meine Nase kräuselt sich, und ich muss schmunzeln. »Besser nicht«, druckse ich herum und gönne mir zum Trost so manche recht spezifische Erinnerungen an heiße Sommernächte, die wie warmer Honig über meine Haut laufen.

Durch das offene Fenster des kleinen besetzten Hauses dröhnt das Rattern der Motorräder auf dem Kopfsteinpflaster. Die Hitze trägt Gesprächsfetzen von vorbeiziehenden Passanten herein. Es ist ein hübsches Zuhause, voller Liebe, Politik und Kunst. An den unverputzten Wänden hängen Poster von Clara Thalmann und daneben die Rennräder. Enzo vergisst nie, die Blumen auf der kleinen Terrasse zu wässern. Bettys Bücherregal quillt über. In der ganzen Wohnung finden sich ihre Notizen und Geistesblitze zu politischen Theorien, Bands und Personen. Da es hier auch später noch gemütlich sein wird, schnappe ich mir einen dünnen Pulli von Betty, überlasse Enzo seinem Handy und bin zur Tür raus.

Ich schlender zu dem kleinen Platz, der wie alles hier eine Kirche neben sich stehen hat. Ich muss gerade mal für mich sein und Weißwein trinken. Nach nur einer Minute in dem Café unter den Platanen, habe ich schon eine Armada von Spatzen an meinem Tisch, die vorwurfsvoll um mich herumhopsen und Krümel verlangen. Die Kellnerin braucht nicht viel länger, um zu mir zu kommen, und ich bin froh, dass sie nicht in Plauderlaune ist.

Manchmal bin ich selbst verwundert, wie gerne ich Zeit allein verbringe. Stimmt nicht, bin nicht allein. Ich hänge mit meinem Gehirn ab. Wenn ich ihm nicht zwischendurch genau zuhöre, wird es viel zu laut in meinem Kopf. Und alles darin zerfrisst sich selbst, wenn man ihm nichts anderes gibt. Am besten geht das einsam in der Wildnis oder in der Anonymität der Stadt, beim Leutegucken und Heimlichmithören. Am liebsten dort, wo mich keiner versteht. *Und BITTE sprecht mich nicht an, ich flehe euch an.* Mein Kopf ist interessanter als die Unterhaltung, die wir jetzt haben würden, und ich habe die Geduld nicht, darauf zu warten, ein Level zu erreichen, auf dem wir uns ernsthaft austauschen könnten. Also muss ich immer so tun, als sei ich unansprechbar. Das ist nicht einfach. Wieso gilt man als beschäftigt, wenn man am Handy rumpopelt, aber nicht, wenn man in sich spazieren geht? Ich lege das Telefon vorsichtshalber auf den Tisch.

Die Kellnerin bringt mir den Wein und den Halbstarken am Nachbartisch zwei Bier. In einer Bewegung stellt sie die Flaschen auf den Tisch und öffnet sie mit dem Ring an ihrem Finger. So etwas will ich auch können. Auch den Jungs fällt in ehrfürchtigem

Neid alles aus dem Gesicht, so sehr sie sich auch bemühen, abgebrüht zu wirken. Weil sie trotzdem nicht richtig danke sagen, würdigt die Kellnerin sie keines Blickes mehr und stöhnt stattdessen entnervt. Ich liebe Kellner, und wie sie uns manchmal alle hassen.

Jetzt wo es da vor mir liegt, gucke ich viel zu oft auf das Telefon. Lyn spielt auf einmal Hasch-mich-ich-bin-der-Frühling und meldet sich kaum. Ich habe Angst, dass seine Begeisterung für mich verebbt ist oder noch schlimmer, meine für ihn. Die zärtlichen Worte, sexy Nachrichten und das sorglose Vermisstwerden fehlen mir, und ich reagiere patzig. Ich will mich nicht wie eine Jagdtrophäe fühlen, die weniger bedeutet als das Jagen selbst. Ich frage mich, ob unsere Geschichte überhaupt wahr ist. Es scheint schon so lange her, ich kann mich gar nicht mehr daran erinnern, wie er schmeckt und riecht. Ob wir es wohl schaffen könnten, Terrassenpflanzen nicht vertrocknen zu lassen? Es passiert mir viel zu oft, dass ich in das verliebt bin, was ich sehen will, oder das Verliebtsein an sich. Die Tatsache, dass ich mir darüber bewusst bin, hilft überhaupt nicht. *Ich bin der Jäger, du bist die Beute.*

Und weiter? Weiter kann ich den Text nicht. Vielleicht bin ich ihm auch zu viel und habe das alles zu offensichtlich genossen. Die Vorstellung bereitet mir körperlichen Schmerz, der mich überrascht. Trotzdem bin ich der Überzeugung, dass ich, wenn ich meinem Kopf das Okay gäbe, nie wieder an ihn denken würde. Ich kann mir aussuchen, verliebt zu sein und kann es abwürgen. *Ja, wirklich?* Da kommt mein nächster Wein und weil mir mit diesem Kopf schwummerig wird, der gleichzeitig so hungrig und zerfressen ist vor lauter Gedanken, schreibe ich ihm noch eine Nachricht. Eine zum Spielen.

So! Jetzt nicht weiter im Emo-Karussell fahren, bis die Wangen schlackern. Ich mache mich also daran, Leute zu beobachten und sie nicht zu verstehen. Die Jungspunde vom Nachbartisch, die keinerlei Respekt vor der coolsten Kellnerin der Welt zeigen, den Proll, der vorbeiläuft und sicher nur vor lauter Fleischfresserei so fett und fahl aussieht und die aufgedonnerte Tusse mit Kinderwagen, die sich um nichts als ihre Wimpernverdichtung schert. Ich bin mir sicher, dass keiner von ihnen dafür kämpft und brennt, es besser zu machen. Das denke ich über alle – über die, die an mir vorbeilaufen und auch die, die zu Hause geblieben sind. Selbst die Kellnerin beäuge ich nun argwöhnisch. Die Spirale meiner Gedanken schleudert mich steil nach unten, bis in die Vertigo.

Ein Windstoß zieht durch die Straße und die Blätter der Bäume rascheln verwirrt. Meine Blättchen wehen vom Tisch, und einer der Jungen springt sofort auf, um sie für mich aufzuheben. *Ich kann solch ein herablassendes Arschloch sein.* Was zur Hölle mache ich hier? Wie kann ich sie alle (und das tue ich, genau das) verurteilen? Vielleicht sollte ich als großer Öko-Terrorist, der mit dem Flugzeug zu seinen Schiffen reist, aus gegebenem Anlass die Fresse nicht so weit aufreißen. Ich weiß noch nicht einmal, ob der Wein, den ich gerade in mich reinkippe, vegan ist. Kann mir auch keiner sagen, weil es niemanden juckt. Ich bestelle noch ein Glas. Eine Flasche. *Gott, bin ich ekelhaft.* Und dieser angebliche Gott geht mir sowieso schon lange auf den Sack. *Dann zeig dich und mach endlich. Mach, dass wir aufhören! Mach, dass wir anfangen!* Diese Welt muss ja wohl zu retten sein.

Mein Telefon piepst und unterbricht mich, es ist eine Nachricht von Lyn. *I got your letter and I love it. But most of all I love you.* Schlagartig bin ich nicht mehr sauer. Auf nichts und niemanden. Mit einer Zigarette im Mundwinkel lehne ich mich zurück und zwinker den zwei Jungs am Nachbartisch gönnerhaft zu. Ein Schwarm Mücken schwirrt um die Laterne neben dem Eingang zur Bar, schwerelos, transparent und weich. Eine Blase der Perfektion. Und dann stechen sie mich an den Fesseln. Genug des Weins.

Als ich wieder in der Wohnung ankomme, schnippelt Enzo Tomaten und Zwiebeln, die Ärmel an seinen sommergegerbten Armen hochgekrempelt. Betty arbeitet an einem Text für ein Fanzine und sucht nach dem Stift, der in ihrem Dutt steckt. Ich nehme mir ein Messer und mache mich an den Knoblauch. Es ist nach 22 Uhr und mein Magen, der an die festen, frühen Essenszeiten im durchorganisierten Schiffsalltag gewöhnt ist, beschwert sich gluckernd und grummelnd über den mediterranen Lebensstil. Enzo weiß das und schiebt mir ein Stück Räuchertofu in den Schlund.

»Wir überlegen einen Hund zu adoptieren«, sagt er, als er die Finger (und selbst die sind muskulös) von meinem Mund wegzieht.

»Hmhmm«, freue ich mich für sie mit voller Schnute und stutze – ob ich jemals erwachsen genug sein werde, um so viel Verantwortung zu übernehmen?

Um mir Überblick zu verschaffen, laufe ich die Decks ab. Zweimal, dreimal, zehnmal. Das muss alles in mein lädiertes Cerebrum. Ich brauche eine innerliche Karte vom Schiff. Welches Füllrohr ist wo? Wo sind die Hydranten, Notausstiege, Sicherungen, Bollards und die Scheinwerfer? Was ist unter dieser Bodenplatte, und wo laufen die Rohre für die Tanks entlang? Es kommt mir nicht ungelegen, dass wir noch auf die Ersatzteile für die Getriebebox und das neue Magnetron warten müssen. So habe ich Zeit, mein Schiff kennenzulernen.

Es ist bisher nur eine Handvoll Besatzung da. Welch Luxus, sich in Ruhe vergucken zu können. Meine Beziehung zu den

Kähnen hat etwas von arrangierten Ehen. Aber eher bollywoodmäßig, mit einem schwierigen Anfang und einem Ende, bei dem alle mit überquellenden Herzen und fliegendem Konfetti tanzen. Gleichzeitig ist es noch ein wenig einsam auf dem Schiff, die Minimalbesetzung öffnet zu viel Raum für die industrielle Welt, in der wir hier gefangen sind. Ich schicke die letzten Ölproben ein. Bedrückt bemerke ich, dass ich mich der Mittel und Waffen dieses maschinellen, unnatürlichen Kosmos bemächtige, um eine Art des Lebens zu retten, die ich genau deshalb nicht haben kann. Ich habe mich auf Schiffen eingesperrt, um ins Gefecht zu kommen.

Enzo ist mitgekommen, weil er dies hier wichtiger fand als zu arbeiten. Er schweißt an einem Hängegerüst für extra Rettungsfloße. Ich kann es nicht erwarten, wieder mit ihm rauszufahren. Gut, dass ich Nadeln und Tinte im Rucksack habe. Das letzte Mal hat er mir einen Anker auf den linken Ringzeh gestochen, als Verlobungstattoo mit der See. In der Kombüse läuft den ganzen Tag lang *Arschkotze*, und Stef versucht uns mit seinem 5-Sterne-Essen emotional zu erpressen, das gut zu finden. Es ist nicht viel anders auf diesem Schiff. Viele in der Mannschaft kenne ich aus der New Lion Bar oder von gemeinsamen Liegeplätzen. Selbst die Möwen sind bekannt. Alles läuft geschmeidig, und in drei Tagen kommt auch Jeremy.

»Wir können gleich auf den Generator umstellen«, sagt Claire, wischt sich mit dem Handrücken über die Stirn und ist damit ölverschmierter als zuvor. Der Herbst hat hier noch keine Abkühlung gebracht, und wir schwitzen weiter wie die Schweine. Ich habe mich direkt in sie verknallt, in ihre große, poetische Klappe und ihren sehnigen Körper, den sie in einen pinken Coverall gesteckt hat. Meine latente Besessenheit von Maschinistinnen ist auffällig. In wen ich mich nicht verknallt habe ist Arne, der Offizier. Er läuft immerfort mit einem Gesicht herum, als hätte er gerade einen Furz gerochen, aber sei sich noch nicht ganz sicher, ob er es nicht selbst war.

»Ach, dann ist es wieder so laut«, beschwert er sich.

»Petit chéri, du warst doch schon mal auf einem Schiff«, lässt Claire ihn kokett mit ihrem französischen Akzent auflaufen, sie hat so wie ich keine Zeit für bedürftige Gemüter. In der Werft-Tristesse kann ich mir die erbarmungsreiche Genese von *crew love* wieder nur schwerlich vorstellen. Wir arbeiten jeder für uns, nur Arne dackelt pausenlos neben mir her.

»Also ich mag dieses Schiff nicht«, stört er sich.

Er scheint die meisten Dinge nicht zu mögen. Halbherzig frage ich nach: »Wieso?«

»Ich mag es halt nicht. Ich mag eigentlich gar keine Schiffe«, mäkelt er und sieht aus, als würde er seit langem nach dem Schuldigen suchen, der ihm das angetan hat.

»Schön und gut. Aber kannst du dein Gejammer nicht für dich behalten?«

Das ist, was ich an Arne mag, dass er sozial so inkompetent ist, dass er nicht mal merkt, wenn man unverschämt zu ihm ist. Er hat dafür keine Antenne, wie eine autistische Begabung für Kritikimmunität ist das.

Zum Abendessen findet unser kleiner Trupp von sechs Leuten zusammen, und endlich ist da ein Anfang des Zusammenseins, bei dem man sich an einem Teller oder einer Gabel festhalten kann und sich nicht komplett ungerüstet begegnen muss. Wie immer reden wir nur über das Schiff, und was dazu gehört.

»Wir brauchen noch einen Namen für das neue RHIB.«

»*Charlie Mama*«, schlägt Claire vor, ohne zu überlegen, »*Charlie Mama 941.*«

»*Deine Mudda!*«, ruft Stef und prustet, hingerissen von dem potentiellen Funkkontakt: »*Charlie Papa, Charlie Papa* this is *Deine Mudda!*«

»Wie wär's mit *No one is illegal!*«, spinnt Enzo die Idee kichernd weiter. »*No one is illegal, No one is illegal* this is Italian Coast Guard.«

Wir lachen. Claire wischt sich eine Träne aus dem Auge, und Felix klopft sich auf die Schenkel.

»Ja, genau. Oder wir nennen es *Die Arche,* ha!«, sagt Arne und glotzt erwartungsvoll in die Runde, die mit einem Mal unangenehm still wird.

»Petit chéri, das machen wir auf keinen Fall«, fasst Claire unsere Fassungslosigkeit in Worte.

»Boah Arne«, prollt Felix ihn freundschaftlich an, »du hast echt Scheißideen manchmal.«

Arne zuckt nur desinteressiert mit den Schultern. Er ist die Fleischwerdung von emotional indifferent. Enzo beginnt als Erster zu lachen und klopft Arne beglückt auf den Rücken.

Das RHIB wird *Deine Mudda!* getauft und Enzo fragt Arne, ob er Lust hat, ihm mit der Sprühschablone für den Namen zu helfen. Statt Champagnerflaschen zerschellen zu lassen, zelebrieren wir die Weihe mit Dosenbier.

Plötzlich sind alle da, und ich wundere mich, wo die Tage geblieben sind, an denen ich mich nach dem Rest der Bande sehnte und danach, dass es wieder losgeht. Ich esse nur noch im Stehen. Ich habe keine Zeit, mich hinzusetzen, wenigstens rede ich mir das ein. In Wirklichkeit habe ich keine Lust, mir immer wieder das Herz am Buffet brechen zu lassen. Da arbeitet man mit diesen geilen Leuten, und dann essen die Fisch. *Da liegen zehn Freunde von mir auf deinem Teller, du Arsch.* Ich stürze mich in die Arbeit, eier auf dem mir selbst zugewiesenen Platz herum und stelle mir die Frage, ob es irgendwo ein besseres Team für mich geben kann. Eines mit allem.

Jeremy dirigiert die Trainings und Vorbereitungen auf Deck gewohnt meisterhaft. Da wir ohne Pause durch die Tage hetzen, kommen wir gut voran. Es macht nichts, dass hier trotzdem noch alles anders und neu ist.

Unterdessen habe ich die Nähe-Distanz-Partie mit Lyn gewonnen. Deutlicher als mir lieb ist. Gestern hat er mir am Telefon gesagt, dass er will, dass ich zu ihm ziehe. Ich bin mehr erschreckt als erfreut. Wo bin ich da bloß reingeraten, und wo führt das hin? In die letzte Provinz führt das, auf das platte Land. Was mache ich denn da? Ich will doch gar nicht sesshaft werden. Was, wenn es langweilig ist? Was, wenn ich langweilig bin? Fenster putzen, einkaufen gehen, Strom und Wasser bezahlen. Visionen von Höllenqualen. Ich habe seit zehn Jahren kein eigenes Bett. Und was, wenn es scheitert? Ich hasse Scheitern. Aber vielleicht finde ich auch ein paar Antworten bei Lyn. Mag ja sein, dass er es schafft, diesen Platz, an dem ich sein kann, für mich einzurichten. Dann muss ich mich nicht weiter damit rumschlagen, danach zu suchen. An solch ein Zuhause gewöhnt man sich doch. *Oder?* Kurz zwinge ich mich, die Zukunftsschau zu genießen und meine Sorgen zu überwinden. Und mit überwinden meine ich ignorieren, bis ein Haufen verhuschter Schmetterlinge sich in meinen Eingeweiden einnistet, und ich es wirklich kaum noch erwarten kann. Nur noch eine Mission. *Hui!*

Die Frühwachen mit Enzo sind mir am liebsten. Ich habe die E-Mail ausgedruckt, damit wir sie gemeinsam lesen können und nicht vom Steuerstand wegmüssen. Miguel hat recherchiert und uns geschickt, was er rausgefunden hat. Hier fällt keiner mehr aus den Wolken. Trotzdem sind wir perplex, wie viele Nachweise er für das gefunden hat, was wir schon lange vermuten.

»Alter …«, brummelt Enzo, während er mit dem Finger die langen Zahlenreihen abfährt, »so viele.«

Es ist eine Liste von Notrufen, die nicht mehr offiziell weitergeleitet wurden. Eine Liste, zwischen deren Zeilen sich hunderte von Menschenleben verbergen. Menschenleben, nach denen nicht mehr gesucht werden soll, die verschwinden sollen – aus der Statistik und unserem Bewusstsein.

»Wir müssen noch besser werden mit dem Ausguck. Wir müssen die alle selber finden. Hier sagt uns keiner mehr was.«

Enzo stimmt mir zu und macht sich direkt daran, den Plan für die Wachen mit noch mehr Namen zu füllen. Mehr können wir nicht tun in diesem Moment, als mit einem Bleistift auf einem Stück Papier rumzukritzeln.

Es ist noch eine Weile hin bis zum ersten Tageslicht, und wir rauchen eine Kippe auf dem Brückendeck. Da zieht ein Funke über das dunkle Himmelszelt und setzt es nach und nach in Brand. Zig Sternschnuppen rasen lautlos durch die Nacht. Ein Schauer magischer Juwelensplitter, die das Universum normalerweise geheim hält, da es weiß, dass es zu viel für unseren kleinen Verstand ist. Ich rufe im Maschinenraum an, um Claire Bescheid zu sagen, und dann stehen wir zu dritt im Fahrtwind. Schweigend, nachdenklich und mit jeder Sekunde ein Stückchen näher dran an dem, was uns hoffentlich erlösen wird – an einer Rettung, an *crew love* und unserer Utopie.

Bei den ersten feinen Sonnenstrahlen zieht Enzo durch das Schiff, um die wachhabenden Fernglasspezialisten zu wecken. Jeremy taucht von ganz alleine auf und das große Stieren beginnt. Da ich langsam einen Knoten in meinem Sehnerv habe, bitte ich Arne, das Radar zu übernehmen, und nicht allen die Laune zu vermiesen. Ich gehe meine Runde über das Deck und lasse den Wind mein Haar verwuscheln. Fast bin ich eine Spur beleidigt, als er nach nur einer halben Stunde ruft: »Ich hab was! Ein ziemlich deutliches Echo.«

Das hat er tatsächlich, und so steuern wir direkt darauf zu. Jeremy klettert in den Mast, um mit dem Fernglas zu spähen.

»Sieht nach einem Boot aus, Boss«, teilt er über Funk mit.

Wir machen uns parat, *Deine Mudda!* hängt einsatzbereit außen an der Reling und Stef setzt mit einem Lied auf den Lippen Wasser für den süßen Tee auf.

»Kannst du was Genaueres erkennen?«, will ich ungeduldig von Jeremy wissen.

»Es ist ein orangenes Boot. Mehr sehe ich noch nicht.«

Wir fahren darauf zu und nach weiteren zehn Minuten funkt er sein Update.

»Da sind keine Leute drin. Ich wiederhole, das Boot ist leer.«

Scheiße, denke ich, und wir schicken das RHIB mit Enzo, Claire und Felix vor. Ich hoffe, sie sehen nicht zu viele Leichen. Das RHIB springt über die Wellen und rast davon. Als sie in der Nähe des Bootes sind, verlangsamen sie und fahren Kreise, auf der Suche nach Überlebenden. Endlich meldet sich Felix.

»Es sind keine Leute im Wasser! Ich glaube auch nicht, dass hier jemand gestorben ist. Das ist ein Rettungsfloß und kein Boot.«

Das können wir mittlerweile auch von der Brücke aus sehen und atmen auf. Es ist kreisrund, ein großes Ding, das für 40 Personen ausgelegt ist, ohne Antrieb. Damit ist niemand von Libyen gekommen. Ich frage nach Markierungen am Floß, doch außer, dass die Garantie seit fünf Jahren abgelaufen ist, ist keine Information zu finden. Das reicht auch schon. Nur ein NGO-Schiff würde mit solch alten Rettungsmitteln arbeiten müssen und wenn bei jemandem was schief gegangen wäre, dann hätten wir davon gehört. Wahrscheinlich haben sie es nach einer Rettung nicht zurück auf die vollen Decks bringen können, oder es bei einer Übung verloren.

»Könnt ihr mal gucken, ob wir das Ding an Bord holen und wieder zusammenfalten können?«, bitte ich Felix.

Das Floß liegt jetzt dicht neben uns und die an Bord verbliebene Crew begrüßt die Abwechslung, tummelt sich an Deck und beobachtet das Geschehen. Enzo fährt das RHIB gegen das Floß, so dass Claire und Felix rüberklettern können. Mit ausgestreckten Armen balancieren sie auf dem wabbeligen Boden und untersuchen das Ding auf Brauchbarkeit. Felix versucht sich auf Claire zu stützen, die dadurch selbst ins Straucheln kommt und ihn wegschubst. Beide liegen lachend auf dem Rücken, stehen schlingernd auf und schauen sich um. Sie stehen in einem 1 A Boxring und nicken sich kampfeslustig zu. Die Menge auf den Zuschauertribünen an Bord johlt, Enzo fährt ein paar schnelle Runden um das Floß, um es zum Schwanken zu bringen – das Wrestling beginnt. Zu mehr taugt es nicht.

Wir markieren es schließlich noch mit großen Lettern, geben die Position in Rom an und machen eine Logbuchnotiz. Ich schlage das dicke Buch auf und finde ein Zettelchen mit einem Gedicht über *Feminismus im Maschinenraum*. Das vermute ich zumindest, es ist auf Französisch. Ich bin Fan und so wie Jeremy grinst, ist er das auch.

Bereits die halbe Nacht kreuzt das große Schiff 30 Meilen nördlich von uns auf und ab. Keine AIS-Kennung, sicherlich ist es Militär. Die sind lieber unerkannt im Einsatz, das ist praktischer bei anhängigen Verfahren. Es ist mir unheimlich, wie viele von denen hier rumschippern, urplötzlich auftauchen, nur um gleich wieder von der Bildfläche zu verschwinden. Es ist mir ein Rätsel, was die hier den ganzen Tag treiben, und wovor wir alle so eine Heidenangst haben sollen. Wenn ich ein guter Freund von Kim Jong-un wäre, würde ich ihm stecken, dass eine Invasion in Europa am besten mit schrottigen Schlauchbooten zu bewerkstelligen ist. *Hol dir zehn von den Dingern bei Alibaba, setz deine Armeehansel darauf und fahre drauf zu. Alle halten sich von dir fern (versprochen), und wenn ihr doch gesichtet werdet, sagt es keiner weiter. Idiotensichere Taktik.*

Arne ist von seinem Rettungsfloßfund angestachelt und fummelt angestrengt am Radar. Schon findet er wieder etwas. Ein kleines Echo, sieben Meilen weiter im Süden.

»Mega gut!«, freue ich mich und halte ihm meine Hand für 'ne High five entgegen. Wie eine aufgeweichte Scheibe Brot klatscht seine Hand gegen meine. Die Bewegung ist so schlapp, dass ich seine Finger noch an meiner Handfläche runterrutschen fühle.

»Naja, vielleicht ist es auch wieder nur ein Floß«, rügt er meine Exaltiertheit und macht ein Zitronengesicht.

»Maaaan«, stöhne ich, »sei mal nicht so 'ne *Negative Nancy*. So oder so, cool, dass du das gefunden hast.«

Beinahe sieht er jetzt stolz aus. Wir setzen Kurs gen Süden, und ich erhöhe die Drehzahl. Dann rufe ich in Rom an, um Bescheid zu sagen. Ich stelle auf Lautsprecher, damit alle mithören können. Der wachhabende Offizier scheint klare Anordnungen zu haben und ist eiskalt.

»Don't go to the target, Madam.«

Jeremy sieht aus, als würde er jeden Moment durch den Hörer springen und den Offizier mit dem Telefonkabel erwürgen.

»Excuse me? Of course I AM GOING to the target. This might be a boat in distress, Sir.«

»We will inform Libyan Coast Guard. Stay away, it's not safe.«

Dann ruf die doch nicht an, du blödes Arschloch.

»Not safe for whom?«, frage ich, obwohl ich weiß, dass er keinen Gedanken an die verschwendet, die er in die Lager zurück verschleppen lässt.

»Don't go to the target. Rome is not in charge of this rescue.«

»It is my obligation to assist a boat in distress, Sir«, erkläre ich ihm seinen Beruf und spüre, wie meine Nasenflügel ostentativ beben.

»Don't go to the target, Madam«, wiederholt er im Befehlston.

»Have a good watch, Sir«, gifte ich und knalle den Hörer auf die Gabel. Auch wenn ich es nicht für möglich gehalten hätte, ist Arnes Gesichtsausdruck noch eine Spur verhärmter. Stef und Felix halten Maulaffen feil. Die Stimmung oszilliert zwischen Verachtung und Verzweiflung über die eindeutige Ansage Roms. Jeremys Lippen sind zu einer blutarmen Rosette zusammengeschnürt, und alles an ihm lauert gespannt. Ich schnalze mit der Zunge: »Okay, let's go!«

Jeremy atmet hörbar ein und lacht die Absurdität weg: »Wir gehen definitiv in den Knast dafür.«

»Haha, ja«, feixe ich mit.

»Ich will aber nicht in den Knast«, meldet sich Arne vom Radar.

»Mann, Arne. Ist doch nur Spaß! Hier geht keiner in den Knast. Wenn, gehen wir dafür in den Knast, dass wir *nicht* helfen«, sage ich, ohne meine Zweifel in der Stimme.

Nüchtern nimmt er das zur Kenntnis: »OK«, und macht unbetrübt weiter. »Das Kriegsschiff hat Kurs geändert«, lässt er mich wissen. »Die fahren jetzt mit 25 Knoten nach Süden. Parallelkurs zu uns.«

»Dann hat Rom wohl da angerufen ...«, glaubt Jeremy.

»Ne, die reden nicht miteinander. Die haben gesehen, dass wir den Kurs verändert haben«, weiß ich, aber nicht, was sie wollen.

Mit ihren 25 Knoten sind sie fast drei Mal so schnell wie wir. Auf dem Radar beobachten wir, wie das kleine Echo zum Stillstand kommt und das Militärschiff darauf zuhält, bis sie sich zu einem grünen Pixelflecken vereinigen. Alle stehen wir da und glotzen gebannt auf den Kasten, wie die Fernsehzuschauer bei der Mondlandung.

»Das wäre ja cool, wenn die die Rettung machen«, lobt Enzo. Ich finde das auch, will aber trotzdem wissen, was da los ist, und wir schicken das RHIB vor.

Der Wind schreit in das Funkgerät und Felix ist kaum zu verstehen: »*kgrrrisch* der Schlauch vom Boot … Ich weiß nicht *kgriischsch kgrisch*, ob Leute im Wasser sind. Ich sehe kein RHIB von den Militärs …«

Ich schnappe mir ein Fernglas und warte darauf, dass wir nah genug sind, um zu sehen, was dort passiert. Und vor allem, was nicht passiert. Gleichzeitig rufe ich das Kriegsschiff auf Kanal 16 und werde ignoriert.

Endlich sind wir mit dem Schiff in Sichtweite. Enzo, Claire und Felix verteilen Rettungswesten an alle. Das elf Meter lange Boot hat schlappe 80 Leute an Bord. Enzo lässt sich von ihnen erzählen, dass der Schlauch erst vorhin geplatzt und bisher noch niemand ins Wasser gefallen sei. Das Militärschiff hatte nicht nur mich, sondern auch die in Seenot Geratenen ignoriert – es sitzt die ganze Zeit regungslos neben der voll Wasser gelaufenen PVC-Nussschale. Als wir dann dort zugange sind, lassen sie doch ihr RHIB ins Wasser. Statt aber die Menschen abzubergen, fahren sie enge Kreise um das durchlöcherte Schlauchboot und unser RHIB.

»Die haben sie doch nicht mehr alle«, murmel ich in meinen imaginären Bart. Dann bricht Felix' aufgeregte Stimme aus der Funke: »Die zielen mit Maschinengewehren auf uns! Die Leute kriegen Panik!«

Ich kann spüren, wie sich meine Iris zusammenzieht und sich meine Pupillen schärfen. Das Plastikgehäuse des Funkgerätes knackt, so verkrampft presst sich meine Hand darum.

»European warship, European warship. TELL YOUR RHIB-CREW TO STOP POINTING GUNS AT MY CREW! STOP POINTING GUNS AT MY CREW!« Ich bin außer mir vor Wut.

»Don't worry. My crew is only protecting itself«, kommt es blasiert aus dem klimatisierten *radio room* an Bord des Militärschiffs zurück. *Don't worry? Be fucking happy?* Wenn ich könnte, würde ich ihnen jetzt den Krieg erklären. Aber das würden sie nicht verstehen.

Nachdem sie uns eine Weile ihre halbautomatischen Penisse präsentieren, hört das Militär-RHIB ohne ersichtlichen Grund mit seinem Waffenkreisel auf, schaltet den Motor aus und guckt nun unserer Crew dabei zu, wie sie die Leute abbergen. Meine Funksprüche bleiben erneut unbeantwortet, und ich werte das als ein *Nein* auf meine Frage, ob wir die Flüchtlinge zu ihnen an Bord bringen können. Sie werden ja schließlich auch von Steuern für ihre Einsätze bezahlt – die ich genau deswegen nicht berappe.

Eine Stunde später haben wir die Gäste wohlbehalten an Bord. Beim Einstieg ist ein Stau entstanden, weil sich alle erstmal auf unserem Deck auf die Knie geworfen haben, um den Boden zu küssen. Das Kriegsschiff dampft Richtung Norden ab, um dort weiterhin nichts zu tun. Auf der Brücke läuft zum dritten Mal Stefs Playlist aus Deutschpunk und Hits der Achtziger. Es ist der Soundtrack dieses Lebens, ob wir wollen oder nicht. Auf den Decks regt sich das übliche geschäftige Treiben, und wir heißen unsere neuen Freunde, die auch in ganz famoser Stimmung sind, willkommen. Claire schleppt einen Sack mit Klamotten nach draußen, der innerhalb von Sekunden geleert wird. Freudestrahlend ziehen sie sich ihre nassen T-Shirts vom Leib und suchen nach etwas Neuem. Stef bringt die ersten Kannen Tee und erntet Jubelstürme. Das Grinsen in Jeremys Gesicht zieht sich von einem Ohr zum anderen, er ist jetzt schon von allen der beste Freund. Wie immer. Es ist ein Riesentheater auf diesen Planken, die die Welt bedeuten. Die Welt für uns und für die, die heute nicht auf den Meeresboden sinken. Bisher keine Spur von den Libyern; die sind vermutlich mal wieder nicht ans Telefon gegangen. Ich rufe Rom an. Der Offizier ist nicht euphorisch, als ich die Zuweisung eines sicheren Hafens anfordere. *Könnt ihr euch jetzt überlegen, wo wir anlanden sollen. Wir sind in eineinhalb Tagen da, dubdidu.* Die können mir heute nicht mehr die Laune verhageln.

»Alright brothers …«, beginnt Jeremy seine Ansprache an unsere ausschließlich männlichen Gäste. Die Wellen am Strand waren letzte Nacht zu hoch, und sie mussten bis zum Boot schwimmen. Ob die Frauen und Kinder das nicht durften oder nicht konnten, erzählen sie nicht.

Das Deckteam erläutert ihnen, was als Nächstes passiert, und wie es bis dahin bei uns an Bord laufen muss. Unsere Ärztin Julia, die geradezu enttäuscht wirkt, dass ihre kriegsgebietserprobten Fähigkeiten heute nicht benötigt werden, schaut mit mir von der Reling aus zu. Die meisten der jungen Männer hören gebannt zu, nicken zustimmend und voller Verständnis, sie wollen nicht zur Last fallen. Von hinten wird ein bisschen geschubst, und ein großer Nigerianer mit perfektem Lächeln und einer unerschütterlichen Aura der Autorität pfeift die Gruppe zusammen; sie sollen still sein und aufpassen, was Jeremy sagt. Für fünf Minuten ist die Stimmung gefasst, dann kommt erneut Gedränge von hinten. Müde Gemüter sind gute Wärmeleiter und erhitzen sich schnell, vor allem bei einer geballten Ladung Testosteron.

»Männer«, höre ich meine pikierte Stimme das stupide, immer wiederkehrende Verhaltensschema und die streitsüchtige Protzerei zusammenfassen, die auf dem Y-Chromosom zu liegen scheinen.

Einer beschwert sich lautstark, der nächste schubst zurück, und schon bricht ein Gerangel los. Jeremy mutiert zum großen Bruder und brüllt sie an. Er versteht, wie *crowd control* funktioniert und weiß auch, was passiert, wenn es schief geht. Der drängende

Ernst der Lage lässt ihn raue Töne wählen, die nicht zu ihm passen wollen, ganz gleich wie gekonnt er sie anschlägt.

»You will not fight on board this ship! SIT DOWN AND SHUT THE FUCK UP!«

Die Menge zuckt, nuschelt Worte der Entschuldigung und setzt sich hin. Nur hinten stehen noch einige mit verschränkten Armen und brabbeln beleidigt vor sich hin. Der Nigerianer dreht sich mit seinem strahlenden Lächeln zu ihnen: »Sit down, brothers.«

»You don't tell me what to do!«, pöbelt ein Anderer arrogant zurück.

»I'm telling you what to do!«, kackt Jeremy den überheblichen Fatzke an und schon ist Ruhe im Karton. So zufrieden Jeremy mit der Reaktion ist, so unwohl ist ihm jetzt in seiner weißen Kolonialherrenhaut.

»Darum mag ich Tiere lieber«, raune ich Julia zu, bevor ich mich umdrehen und gehen will. Es stößt mich ab, dass wir sind, wie wir sind. Niemand mag Menschen. Zumindest ich nicht.

»Was soll denn das heißen?«, fragt sie schnippisch und wendet sich mit vorwurfsvoll verschränkten Armen zu mir. Das ist gerade nur Wasser auf meine Mühlen des Unverständnisses.

»Das heißt, dass ich kein unbedingter Fan des Homo Sapiens bin.«

Verwirrt und beleidigt, weil ich mich nicht zur Liebe zur Menschheit bekenne, wendet sie sich von mir ab und hört Jeremy mit gespitzten Lippen weiter zu. Ich habe keinen Schimmer, wo diese sauertöpfische Verwunderung herkommt. Es steht mir doch auf der Stirn geschrieben, dass ich mit dieser Mischpoke nichts anfangen kann. Ich verstehe sie einfach nicht, und sie mich ja offensichtlich auch nicht. Wozu behaupten, es sei anders? Es ist ja nicht so, dass ich Menschen deswegen etwas Böses will. *Was mach ich hier denn bitte?* Nicht gewillt über mich urteilen zu lassen, beschließe ich einen Kaffee im Mastkorb zu trinken und mich auf Lyn zu freuen.

Wir haben den Wind im Rücken und machen gut Fahrt, auch wenn wir noch nicht genau wissen, wohin. Die Gäste schlafen viel, dann wechseln sich ihre christlichen und muslimischen Gebete ab, und wir kommen ziemlich gut ohne Verfolgung aus. Ich mache meine übliche Runde und bleibe bei einer Gruppe hängen, die unter laut lachendem Getöse Domino spielt. Sie laden mich ein, mitzumachen, und ich bin froh, dass noch nicht alles verloren ist. Wir legen unsere Steinchen, und nach und nach wird mir klar, dass Mbaye nicht mitlacht. Er schaut niemandem ins Gesicht, ist ganz für sich zwischen den anderen vier und klammert sich an seine Dominos. Ich lege meine Hand auf sein Knie und hoffe, dass das nicht zu viel ist. »Alles okay bei dir?«

Er seufzt und schaut mir unvermittelt direkt in die Augen: »Wir sind nicht alle hier.«

»Wie? Was meinst du? Ihr habt doch gesagt, dass wir rechtzeitig bei euch angekommen sind?«

Entsetzen macht sich in mir breit.

»Mein Cousin ist schon in der Nacht ins Wasser gefallen, lange bevor ihr da wart. Es gab eine kleine Rangelei um die Plätze, da ist er reingefallen.« Es sind keine Tränen in seinen Augen, sondern etwas viel Traurigeres. »Wir konnten das Boot nicht zurücksteuern.«

»Wieso hast du nichts gesagt?«

»Ich dachte, das wäre nicht wichtig«, sagt Mbaye und schmeißt einen Dominostein achtlos auf den Boden.

»Nicht wichtig?«, will ich wissen, seine Abgeklärtheit schmettert mich nieder.

»Es sterben so viele von uns. Jeden Tag sehen wir jemanden sterben. Ich dachte, da ist einer mehr nicht wichtig.«

»Oh.«

Mehr kann ich dazu nicht sagen und nicht fühlen. Ich lege mein nächstes Steinchen.

Zurück auf der Brücke, versuche ich wieder Rom zu erreichen. Und diesmal bekomme ich tatsächlich eine Antwort. Sie lautet Messina. Ich bin mir sicher, dass sie uns aus reiner Schikane keinen näheren Hafen zuweisen. Wir verlieren mindestens zwei Tage, aber gewinnen einen mit unseren Gästen. Stef übertrifft sich selbst und fährt ein Festmahl aus Kichererbsen-, Bohnen- und Linsenvariationen auf. Abgesehen vom Couscous, den keiner mehr sehen kann, haben wir von nichts anderem genug für hundert Leute. Der Großteil der Crew isst mit den Gästen und alle reden fieberhaft über Italien, während Stefs Playlist jetzt auch auf Deck in Endlosschleife läuft.

Am nächsten Morgen fahren wir in die Straße von Messina ein. Die Fluten, die sich mit Gewalt durch die Meerenge zwängen, wälzen sich unter uns in den viel besungenen Strömungen, gegen die wir mit mühseligen drei Knoten ankämpfen. Viel Zeit für unsere Gäste, sich am Rande ihrer neuen Welt umzuschauen und sich zu fragen, was sie ihnen bringen wird. Der Ätna ist richtiggehend schüchtern wie er sich so geheimnisvoll in einer Wolkendecke verbirgt. Die Küstenstädte Kalabriens munkeln von der Mär geschäftiger Unabhängigkeit. Viel Zeit auch für mich, wie ich uns da durch den viel befahrenen Kanal navigiere, mich wegen des Einlaufens in Italien verrückt zu machen. Die gesamte Mannschaft ist in Habachtstellung. Wenigstens können uns die Schweine mit nichts mehr überraschen.

Auf dem Dock stehen nur drei Küstenwächter gelangweilt zwischen Zelten vom Roten Kreuz. Keine Presse. Ich versuche die Gebirgsketten, die sich von meinem Herzen stürzen wollen, zurückzuhalten. Felix fragt mich alle zwei Minuten, wie es mir geht, und Claire hat mir ein Gedicht mit dem Titel *caresser le fascisme avec une pelle (frapper fort au visage et l'enterrer)* zugesteckt. Wir legen an und der hiesige Capo begrüßt mich mit überschwänglichem Händedruck. Er verweist auf den Amtsarzt, der komplett vermummt neben ihm steht, aber unter seiner Schutzmaske zu lächeln scheint. Schon ist er wieder weg. Der Dottore und seine ebenso in Maleranzüge gehüllten Schergen folgen mir auf das Schiff. Ich bringe sie zu Julia, damit sie ihnen erzählen kann, dass wir bis auf die übliche Krätze, etliche alte Verletzungen und ein eitriges Auge keine besonderen medizinischen Fälle an Bord haben.

»You should wear a mask«, sagt er zu mir. Zum einen werde ich wirklich ungern bevormundet und zum anderen desinfiziere ich mir auch dann die Hände nur äußerst selten, wenn wir Gäste an Bord haben. Wir sitzen tagelang auf den gleichen paar Metern Stahl, wenn ein Virus oder ein Bakterienstamm Lust hat, in mich einzuziehen, findet der sicher seinen Weg.

»Sure«, sage ich also und ziehe keine Maske an.

Schnell ist entschieden, in welcher Reihenfolge an Land gegangen werden soll, alles verblüffend unkompliziert. Jeremy kümmert sich darum, dass die Gäste wissen, wann sie dran sind, und verdreht zugleich ständig den Kopf Richtung Dock. Auch er erwartet jeden Moment das Einfallen eines Bullenaufgebots. Aber nichts passiert. Wir sammeln uns an der Gangway, um uns von unseren Freunden zu verabschieden.

»You should all wear a mask!«, ruft der Amtsarzt, den die väterlichen Gefühle übermannen, verzweifelt und fassungslos über all die Handschläge und Umarmungen, die er da sieht. Der schöne

Nigerianer, dessen Lächeln ich vermissen werde, küsst mich auf die Wange. Das gibt dem Dottore den Rest. Er drückt mir eine nagelneue Maske in die Hand: »Please!«

Nach nur zwei Stunden sind alle Gäste an Land und warten in den Zelten auf den Bus, der sie zur nächsten Station ihrer Odyssee bringen wird. Sämtlicher Papierkram ist erledigt, und das Schiff immer noch unbehelligt. Als der Hafenarbeiter die erste Leine vom Dock losmacht, beginne ich ernsthaft daran zu glauben, dass wir hier rauskommen. Ich bin hibbelig und springe von einem Bein auf das andere. Felix rüttelt mich von hinten an den Schultern. »Jaman! Das wird!« Selbst in Arnes Miene kann man wohl so etwas wie Zuversicht erahnen. Mit dem Bugstrahlruder drehe ich das Schiff über Steuerbord weg vom Dock. Keine Küstenwache, keine Polizei – ich platze gleich und lasse mit dem Nebelhorn ein langes, tiefes Tuten ertönen – für uns und unsere ehemaligen Gäste, die uns zujubeln und winken. Wir sind alle ein Stück weit mit der Welt versöhnt, und falls wir heute mit der Sonne untergehen, dann ist das auch okay.

Sizilien und die Anspannung liegen hinter uns und werden immer kleiner. Die meisten Crewmitglieder schlafen mit ihren schmucken Herzen selig wummernd in ihren Kojen. Claire hat in ihrer Spätwache einen Kuchen gebacken und bringt ihn zu Enzo und mir auf die Brücke. Zusammen mit Jeremy, der nicht schlafen kann, sind wir die Einzigen, die noch wach sind und nun in einvernehmlichem Schweigen auf der Brücke stehen, Schokokuchen essen und die laue Nacht inhalieren. Ich mache den Soundtrack von *Drive* an, und wir tauchen voll ein. Mit jedem Vers, mit jeder Schraubenumdrehung werden wir in die Zeit gemeißelt. Die Bässe des Synthesizers sind die Anschläge der eifrigen Schreibmaschine unseres Seins, auf der der Beatnik mittippt. So wie unsere Füße im Takt wippen und die Hände behutsam, aber wissend, durch die Luft tanzen, so sind wir uns unausgesprochen darüber einig, dass wir hier zusammen drinstecken. Dass dies unser Kampf ist, und unser Kampf zu gewinnen ist. Die Köpfe nicken im Takt. D'Artagnan würde vor Neid erblassen. Wir haben die nächste Stufe erreicht. *Einer für alles. Alles für einen.* Das ist besser als jede Beziehung, die ich je hatte.

Es ist noch ein ganzes Stück, bis wir wieder im Suchgebiet sind, und wir können den Tag behaglich angehen lassen. Jeremy und ich verstecken uns auf dem Ankerdeck und tränken Zeitungspapier in Wasser. Aus den triefenden Seiten formen wir Bälle, die wir mit ein paar Streifen Kreppband in Form halten.

»Sind das genug, Boss?«, fragt er, als er mit seinem neuesten Modell jongliert.

Ich zähle grob nach. »Wie viele haben wir? 15, 20? Ich denke das reicht.«

»Alarm?«, strahlt er.

»Aber so was von ...«

Auf meinem Weg zur Brücke sehe ich Julia in der Sonne auf dem Achterdeck liegen, Felix und Arne spielen eine Runde Backgammon. Gleich ist es damit vorbei, denke ich schadenfroh.

Die Alarmglocken brüllen auf dem ganzen Schiff. Einmal lang, siebenmal kurz und direkt nochmal von vorn. Es tut in den Ohren weh. In Windeseile findet sich die Besatzung zum *general muster* auf Deck zusammen, latent genervt über die Übung an ihrem freien Tag. Jeremy steht mit heimlichem Triumph im Mundwinkel da und kann die angestrengten Visagen kaum ertragen. Als er nicht mehr an sich halten kann, röhrt er: »VÖLKERBALL!« und verteilt umgehend und stolz die klatschnassen Bälle.

»Ihr seid so bescheuert«, diagnostiziert Stef baff und lacht über unsere Ränkeschmiede.

Julia schnappt sich noch einen extra Ball und bringt sich grienend in Stellung, der Rest macht es ihr nach. In wenigen Sekunden haben sich zwei Teams gebildet, bis unter die Zähne mit nassem Altpapier bewaffnet und bereit für das Gefecht.

»One, two, three – fight!«, ruft Jeremy und zwanzig Bälle sausen auf einmal durch die Luft. Bei uns gibt es keine Gewinner, wer etwas abkriegt, wechselt rasch die Seite und macht weiter. Enzo und Arne kämpfen um zwei Bälle, verbünden sich spontan und versuchen Claire zu erwischen. Julia wirft zielsicher einen Ball nach dem anderen an Jeremys Kopf, der gar nicht versteht, wo das alles herkommt. Dann schreit es unversehens: »Get the Captain!«

Andere Stimmen fallen mit ein: »Get the fucking Captain!«

Vor lauter Treffern und Lachen habe ich keine Ahnung mehr, in welchem Team ich bin, und werfe alles, was ich kriegen kann, wahllos nach rechts und links. Arne gerät in das Kreuzfeuer und versucht sich, quietschend vor Freude, vor den sausenden Bällen wegzuducken und mir dabei die Regeln zu erklären. Wir haben heute die Narrenfreiheit erfunden.

Diesmal entdecke ich das Echo auf dem Radar. Das INMARSAT hüllt sich in beleidigendes Schweigen. Wir halten auf das potentielle Boot zu und bereiten das RHIB und die Decks vor, als hätten wir nie etwas anderes gemacht, oder als sei das gewöhnlich.

»Wie weit ist es noch?«, informiert sich Claire und steckt ihr Notizbuch voller schematischer Zeichnungen, Dieselzahlen und Poesie in die Brusttasche ihres Overalls.

»Eine knappe Stunde. Weiter im Osten.«

Ich fummel ohne Unterlass am Radar herum. Oft werden mehrere Boote gleichzeitig losgeschickt, und ich will keines verpassen, will gar nicht an die denken, die knapp an uns vorbeischrammen. Stattdessen sehe ich unseren schlimmsten Albtraum. Das neue Echo löst sich aus dem verschwommenen Abbild der Küste heraus und bewegt sich mit 19 Knoten zielstrebig auf uns zu. *Scheiße.* Das kann nur die libysche Küstenwache sein. Mir wird flau. Sie sind zu schnell, mit Gram schaue ich auf die Anzeige unserer Drehzahl: 900. Direkt daneben ist das kleine Label, das mir sagt *850 max!!!* Fettgedruckt und unterstrichen, ernstgemeint. Es ist aussichtslos, wir werden nicht rechtzeitig da sein. »Fuck. Fuck. Fuck.«

»Brauchst du mehr?«, bietet Claire mir mit resoluter Stimme an.

Ich kann es nicht fassen, vor mir steht eine Heilige, ein Wunder. Ich brauche einen Moment, bis ich begreife, was für eine Chance sie uns gerade bietet.

»Ja«, sage ich zögerlich, das Label hat schließlich drei Ausrufezeichen. Dann fährt es aus mir heraus: »Ja! JA! Los Mann!«

»Okay.«

Claire schnappt sich Enzo und zerrt ihn mit in den Maschinenraum. Ich habe von der Brücke aus keine Kontrolle mehr über die Motoren, Claire hat sie mitgenommen. Wieder und wieder schiele ich auf die Anzeige. *950. 1000!* Ein Knoten mehr. Ich kann die zwei vor mir sehen, schwitzend neben den schreienden Maschinen. Mit Argusaugen müssen sie darauf achten, dass nichts auseinanderfliegt, und die Temperaturen nicht zu hoch steigen. Das Klacken, Klopfen und Stöhnen der alten Zylinder und Kolben ist das Herzrasen unseres Schiffes. Von Hand geben sie noch mehr Gas, allzeit bereit die ramponierte, heulende Maschinerie zu stoppen. *1050.* Sie treten sie, treten sich selbst, und das genügsame Biest lässt es mit sich machen.

Die Libyer kommen näher und näher. Felix kann sie bereits durch das Fernglas sehen. Ich rechne nach. Wenn Claire das Getriebe zusammenhält, dann werden wir etwa zeitgleich mit ihnen an dem Boot ankommen. Das ist nicht gut. Ich bin diese abstrusen Wettrennen leid. Ein Sprint um Menschen, die doch nur nicht verrecken wollen, weder auf See noch in den Lagern.

»Jeremy, wir schicken *Deine Mudda!* los. Frag nach, welche Crew drauf gehen würde.«

Er hebt erstaunt die Augenbrauen, und Arne dreht sich verblüfft zu uns um. Das Boot ist noch weit weg, und es ist unbestreitbar gegen unsere Richtlinien, das RHIB über solch eine weite Strecke alleine vorfahren zu lassen. Auch wegen der unberechenbaren Libyer. Und gerade deswegen muss es sein.

»So, we are going all in?«

»Yep.«

»Ich melde mich freiwillig«, sagt Arne kaum hörbar und mit einer Ernsthaftigkeit, die ihm die Kehle zuschnürt. Unsere Verantwortung und die Todesangst der Anderen haben uns alle im Schwitzkasten.

»Alles klar, Boss«, bejaht Jeremy, klatscht in die Hände und macht die Teams fertig. *Alle für alle.*

Wir können das Boot jetzt mit bloßem Auge sehen, daneben das libysche Schiff, das fast bei ihnen ist, und *Deine Mudda!*, die der Horrorszenerie entgegenprescht. Wir sind immer noch zu lahm. Es ist zum Kotzen. Die bedrückende Stille an Bord ist nicht auszuhalten. Wir machen uns auf das Schlimmste gefasst und übersehen indessen, dass wir schon lange mittendrin sind.

Die Libyer setzen sich so vor das Schlauchboot, dass wir es nicht mehr sehen können. Fünf Minuten später kommt das RHIB dort an und Felix ringt um einen Ton, der trotz allem Entsetzen verständlich bleibt: »Da sind überall Leute im Wasser! Mindestens 20!«

Während wir um jeden Meter, jede Sekunde kämpfen, dreht sich der Schauplatz und gibt den Blick auf das Ende des Menschseins frei. Die Libyer haben das Schlauchboot längsseits genommen, ziehen es neben sich her und reißen mit ihrem groben Manöver den Schlauch auf. Gebückte Gestalten kauern auf dem Vordeck des libyschen Schiffes, werden mit Leinen geschlagen und zusammengetrieben. Bestimmt 40 Menschen sitzen noch im Boot, das gerade absäuft. Vom Deck aus werden sie von den libyschen Milizen in Uniform angeschrien. Sie klammern sich fest, schauen sich um und springen dann ins Wasser, obwohl sie nicht schwimmen können. Sie ertrinken lieber, als auf das Schiff der Milizen und nach Libyen zurückzumüssen. Über Kanal 16 brüllt ein libyscher Offizier: »Go away! Go away!«

Überall um uns herum sind Leute im Wasser. Sie versuchen, in unsere Richtung zu schwimmen, andere fuchteln verzweifelt mit den Armen. Arne lenkt das RHIB von Mensch zu Mensch, Felix und Julia ziehen sie so schnell es geht aus dem Wasser, und schon fahren sie weiter zum nächsten. Es sind so viele. Wir sind jetzt nah genug dran, so dass wir die Panik fast riechen können. Am schlimmsten sind die Schreie derer, die noch im Boot sitzen und sich in unverderblicher Verzweiflung zwischen einem Leben in Folter und dem Tod im Meer entscheiden müssen. Ihre panischen Rufe wandern über die wenigen Meter Wasser zwischen uns, und sie brennen, ätzen, schneiden, fressen sich in unser Bewusstsein. Man weiß beim ersten Ton, dass man das nie vergessen wird.

Jeremy schnappt sich den Nächstbesten neben ihm und wirft mit ihm das kleine Dinghy ins Wasser. Mit allem, was wir haben und nicht haben, weigern wir uns, auch nur einen Menschen aufzugeben. Ich fahre noch näher ran, damit das RHIB die Leute schneller an Deck bringen kann, und Platz für die nächsten hat.

»Kann mal bitte einer vom Brückenflügel aus gucken, dass ich keinen überfahre?« Ich kichere hysterisch, als ich mich das selbst sagen höre. Was für eine verfickte Scheiße.

Deine Mudda! und unser kleines Beiboot flitzen unentwegt hin und her. Wir funken nicht mehr, wir machen nur noch, funktionieren. Immer mehr Leute fallen und springen ins Wasser, als die Libyer versuchen, sie aus dem Boot an Deck zu zerren. Für die Ertrinkenden tun sie nichts, ihr Beiboot sitzt unangetastet im Stahlrahmen.

»Go away! «, kommt immer wieder über Funk.

»Libyan Coast Guard, I request that ALL migrants come to my ship!«

»Go away! «

Ich muss noch näher ranfahren und lehne mich über die Reling, um sicher zu gehen, dass keiner vor dem Schiff im Wasser ist. Nicht vor mir, sondern neben mir, nur dreißig Meter entfernt, ist einer. Als ich gerade das RHIB anfunken will, sehe ich noch, wie er sich die Nase zuhält und dann untergeht. Einfach so. Ganz gleich wie schnell wir sind, es ist nicht zu schaffen. Viele verschwinden in den Wellen. Erst platscht und planscht es, sie rufen und winken, dann ist da nur noch ein Arm, dann eine Hand, die für immer von der Erdoberfläche verschwindet.

Ein Zilpzalp verirrt sich in die Brücke, flattert hilflos gegen die Scheiben und schwirrt zittrig hin und her. Für einen Moment sehe ich nichts anderes als diesen kleinen Vogel. Mag er noch so winzig sein, wild zieht er seine unermesslichen Strecken mit hastigen Flügelschlägen. Die Welt gehört ihm, das diskutiert er nicht mal. Mein Herz schlägt hier genauso schnell wie seins, in diesem unschuldigen Kampf. Da bollert er nochmal gegen die Scheibe und fliegt ohne Abschiedsgruß zur Tür hinaus in die Freiheit. Der Vogel hat mich gerade gerettet, zumindest meinen Verstand.

Die Menschen auf dem libyschen Deck werden unaufhörlich geschlagen und haben mittlerweile zu viel Angst, um weiterzuschreien. Was ihnen wohl durch den Kopf geht, wenn sie unser Schiff direkt neben sich sehen? In unerreichbarer Nähe? Das Schlauchboot ist als solches nicht mehr zu erkennen, so leer und zerstört. Vom Mast aus suchen wir nach den letzten Lebenden, es werden weniger und weniger. Jäh steigt schwarzer Rauch aus dem Schornstein der vermeintlichen Küstenwächter, sie nehmen Fahrt auf und preschen los. Ein Mann versucht an einem Tau an der Seite des Schiffs herunterzuklettern und erstarrt beim Anblick der Heckwelle. Die Libyer beschleunigen und kümmern sich nicht um ihn.

»LIBYAN COAST GUARD! STOP! STOP! THERE IS A MAN HANGING ON THE SIDE OF YOUR SHIP!«

Keine Reaktion. Ich fahre hinterher.

»LIBYAN COAST GUARD! YOU ARE KILLING THIS MAN!«

Sie sind schon bei 15 Knoten … 19 Knoten. Ich kann nicht aufhören, ihnen zu folgen, kann nicht die Hoffnung aufgeben, dass wir die Menschen an Bord doch noch aufnehmen können. Dass der Mann, der an dem Tau hängt, leben darf. Aber es ist sinnlos.

»If you follow us, we will open fire!«, droht mir ein Offizier. »WE WILL OPEN FIRE!«

Ich fahre weiter hinterher. Es ist mir egal, was sie wollen. Mit Vollgas spurten sie Richtung Tripolis. Der Abstand zwischen den Schiffen wird immer größer. Zeit, um Abstand von der Hoffnung zu nehmen. Ich reibe mir die Augen und drehe schließlich ab. Wir sind Zeuge einer Verschleppung von rund vierzig Menschen und Zeuge von dem, was das bedeutet. Keinen interessiert es. *Deine*

Mudda! und das Dinghy finden jetzt nur noch Leichen. Alles ist schrecklich.

Jeremy kommt kreidebleich auf die Brücke. Er wird die Zahl der Menschen nicht benennen können, die er hautnah hat sterben sehen. Wer weiß so etwas heute schon. Die Gesichter der Crew sind verhärmt. Mit kleinen, achtsamen Berührungen halten wir uns gegenseitig, tasten nach einem Sinn. Mal sehen, wie lange wir uns am Riemen reißen können. Auf Deck herrscht Friedhofsstille.

»Wie viele haben wir an Bord?«, traue ich mich zu fragen.

»Etwa sechzig«, schätzt Jeremy.

Ich nicke stumm. Dann sind mindestens dreißig ertrunken. Was für ein elendiger Scheißtag.

Ich muss jetzt wirklich eine Zigarette rauchen und stelle mich neben Felix auf den Brückenflügel, der vorhin noch mein Zuschauerbalkon in dem Drama war. Felix starrt auf das Meer, dann sehe ich, dass ihm schwere, jammervolle Tränen die Wangen herunterlaufen. Wortlos nehme ich ihn in den Arm, und er schluchzt herzzerreißend, bis ihm der Rotz aus der Nase läuft.

»Der Junge ist tot«, sagt er mit bebender Stimme.

»Welcher Junge?«

Er erzählt, dass sie einen kleinen Jungen aus dem Wasser gezogen haben, der nicht mehr geatmet hat. Eine halbe Stunde lang haben er und Julia versucht, ihn wiederzubeleben. Dann hat Julia ihn für tot erklärt. Felix schnäuzt sich die Nase und richtet sich wacker auf: »Ey sorry, das musste gerade mal raus.«

»Natürlich muss das raus!«, wehre ich die Entschuldigung ab und denke darüber nach, was ich jetzt mit einer Kinderleiche an Bord mache und wie gerne ich Felix seinen Schmerz abnehmen würde.

Ich gehe ins Hospital, um mit Julia zu sprechen. In jeder Ecke sitzen Leute, die mit leeren Blicken ihre Knie umschlingen, während sie mit leeren Herzen vom Albtraum ihres Lebens verschlungen werden. Julia renkt eine Schulter ein. Daneben sitzen fünf andere, die auf die gleiche Prozedur warten. Vielleicht ist es auf dem Boot passiert, vielleicht, als wir sie an Bord gehievt haben. Ihre Stimmen sind verhalten, die meisten sagen gar nichts und bleiben Gefangene ihrer Gedanken. Ich traue mich kaum, Hallo zu sagen, sie wirken zu zerbrechlich. Die Mutter des Jungen steht unter Schock und verlangt vehement nach einer weiteren Decke und mithin darum, dass alles nicht wahr sei. Die Frau neben ihr heult, schreit, verzweifelt.

»Sie hat gesehen, wie ihre sechsjährige Tochter ertrunken ist«, klärt mich Julia auf.

Sie hat noch nicht mal ihren Körper. Ganz alleine treibt ihr kleines Mädchen unter den ewigen Wassermassen.

»Die Leiche muss gekühlt werden«, lässt Julia mich wissen.

»Ich kümmere mich darum«, verspreche ich, und sie nickt mir mit unmessbarer Stärke und Professionalität zu.

Ich rufe Rom an, wo sie sich nicht für zuständig halten. Mir platzt der Kragen: »I have 60 traumatized guests on board, 20 equally traumatized crew and a fucking dead child! I request a shuttle immediately!«

Die Kinderleiche scheint so etwas wie Emotionen in dem Offizier auszulösen, und er verspricht mir – mit Beileid – einen Rückruf. Warum man erst tot sein muss, um seine Aufmerksamkeit zu erlangen, verrät er mir nicht.

Claire zwinkert mir ohne ein Lächeln in den Augen zu und setzt sich auf den Kartentisch.

»Das war megastark, was ihr im Maschinenraum gemacht habt«, bedanke ich mich bei ihr.

»Das ist mein Job. Wir machen nur, was wir tun müssen«, winkt sie ab und nimmt meine Hand.

Arne kommt mit gesenkten Schultern und eingefallener Miene auf die Brücke und meldet sich zu seiner Wache.

»Ruh dich erstmal aus«, schlage ich ihm vor, und er dreht hilflos den Kopf hin und her, weiß nicht wohin mit dem, was er gesehen hat, mit sich.

»Oder wir machen die Wache zusammen«, sage ich schnell, damit er sich nicht weggeschickt fühlt. Er nickt und schluckt.

»Komm, petit chéri«, sagt Claire und nimmt ihn in die Arme, in die er sich kraftlos fallen lässt.

Da stehen wir nun also zusammen, empfinden das Gleiche, sagen nichts zueinander. Der Mensch hat sich selbst wieder in die Ursuppe gestampft. Wir halten den Mund und uns an den Händen.

Gemeinsam mit Stef räume ich die große Tiefkühltruhe im Laderaum aus. Und ich glaube, wir denken beide an den Tag, an dem wir sie lachend eingeräumt haben – in einem anderen Leben. Die Wucht des Leidens an Bord ist markerschütternd. Es ist unerträglich, nichts für sie tun zu können. Jeremy unterhält sich mit einem jungen Kongolesen, dem ein Ohr fehlt. Ein Wächter im libyschen Lager ist durchgedreht und hat es ihm einfach abgebissen. Seinem einen Bruder haben sie ins Bein geschossen. Dem anderen in den Kopf. Während wir gleichzeitig ein paar Meilen entfernt stundenlang darüber sprachen, wie wir unsere europäischen Füßchen zum Schutz in Stahlkappenschuhe stecken müssen.

Ich gehe meine Runde und finde einen Mann alleine auf dem Ankerdeck. Er sitzt zwischen den schweren Ketten und schaukelt ununterbrochen mit dem Oberkörper vor und zurück. Vorsichtig lege ich meine Hand auf seine Schulter. Mit der schieren Verzweiflung in den Augen schaut er zu mir auf.

»Meine Schwester, ich habe meine Schwester verloren. Meine Schwester. Meine Schwester.«

Mir wird schlecht. Er weiß nicht, ob sie ertrunken ist oder verschleppt wurde. Er weiß auch nicht, was davon schlimmer wäre. Alles was er weiß, ist, dass er überlebt hat, und das bringt ihn um.

Ich streite chronisch mit Rom, die sich erdreisten, mir rein gar nichts zu sagen. Ich will nichts, als dass die Menschen so schnell wie möglich an Land kommen. Dass sie wenigstens körperlich ankommen und nicht mehr auf dieses Meer blicken müssen, das sie mit der Scham des Überlebens überschwemmt.

»I request a shuttle to a *Charlie Papa* or to a European warship!«

»Madam, you have to understand. I have no information for you at this point.«

Stirb beim Kacken! Und deine Familie soll dich finden.

»I have a two year old boy in the fucking freezer! SEND ME A FUCKING SHIP! … Sir.«

»I will call you back, Madam.«

Der Wind ist jetzt bei Stärke fünf. Solange wir kein Ziel haben, kann ich den Kurs immerhin dem Wetter anpassen. Unsere Gäste harren unter Heizstrahlern auf den feuchten Decks aus. Ich habe die ganze Zeit Angst, dass die Mutter aus ihrem Schock erwacht, ihren Jungen sehen will und dafür in eine Tiefkühltruhe blicken muss.

Während der aufkommende Sturm einzelne Tropfen Wasser aus dem Meer schlägt, versuche ich fieberhaft, aus der Situation einen einzigen Krümel Sinn zu meißeln. Die Gischt peitscht wild über die grauen Wellen und in meinem Kopf lärmen immerhin die

Hammerschläge. Es ist ja direkt lächerlich, um die paar Leute dieser katastrophalen Rettung zu weinen, rede ich mir zu, wenn bereits Tausende vergessen, unbetrauert, unbenannt und ungezählt am Meeresgrund liegen. Mir schwant, sie könnten mittlerweile die größte Biomasse im Mittelmeer sein.

Stef macht Burger, und zum Nachtisch gibt es bereits angetautes Eis, das niemandem schmeckt. Wir wissen, warum wir so viel davon essen müssen, weil wir wissen, wer da jetzt stattdessen liegt. Wir warten immer noch auf eine Antwort aus Rom. Julia dokumentiert die Folterwunden unserer Gäste: Dicke Narben von Peitschenhieben, flüssigem Plastik und tiefen Schnitten. Die Crew hält sich wacker, redet viel und erlaubt sich flüchtige Momente von Zerbrechlichkeit. Ich kann das nicht, denn einer muss das Back-up sein. Ich bin zufrieden hinter meiner Fassade. Nur wenn ich mich umgucke in mir, befürchte ich manchmal, dass ich mich selbst vor der Mauer, die ich um mich gezogen habe, stehen gelassen habe.

Es dauert mehr als zwei Tage, bis sie uns endlich ein Schiff schicken. In einen Hafen will uns Italien nicht einfahren lassen. Das Wetter hat sich etwas beruhigt, und unsere Gäste schauen mit einem mulmigen Gefühl auf *Deine Mudda!*, die nimmermüde auf den Wellen tanzt, und sie zu der *Charlie Papa* bringen soll. Wir sind alle an Deck, um uns zu verabschieden. Jeremy will es sich nicht nehmen lassen, das Shutteln zu übernehmen. Arne hat für einen Moment die Brücke übernommen, und ich stehe, mir selbst abhandengekommen, zwischen all diesen Menschen und weiß nicht, ob sie in den Arm genommen werden müssen oder nicht.

»Captain!«, ruft mir ein junger Mann heiter zu und streckt mir die Hand entgegen. Ich schlage ein und bin erleichtert, dass wenigstens einer nicht komplett zerstört zu sein scheint. Er ist voller nervöser Vorfreude und erzählt mir von seiner Flucht, die mit etwas Glück nun ein Ende findet. Er hätte niemandem auf dem Meer verloren, darum ginge es ihm besser als den anderen, sagt er. Seine Freunde und Verwandten seien schon vorher gestorben. *Ach so.* In Nigeria von Boko Haram abgeschlachtet, verdurstet auf der Flucht durch die Sahara, erschlagen oder zu Tode vergewaltigt von den Wärtern in den Lagern. Und noch einer und noch einer. Er zählt Namen auf. Ich werde sie mir nicht merken, er wird sie nie vergessen. Wir müssen beide hier weg. Wir umarmen uns fest, schütteln nochmal Hände.

»Good luck in Italy, my friend«, wünsche ich ihm mit nassen Augen.

Er strahlt mich an, drückt meine Hand noch fester und sagt: »Captain, thank you for being strong.«

Ich muss gleich heulen. Der denkt wirklich, ich hätte ihm das Leben gerettet. Ich gehe besser mal die Brücke checken und die Realität. Ich weiß weder seinen Namen, noch frage ich danach. Bewusst lasse ich den Augenblick ungefeiert vorbeiziehen, man schaut schließlich auch nicht direkt in die Sonne.

Rauchschwalben kreisen ums Schiff, als wir uns auf den Rückweg in den Hafen machen. Sie nehmen immer wieder Anflug auf die Decks und schrecken im letzten Augenblick zurück. Ich bin zerknirscht, weil ich dieses Stahlmonster in ihre Flugbahn gesetzt habe, das lärmt, vibriert, verschluckt und spuckt. Ergeben studiere ich ihren kapriziösen Gleitflug, wie sie unsichtbare Fäden der Wahrhaftigkeit hinter sich herziehen und damit die Welt zusammenhalten. Ich schicke Enzo schlafen, will den Moment ungeschmälert für mich allein haben – meine Brücke, mein Schiff, meine Innenschau und meinen Kaffee.

Am Morgen findet die Unruhe wieder ihren Weg nach oben zu mir, und das ist gut so. Claire bringt Obstsalat für alle, und Enzo und Stef kabbeln sich darüber, welche Musik laufen soll. Jeremy lässt sich von Arne das Radar erklären, obwohl er es auswendig kennt, aber es gut findet, wenn er mit Arne quatschen kann. Wie Kinder, die an Heiligabend darauf warten, endlich zu den Geschenken zu dürfen, hocken wir zusammen und freuen uns aufs Land.

Das Telefon klingelt, diesmal ist die Anwältin dran. Die Staatsanwaltschaft in Trapani hat Ermittlungen gegen zehn Besatzungsmitglieder eingeleitet, »... wegen Beihilfe zur illegalen Einwanderung«.

Ich glaube herauszuhören, dass sie ein Lächeln in der Stimme trägt, und interpretiere, dass wir uns an dieser Showeinlage der Italiener ruhig erheitern können. Die sind sich wirklich für nichts zu blöd.

»Haha, geil! Menschenschmuggel.«

»Die Presse hat es mal wieder zuerst gewusst. In der Zeitung steht alles Mögliche und Unmögliche, mit Klarnamen und Geburtsdaten.«

»Quatsch!«, amüsiere ich mich über diese Dreistigkeit.

»Ne, kein Quatsch. Wir wissen es jetzt aber auch von offizieller Seite.«

Ich drücke auf Lautsprecher. Wenn es schon in der Zeitung steht, dann brauche ich hier ja kein Datenschutztheater mehr aufzuführen.

»Welche Namen stehen drin?«

»Deiner«, fängt sie an und Enzo, Stef, Claire und Jeremy zeigen gleichzeitig mit ausgestrecktem Finger auf mich, als hätten sie es einstudiert. Ich zeige ihnen den Mittelfinger und versuche nicht laut zu lachen, um Chiaras weitere Aufzählung nicht zu übertönen.

»Salma, Hannes ...«

Jeremy lauscht angestrengt und guckt mich fragend an, als keine weiteren Namen folgen.

»Und Jeremy?«

»Nein, Jeremy nicht.«

Der scheint glattweg eingeschnappt, als er das hört, und ich strecke ihm hämisch die Zunge raus. Wir sind auf dem Weg nach Malta und dieses affige Getue italienischer Sesselpupser schert uns herzlich wenig. Selbst Arne hat Spaß.

Das Deckteam ist bereit, Arne und ich sind auf der Brücke, und Claire hat wie üblich die Maschine unter Kontrolle. Der Liegeplatz, den sie uns zugewiesen haben, befindet sich in einem Seitenarm des Industriehafens. Erst als ich das Schiff in das Hafenbecken drehe, sehen wir, dass auf beiden Seiten des Kanals dicke Offshore-Versorger liegen. Das haben sie uns natürlich nicht gesagt. Ich stoppe ab und funke Jeremy am Bug an: »Passen wir da rein?«

Er hält die Hand über die Augen, um die Sonne abzuschirmen, und guckt.

»Klar, Boss«, versichert er mir.

Ich glaube ihm nicht wirklich und bitte ihn, ein paar extra Fender über die Seiten zu hängen. Dann fahre ich im Schneckentempo weiter. *Einkuppeln, auskuppeln, einkuppeln* ... Mein erster Kapitän hat mir mal gesagt, man soll nie schneller fahren als in der Geschwindigkeit, mit der man gegen ein Dock krachen will. ... *auskuppeln.* Arne wird es zu brenzlig.

»Das geht nicht gut. Das passt niemals.«

»Sei mal nicht so negativ«, sage ich kichernd und funke Jeremy nochmal an: »Passen wir da wirklich rein?«

»Ja!«, wiederholt er und grinst mich vom Deck aus an.

Ich halte also weiter auf die Einfahrt zu. Es sieht verdammt eng aus.

»Das passt nicht«, murmelt Arne. *Alter, du nervst!*

»Jeremy, passt das wirklich?«

Er schaut sich das ganze nochmal genau an, lässt die Arme hilflos fallen und funkt: »Ja, hundertprozentig kann ich dir das auch nicht sagen ...«

Ich habe keinen Bock mehr.

»Das muss jetzt passen«, beschließe ich. »Ich fahr da jetzt rein.«

Arne glotzt mich ungläubig an, hält aber die Klappe. Jeremy freut sich über die Herausforderung, er ist sowieso im übermüdeten Ulkmodus. Wie jemand, der sein Sportteam anfeuert, reckt er immer wieder die Faust in die Luft und führt ein Tänzchen auf dem Bug auf. Ich schüttel den Kopf. Auch ich bin in zu alberner Stimmung, um vernünftige Entscheidungen zu treffen. Wer hat uns bloß dieses geile Spielzeug gegeben? ... *einkuppeln, auskuppeln.*

Geschmeidig zwängen wir uns durchs Nadelöhr. Nichts kracht, kratzt oder knallt. Noch nicht mal die Fender kommen zum Einsatz. Die gedockten Schiffe links und rechts sind so nah, dass man mit einem Schritt auf ihre Decks treten könnte. Von dort schauen uns die schmerbäuchigen Besatzungsmitglieder mit anerkennendem Nicken zu. Bis sie sehen, dass eine Frau am Steuer steht, und sie sich beschämt abwenden. Ein Bilderbuchanlegemanöver – *in your face.*

Es ist uns vollkommen egal, dass es ein Uhr mittags ist. Als das Schiff festgemacht und an den Landstrom angeschlossen ist, betrinken wir uns hemmungslos mit warmem Dosenbier. Wir sitzen auf der Pier und übertreffen uns gegenseitig mit dummen Sprüchen und schrecklichen Witzen. Felix bringt uns Texas-Swing-Dance bei, und ich finde mich in der Luft wieder, werde kopfüber im Kreis geschleudert und halte mich nur noch mit den Füßen um seinen Hals fest. Demhimmelseidank bin ich besoffen. Wir trinken Claires Whiskey aus der Flasche und feiern bis in die Nacht um unser Leben.

Um elf bin ich ziemlich hinüber und höre den Witzen nicht mehr zu. Ich dreh mir eine Kippe, stütze mich auf Jeremy ab, der neben mir hockt, und drücke mich in die Senkrechte. Schwankend mache ich mir die Zigarette an und schlender zum anderen Ende des Docks. Ich brauche einen Moment für mich, denke ich und setze mich auf einen Stapel Altmetall. Während ich auf die Lichter schaue, die sich auf der Wasseroberfläche spiegeln, laufen mir ohne Vorwarnung Tränenströme übers Gesicht, noch bevor der Schmerz mein Bewusstsein übermannt. Dieser fulminante, unbetäubbare Weltschmerz, wie ihn nur Teenager und Besoffene kennen. Da bricht ein Geräusch, das ich vorher noch nie von mir vernommen habe, aus meiner Kehle. Ich wimmere. Was ich höre, macht das Gefühl noch grausamer, und ich stoße einen armseligen Schrei aus. Ich spüre die Spuckefäden in meinem Mund zittern und ansonsten nur Pein. Ich frage mich, warum ich heule. Die Trauer ist undefiniert, kommt von überall. Die peinliche Wahrheit ist, ich weine um mich selbst, um niemanden sonst. Obwohl sie vor meinen Augen jämmerlich ersoffen sind, weine ich nur um mich. Nicht obwohl – deswegen. Wenn ich mir erlauben würde, sie an mich ranzulassen, kann ich nicht mehr für sie da sein. Dafür bin ich nicht stark genug. Ist das kalt? Deprimierend? Einerlei. Ich bin ein Werkzeug, ich muss funktionieren.

Eine Hand legt sich auf meine Schulter. Julia hängt am anderen Ende des Arms.

»Hey«, sagt sie in ihrer weichen, heilkundigen Sprechweise.

Ich bin sofort still und meine Mundwinkel zucken strebsam nach oben. Ich bin immer noch der Kapitän: »Hey.« Ich spreche Felix nach: »Sorry, das musste grad mal raus.«

»Hast du vorher noch nicht geweint?«, fragt sie mich erschüttert.

Ich zucke nur mit den Schultern und habe schrecklichen Schiss davor, klein zu sein. Ich habe zwar laut genug nach ihr geschrien, nichtsdestotrotz rückt mich die Verantwortung jetzt ins Abseits. Sie ist nicht zu teilen. Ich will, dass Julia geht. Selbst Jeremy könnte mir jetzt nicht helfen. Allein die Vorstellung, in diesem Moment bei jemandem zu sein, der mir nahe ist, ist unerträglich. Es wäre, wie einen frisch Gehäuteten zu streicheln. Ich lege noch eine Lage Steine auf meine Mauer. *So ist's besser.*

Am nächsten Tag machen wir das Schiff klar und übergeben es an die nächste Crew. In all dem Gewusel belächel ich meinen Ausbruch von letzter Nacht. Ist das Gefühl dazu vergessen oder verdrängt? Das soll keinen Unterschied für mich machen. Ich bin nur froh, dass es voran geht. Wieder kann ich mir die wenigsten der Namen von den Neuen merken, aber sie tun uns gut. Sie reißen uns freudestrahlend die Pflichten aus den Händen, und wir lassen das allzu gerne zu. Am Abend ein letztes Besäufnis, ein letztes Aufbäumen der *crew love*, ein letztes Mal johlend die Gangway auf der Krankentrage herunterschlittern. Und dann ist der große Abreisetag aus dem Kalender in die Realität geklettert. Es ist ein Rausch aus Restalkohol und Versicherungen, garantiert in Kontakt zu bleiben. Beim Frühstück wissen wir schon nicht mehr, was wir einander sagen sollen und wagen erste vorsichtige Versuche, aus unserer Blase zu brechen. Sagen Adieu, steigen in den Bus und tun so, als wüssten wir, was mit uns sein wird.

Claire geht als Letzte aus der Tür, und ich versinke gänzlich im Crewblues. Es ist wie Verlassenwerden oder Schlussmachen oder beides – bloß schlimmer. Nur Jeremy kriegt wie üblich nichts vom Schiff runter, und Stef hilft dem neuen Koch, auf dem Gemüsemarkt nicht zu verzweifeln. Dafür wird der arme Kerl sich im Auto *Arschkotze* anhören müssen.

Die Crew-Villa habe ich heute für mich alleine. Im Schatten des Feigenkaktus auf der Terrasse führen die Spatzen Paarungstänze auf. Die Zeit läuft einen Ticken langsamer als sonst, und ich bin dankbar dafür. Nur die Spatzen wissen das nicht und machen weiter mit ihren süßen Schreien nach Liebe. Ich schaukel in der Hängematte, die geliebte Bagage ist weg. Ich verabschiede mich nur noch von dem Gefühl.

Der Wind zieht kalt über den Bahnsteig, und ich wickel den Schal einmal öfter um meinen Hals. Es ist der letzte Umstieg, aus der Bimmelbahn in den Bus, der aber erst in einer halben Stunde fährt. Das Café ist geschlossen, der Bäcker hat nur einen Automaten von Nestlé, also warte ich ohne Kaffee – auf Lyn.

Auf in die Provinz. Ich mag Städte ja eh nicht, und so wird das schon das Richtige für mich sein, prognostiziere ich, während ich mit zerknittertem Skrupel auf meinen Rucksack schiele. Ich horche ein letztes Mal nach und stoße auf keine inneren Widerstände. *Alter, ich kann es nicht erwarten!* Obwohl ich um sechs Uhr aufgestanden bin, um mir noch die Beine zu rasieren, bin ich putzmunter. Ich sitze in meinem frisch gewaschenen Höschen und mit Visionen unserer Zweierzelle (der Anarcho-Auflage von Beauvoir und Sartre) im Bus, der über die Landstraße holpert und alte Leute mit ordentlichen Frisuren rein und raus lässt. Die Abstände zwischen den idyllischen Dörfern werden immer länger, endlose Flickenteppiche aus Feldern und Krähen ergießen sich bis an die beackerte Kimm.

Lyn holt mich an der Bushaltestelle ab, die aus nichts als einem Pfosten mit einem Schild an einem Feldweg besteht. Endlich sind da wieder diese Lippen, endlich wieder er und ich. Hand in Hand rennen wir nach Hause. *Nach Hause.* Der graue Nieselregen lässt uns kaum eine Wahl und so verbringen wir die nächsten drei Tage im Bett. Knutschen bis uns die Spucke wegbleibt, weissagen die Zukunft und finden uns gut – gegenseitig und zusammen. Ich kann gar nicht richtig gehen vor lauter Sex. Wir sind schöner als Gott.

Es pfeift stürmisch in den Wipfeln der Bäume, und das macht die Küche um so gemütlicher. Nur bei unseren Spiegelbildern in der Fensterscheibe scheint es noch heimeliger zuzugehen. Lyn rührt in den Nudeln, und ich kämpfe mit dem Korkenzieher.

»Was willst du eigentlich machen?«, fragt er, ohne seinen Blick aus dem blubbernden Topf zu heben.

»Wie machen?«

»Naja, wenn du hier bist.«

Ich reiche ihm sein Senfglas voll Wein, überlege einen Moment und sage: »Spanisch lernen, schreiben, Projekte planen, keine Verantwortung haben ... so was halt.« Es ist ja nicht lang, und ich bin wieder auf See.

»Aha«, nickt er knapp und kippt die Nudeln durch das Sieb. Und ich vermeine mich in seinem Schweigen bewertet. *Sicherlich von mir.*

Unvermittelt ist der Alltag da. Lyn geht morgens zur Arbeit, ich suche nach meinem Tritt, und wir probieren uns an der Normalität. Nach zwei Wochen traue ich mich, einen Teil meiner Sachen aus dem Rucksack in den Schrank zu räumen und die Zahnbürste im Becher neben seiner stehenzulassen. Mit verschränkten Armen betrachte ich mein Werk und komme nicht drauf, wie ich es finde. Oder er. Oder ich ihn. Es fehlt die Verbundenheit, die das gemeinsame Schaffen auf dem Schiff mit sich brachte. Dieses segensvolle Gerüst, an dem man Zwischenmenschlichkeit festmachen konnte.

Wenn Lyn von der Arbeit kommt, gehen wir spazieren, oder ich lese, und er guckt sich irgendwas im Internet an. Einmal erwische ich mich beim Backen. *Ha! Am Ende lerne ich noch Serviettenfalttechniken.* Wir prökeln vor uns her, praktizieren gemeinsame Introvertiertheit. Mindestens einer von uns ist verhältnismäßig einsam dabei. Die Unaufgeregtheit stellt mir ständig die Frage, ob ich hier nur geduldet bin. Oder ob ich es bin, die die Situation bloß duldet. Lyn scheint alles in Ordnung zu finden und wirkt zufrieden. Weil er sich unserer Liebe sicher ist, sagt er. Ich will weiterhin auf Einhörnern reiten, die Regenbögen scheißen und dreimal am Tag Sex haben. Mit einem Schuss Wermutstropfen verabschiede ich mich von meiner überdrehten Verliebtheit, um in die Ernsthaftigkeit zu wachsen, in der wir uns unverhohlen begegnen können. Vielleicht reden wir ja später über politische Theorie, gehen Spraydosen klauen oder planen einen Besuch in Exarchia. Bis dahin erzählen wir uns so lange, dass wir uns lieben, bis es dann irgendwann hoffentlich stimmt. Zwischendurch, wenn er mir kleine Küsse mit spitzen, harten Lippen im Vorbeigehen gibt, vermisse ich die Einhörner. Wie ein Backfisch, der zum ersten Mal seinen geistesgestörten, gesellschaftlichen Pflichten hinterherrennen muss, ohne zu verstehen was er da tut oder warum, weiß ich nicht wohin mit mir.

Ursprünglich wollte ich nur kurz zum Supermarkt, aber jetzt sitze ich seit einer dreiviertel Stunde im Bus, fahre im Kreis und starre auf die verschneiten Felder. Solange ich in meinem Kopf bin, ist alles in Ordnung. Nur wenn ich von dort rauskomme, laufe ich Gefahr an Trivialität zu sterben, dass es mir das Herz in tausend Fetzen zerreißt. Der Bus fährt durchs nächste pittoreske Dorf. Ich schaue auf die weißen Gartenzäune und gestutzten Hecken, sehe all diese Leben, die in ihrem Glück hoffnungslos unbedeutsam erscheinen. *Klein klein*, ein selbstgesteckter Horizont von einem Meter, oder was auch immer die Durchschnittsarmlänge ist.

Irgendwann geht es nicht mehr weiter, Endstation. Ich habe gar nicht gemerkt, wo wir sind. Ich steige aus und rauche eine Zigarette mit dem Busfahrer. Er ist auch nicht von hier. Sein Name ist Mian, und er ist Kurde, erzählt er.

»Bist du gerne hier?«, will ich wissen, schaue mich dabei auf dem Bussteig um und beobachte die Passanten. Etwas in mir ist neidisch auf ihre Festanstellungen, Wohnungen, Beziehungen, neidisch, dass sie über das Kopfsteinpflaster flanieren und nicht gedankenzermürbt irren. Und doch habe ich panische Angst davor, so zu werden wie sie.

»Nich' so«, gibt er zu und klopft sich die Schneeflocken vom Ärmel. »Du?«

»Ne. Ja. ... ich weiß nicht.«

Er zieht an seiner Mentholzigarette. »Komische Leute hier. Sehr kalt. Anders als zu Hause.«

»Hmmhm«, stimme ich ihm nachdenklich zu, schaue einem Jogger nach, wie er seine Runden dreht, und nicht vorhat sich je zu bewegen. Mit aufs Telefon gesenktem Blick surren andere wie die Drohnen an uns vorbei. Immer das Headset im Ohr, immer bereit für das Lob vom Chef. Schwarmverhalten kommt von Verhaltensein, denke ich, weiche einer Radfahrerin aus und trete gekonnt in einen weichen Haufen Hundescheiße. Die klebrige Fehlerhaftigkeit der Menschheit trübt mir das Empfinden. Mian verkneift sich ein Lachen, und ich grinse ihn an. Es geht mir nicht um die Menschheit finde ich justamente heraus. Sie braucht keine Rettung, dieses verkorkste Konglomerat aus Gesellschaften. Wir müssen für Freiheit kämpfen, für das Individuum, jedes von ihnen. Aber nicht für die Menschheit.

»Warum sind die so? Das ist eine einzige Front aus Handyverträgen und Terminen, sich das Arschloch bleichen zu lassen«, lasse ich meinen Gedanken freien Lauf, und er schmunzelt über meine Vulgarität.

»Scheißegal. Darum geht es nicht«, mache ich für mich weiter und freue mich, wenn er mithört. »Dieses kleinstädtische Möchtegern-Utopia wird sich nicht ändern. Was wir ändern müssen, ist nichts anderes als die Welt.«

»Ach ja?«, fragt er neugierig.

»Ja. Für dich, für mich, für jemand anderen.«

»Das find ich schön«, sagt er regelrecht gerührt und mein Herz ist ein Stückchen leichter.

Wir gehen ein Bier zusammen trinken, dann fährt mich Mian in seinem Volvo nach Hause.

Der Himmel ist zerrissen, prunkvolle Sonnenstrahlen pfählen die Wolkenschleier. Die Espressokanne blubbert auf dem Herd, und ich drücke das Radiergummiende meines Bleistiftes gegen meine Nase. Wie jeden Morgen lerne ich ein Kapitel Spanisch beim Frühstück. Ich knall mir die Tage mit kleinen Ritualen voll. Zeremonielle Geschäftigkeit, damit ich nicht stehen bleibe, und alles zerfällt. Ich ziehe an den Schreibtisch um und arbeite an den Übersetzungen der Manifeste und Artikel, die Betty an ein deutsches Zine schicken will. Danach masturbiere ich in der Dusche, wie jeden Tag. Mit dem Ghostwriting einer Hausarbeit für Alvas Bruder verdiene ich sogar ein bisschen Geld. Und bevor die Wintersonne sich am Nachmittag klammheimlich aus dem Staub macht, gehe ich in den Wald, und lasse mich dort von den plötzlichen Flügelschlägen der drallen Tauben erschrecken. Nachts gehe ich an dem kleinen Supermarkt im Dorf containern.

Ab und an kommen Freunde vorbei, wir spielen Karten, kochen zusammen, reden über Daphne Caruana Galizia und Schimmelpilze. Obwohl mir manchmal noch flau wird von dem gemächlichen Tempo, erobert mich die Brache des ländlichen Paradieses. Es bietet genug Platz, um mein Hirn aufzuräumen. Mein mit tausend Ansprüchen – an mich, an ihn, an alle, an alles – melierter Geist beginnt sich an die Monotonie zu gewöhnen und ihren vorhersehbaren Takt zu schätzen, stürzt sich in gnädige Vergessenheit und reißt mein emotionales und intellektuelles Verlangen mit sich ins Abyssal.

Allmählich öffnet mir der Müßiggang das Gehör für die leisen Töne seiner Zuneigung – wenn Lyn mir übereifrig sein neuestes Stück auf der Gitarre vorspielt, mich mit einem geklauten Päckchen Blätterteig bezirzt oder in einem Nebensatz erwähnt, dass er mit mir nach Papua kommen will. Er ist froh, dass ich ihn lassen kann, und je weniger ich verlange, desto mehr scheine ich zu bekommen. Solange ich mich nicht auf die absoluten Werte versteife, stimmt das Verhältnis. Montags gehen wir beide containern, da sind die Tonnen bis zum Rand mit dem Wochenendausschuss des Kapitalismus gefüllt, und wir stopfen uns mit klopfenden Herzen den Rucksack voll. Daheim breiten wir unsere Beute auf dem Küchentisch aus und bestaunen stolz unser Glück. Zu meinem Geburtstag überrascht er mich mit einem Einbruch in die Sauna des Nachbarn, der im Urlaub ist. Als ich bei meinem dritten Orgasmus jauchze, will ich nie wieder woanders sein, ohne ihn sein.

Kristina liest mit sorgenvoller Miene die Zutatenliste auf der Pralinenschachtel, die sie uns mitgebracht hat.

»Ich weiß gar nicht, ob du das essen darfst.«

»Ich darf alles essen, ich will nur nicht«, erläutere ich die Befreiung im Verzicht zum tausendsten Mal. Sie schaut verwirrt auf und legt die Packung zur Seite. Damit ist dieses Thema erstmal vom Tisch. Lyn und sie quatschen über alte Zeiten, erzählen sich Anekdoten, die sie beide bereits kennen, und ich sitze mit einem höflichen, Interesse heuchelnden Lächeln daneben.

Kristina ist eine alte Freundin von ihm, ist den weiten Weg aus der Stadt gekommen und hat sich für das ganze Wochenende eingeladen. Wir werden nicht warm miteinander. Es liegt an mir. Ich komme nicht über ihren rosaglänzenden Blazer und meine Vorurteile hinweg. Ich kann keinen Small Talk halten, es geht einfach nicht. All die nichtigen Floskeln, all das gehaltlose Gelaber bringen mich um. Auch wenn ich weiß, dass wir ohne das einleitende Geplänkel wohl kaum bei einem echten Gespräch ankommen werden. Sie ist sicherlich nett, fraglos auch interessant (sonst wäre er ja nicht mit ihr befreundet), nur warte ich noch darauf, diesen Aspekt an ihr zu entdecken. Lyn ist offensichtlich vernarrt in sie, und so frag ich mich, ob ich fade bin und nicht sie. Sie spielt an den großen Holzperlen ihrer Kette und erörtert Lyn in verschwörerischem Ton, dass sie auch nur ganz selten Fleisch isst, bio natürlich. *Scheiße*, ich trinke einen großen Schluck Wein und hoffe, dass ich mich beherrschen werde.

»Das sind so furchtbare Zustände, in denen die Tiere leben«, schüttelt Kristina mit solch pfundiger Anteilnahme den Kopf, dass man sich fragen muss, ob ihr Mitleid ihr schmerzhafter erscheint als das Leid der Tiere. Das ist zu viel für mich.

»Und wieso isst du sie dann?«, frage ich rabiater als gedacht. Lyns Miene versteinert. Ich bin auf dem besten Weg, den Abend zu ruinieren. Kristina lässt es an sich abperlen und lächelt mich an: »Ja aber wirklich nur ganz selten. Letzte Woche im Flieger gab es zum Beispiel nichts anderes, oder wenn man mit Freunden kocht, dann esse ich das mal.«

»Hast du nicht letztens was über Vegetarismus geschrieben?«, wirft Lyn ein, bevor ich ausholen kann, bemüht mich friedvoll einzubinden, und ich bin gerührt, dass er sich das gemerkt hat. Gelesen hat er es nicht.

»Ja, so ähnlich. *Veganismus als politische Perspektive in der Kapitalismuskritik*.«

»Ah, interessant«, befindet Kristina und stellt um Beifall heischend klar: »Also bei mir ist das wegen Tierliebe. Ich bin da nicht politisch.«

Ein Jammer, dass Lyn diesmal nichts sagt, obgleich er es besser wissen müsste. Ich kämpfe um einen freundlichen Ton, um uns nicht alles zu versauen: »Aber genau da kommt das Tierleid doch her. Es ist so eng verbunden mit dem Kapitalismus und der Großindustrie der Tierausbeutung, dass es ein politisches Problem ist. Nicht nur ein ethisches. Das ist wie im Mittelmeer. Das ist auch kein humanitäres, sondern ein politisches Problem. Es lässt sich nicht voneinander trennen, wenn man mal genauer hinguckt.«

Zum besseren Zuhören nach vorne gebeugt, sieht Kristina mich mit angestrengt verkniffenen Augen an. »Hmhm ...«, stimmt sie vermeintlich zu und fasst sich dann ans Herz: »Aber trotzdem, mir geht es mehr um die Tiere.«

»Ja, eben!«, rufe ich mit ungespieltem Weh über ihre Erkenntnisresistenz. »Darum ist man ja gegen Kapitalismus, isst keine Tiere und hat stattdessen eine Patenschaft für 'ne gerettete Kuh.«

Statt etwas zu erwidern, schaut sie Lyn erwartungsvoll an und fummelt noch energischer an ihrer Kette. Missmutig spitzt

Lyn die Lippen. Und weil ich wissen will warum, gucke ich ihn jetzt genauso gespannt an. Er ist genervt.

»Weder so eine alberne Patenschaft noch verzärtelnde Tierliebe ändern doch etwas. Diese Mittelschichtsagenda der individuellen Tierrechte hat doch nichts mit dem komplexen Problem zu tun!«

Ich bin entsetzt. Kristina fällt hingegen von sich selbst fasziniert ein: »Wenn alle aufhören würden Fleisch zu essen, dann hätten wir 25 Prozent mehr Ackerfläche für Nahrung für Menschen. Damit könnten hunderte Millionen Menschen ernährt werden!«

»Seid ihr beide irre?«, platzt es aus mir heraus. Ja, zehn Dezibel vehementer, als ich das wollte, trotzdem sticht mir Lyns verachtender Blick heiß in der Brust. Also wende ich mich vorerst an Kristina, die verständlich verdattert von meinem Ausbruch ist.

»Glaubst du im Ernst, dass dann auch nur ein einziger Mensch weniger Hunger haben würde? An der Verteilung der Ressourcen wird sich in einem kapitalistischen System doch trotzdem nichts ändern!«

Ihre Antwort ist belanglos für meinen Aufruhr, und ich wende mich erzürnt Lyn zu, der mir nicht mal mehr ins Gesicht guckt.

»Es ist nichts falsch an individuellen Tierrechten!«, stelle ich als erstes fest.

»Ich will auch nicht, dass die Kuh gequält wird, aber mir wäre am liebsten, sie wäre erst gar nicht da«, wirft er mir bockig entgegen, und ich bin jetzt die Genervte.

»Finde ich, dass so viele Kühe da sein sollten? Definitiv nicht. Aber wir müssen doch mit dem verfickten Status Quo arbeiten. Ich kann nicht meinen Zauberstab schwingen, und alle bis auf ein paar Auerochsen verschwinden lassen. Meinste es gibt aus Versehen so viele davon? Ne, das kommt davon, wenn man's isst und trinkt und kauft.«

Vielleicht muss ich als Oberveganer am Ende ja doch die letzten Zuchtherden auffressen, damit der Planet nicht noch länger durch die Haltung von Millionen geretteter Kühe vergewaltigt wird. Ich weiß ja auch nicht, wo die alle hinsollen. Aber so weit sind wir ja nicht einmal. Der Gedanke ist im gleichen Grade bescheuert, wie diese scheiß einsame Insel, auf die pausenlos Veganer mit einem Schwein geschickt werden. Auch wenn ich das für mich behalte, bin ich noch lange nicht fertig: »Vegan ist nicht die Lösung sämtlicher Probleme. Aber es nicht zu sein, heißt zu den Problemen beizutragen. Was soll man dem Hähnchen auch sagen, das im Ofen mehr Platz hat, als es je zu Lebzeiten hatte?«

Kristina nickt zustimmend, ich bezweifle trotzdem, dass sie etwas verstanden hat, mit ihren Fingern, die da in der Pralinenschachtel wühlen. Lyn verschränkt die Arme und guckt mich an, als wäre all dies ein persönlicher Angriff auf ihn. Ich bin sauer: »Und außerdem bin ich kein privilegiertes Mittelstandsarschloch, das die Komplexität nicht versteht«, äffe ich ihn nach. »Nur weil ich es wage, mich neben der ganzen anderen Scheiße auch für das Leid eines Individuums zu erwärmen, bin ich noch lange nicht naiv. Du kriegst von mir keine Absolution zum Fleischfressen, weil dir der Diskurs zu unbequem ist, oder es noch andere Probleme gibt!«

»Ich nenn dich nicht naiv. Leg mir keine Worte in den Mund«, sagt er geradewegs herablassend, aber wenigstens ruhig. Kristina rutscht immer tiefer auf ihrem Stuhl. Ich will nur, dass er versteht, dass es nicht um ihn geht.

»Ich will dir keine Worte in den Mund legen, sondern Steine zum Werfen in die Hand«, flehe ich ihn an und wundere mich über meinen unterwürfigen Ton. Ich kann ihm ansehen, was in ihm vorgeht. Wie das grelle Nachbild der Sonne auf der Netzhaut springt seine Meinung, die er selber noch nicht kennt, jedes Mal zur Seite, wenn er versucht, sie zu fokussieren.

Zu unserer aller Erlösung schrillt die Eieruhr, und ich hole den Auflauf aus dem Ofen. Im Vorbeigehen streiche ich Lyn über den Nacken. Wenigsten haben wir uns unterhalten.

Kristinas Small-Talk-Künste, die mich vorhin noch so vergällt haben, retten uns über das Abendessen. Als wäre nichts gewesen, plaudert sie über dieses und jenes, und schafft es, eine unsägliche Begeisterungsfähigkeit für jedes Thema aufzubringen. Als wir die zweite Flasche Wein geleert haben, ist es wirklich ein akzeptabler Abend. Kristina geht pinkeln, und ich schmeiße die Teller in die Spüle. Lyn schlingt von hinten seine Arme um mich, und ich drücke mich an ihn. Er küsst mein Haar und flüstert mir ins Ohr: »Bist Du glücklich?«

Mit einem Lächeln drehe ich mich zu ihm um und gebe ihm zur Antwort einen Kuss. Was für eine blöde Frage. *Ja, klar. Natürlich nicht.* Wie soll das denn ein Mensch bei Verstand beantworten können?

Salma ruft an. Obwohl ich telefonieren hasse, nehme ich ab.

»Direttore di macchina!«, freue ich mich.

»Capitana!«, grüßt sie zurück und kommt direkt zur Sache. »Ich wollte dir ein Update zu den Ermittlungen geben.«

»Oh«, nagt es sogleich überall an mir. Ich habe mich nicht im Geringsten um diesen Quatsch gekümmert und es komplett verdrängt, ich fürchte auf Salmas Schultern.

»Ich habe jetzt nochmal mit anderen Anwälten geredet, und es sieht leider doch ziemlich scheiße aus.«

»Aha«, werfe ich nicht sonderlich überrascht ein.

»Sie sagen, dass sie davon ausgehen, dass wir wirklich angeklagt werden«, seufzt sie. »Und es sei klar, dass es kein strafrechtlicher, sondern ein politisch motivierter Prozess ist, und wir uns auf einiges gefasst machen sollen.«

»Was für Wichser.«

»Und dann geht das über mehrere Jahre. Und kostet ein Schweinegeld.«

»Fuck.«

»Wenn wir Pech haben, schlagen die noch kriminelle Bandenbildung oben drauf. Darauf gibt es 20 Jahre Knast.«

»Spinnen die?«, rege ich mich auf.

»Ja«, bestätigt sie trocken. »Ach so. Das hätte ich fast vergessen. Sie sagen auch, wir sollen keine Missionen mehr fahren, solange die Ermittlungen gegen uns laufen.«

Für diese Information brauche ich einen Moment.

»Wieso das denn?«, frage ich beleidigt.

»Es droht U-Haft in Italien, wenn wir nochmal jemanden retten …«

»Bitte was? In was für einer Welt leben wir bitte?« Ich bin wirklich erschüttert.

»Can not have nice things«, sagt Salma schlaff.

»Can not have nice things«, höre ich mich ihr nachsprechen, als würde es mir damit begreiflicher werden.

Mein Ohr pocht heiß, ich wische den schwitzigen Abdruck vom Display. Nachdem wir aufgelegt haben, sitze ich erstmal nur da. Bröckchenweise wird mir die Tragweite des Zinnobers bewusst, die politische Dimension und die persönlichen Auswirkungen für uns. Europa ist wieder faschistoid. *Alter Schwede, Friedensnobelpreisträgerin EU.* Meine Gedanken springen immer wieder an dieselbe Stelle. Wir dürfen nicht mehr fahren. Die Pisser haben uns lahmgelegt.

Ich rauche eine, dann gehe ich zu Lyn, der mit dem Handy auf dem Bett liegt und Youtube-Videos guckt. Ich setze mich neben ihn und erzähle, was los ist.

»Oh krass«, sagt er, ohne das Telefon aus der Hand zu legen.

»Oh krass?«, frage ich.

Er legt das Handy auf das Bett und schaut mich streng an: »Es war doch klar, dass so was kommt. Das haben wir doch gewusst.«

»Ja und? Darf es mich also nicht bewegen, wenn es dann wirklich soweit ist?«, sage ich, aber er schielt schon wieder auf sein Video. Sicherlich ist er zu sehr mit dem großen Ganzen beschäftigt, schmiedet andere revolutionäre Pläne, die er hoffentlich eines wundersamen Tages mit mir teilen wird. Ich wünschte, ich würde mir nicht schamlos in die Tasche lügen. Ich wünschte, er würde mich nicht mit diesen Kübeln an Zweifeln überschütten und alleine stehenlassen. Dann springt mein Kopf wieder zurück zu diesem einen Gedanken. *Ich kann nicht mehr fahren.* Und ein zweiter hängt sich hinten an: *Wenn ich nicht mehr fahre, dann ist das hier auch keine Pause.* Fuck, was mache ich jetzt? Erstmal eine rauchen. Ich überlasse Lyn seinem Handy und mich dem Zerbrechen meines Kopfes. Was danach passieren soll, weiß ich nicht, und wie das dann geht, noch viel weniger.

Die Tage ziehen dahin und werden allmählich zu Wochen. Mein Spanisch ist mittlerweile ziemlich gut, und Lyn schaut mir nicht mehr in die Augen, wenn wir miteinander schlafen. Wir exerzieren unterschiedsloses Rumgestocher, und am Ende besorge ich es mir selber mit seinem Schwanz. Ich steige von ihm runter, seine Hand greift mechanisch nach der Rolle Klopapier auf dem Nachtisch, und er wischt sich ab. Ich weiß nicht, warum das Licht schon wieder aus ist. Und warum bitteschön hatten wir noch nie Sex in der Küche?

Mit den besten Vorsätzen packe ich mein Spanischbuch aus und stehe kurz davor darin zu blättern, krakle dann doch uninspiriert an einem Artikel herum und glotze nur zwei Minuten später wieder an die Wand. Raufasertapete-anstarren ist das Bilder-inden-Wolken-sehen für Manisch-Depressive. So sehr ich versuche mich in und hinter meinen Büchern zu verstecken, den Tatsachen mit stundenlangen Spaziergängen aus dem Weg zu gehen, so wenig kann ich mich vor der Erkenntnis verstecken – es schmeckt schal. Wenn es so weitergeht, dass die dämliche Diskussion darüber, was wir zu Abend essen, das tiefsinnigste Gespräch des Tages bleibt, dann fang ich an zu schreien.

Dann rätsel ich wieder, ob ich zu viel in den Schmerz oder in das Verlangen interpretiere, ob ich es mir schön oder madig rede. Egal wie rum, ich mag nicht mehr strampeln. Und irgendwann warte ich dann nur noch. Auf was, weiß ich selbst nicht genau. Das ist derselbe Pfusch wie mit den Geparden in den Tierdokus. Alles dreht sich neurotisch darum, dass sie so wunderbar schnell rennen können. Und dann schaffen die es bombensicher, es einem zu versauen. *Oh, Gepard! Oh, gleich geht's los!* und dann ... zeigen sie es in verkackter Zeitlupe! Verbrieft ist das. Man kriegt nicht das, was man will, manchmal noch nicht mal, was man erwartet.

Heute haben wir einen Fuchs auf dem Feld entdeckt und fabulieren über die Tiere, die wir in Papua sehen werden. Den Bus haben wir deswegen verpasst, aber das ist okay, der rote Reineke war es wert. Weil es zu kalt ist, um im Stehen zu warten, laufen wir in das nächste Dorf. Die Landstraße windet sich behäbig durch das nebelige Grau, und es beginnt zu regnen. Mit hochgestülpten Kragen gehen wir einen Schritt schneller und lassen die Träumereien hinter uns. Ein PKW rollt an uns vorbei, und das braune Pfützenwasser spritzt zu allen Seiten. Ich lache, Lyn motzt. Rotz oder Regen kitzelt an meiner tauben Nasenspitze, und ich bin fest entschlossen, mir nicht die Laune verderben zu lassen.

»Oder willst du lieber woanders hin?«, frage ich, während mein Gesicht fast zwischen Schal, Kragen und Mütze verschwindet. Weiß der Teufel, ob ich über das nächste Kaff oder Papua rede.

»Nein«, brummt er.

»Ok«, kreucht es kleinlaut aus mir heraus, und ich wische mir die Nase an meinem Ärmel ab.

Er läuft einen halben Schritt vor mir, und ich komme einfach nicht darauf, ob das an ihm oder an mir liegt. Wir stackseln durch den dicker werdenden, nassen Vorhang, und ich wünschte, ein weiterer Fuchs würde sich blicken lassen. Das dumpfe Surren eines Busses lässt uns aufhorchen, und wir treten auf das matschige Feld, um Platz zu machen. Während ich noch nach der nächsten Pfütze schaue, ist der Bus schon neben uns und hält an. Die Tür öffnet sich unter dem Zischen der Hydraulik, und Mian winkt mir vom Fahrersitz aus zu.

»Kommt rein!«, lädt er uns überschwänglich ein.

»Danke Mian!«, sage ich, als ich hineinspringe, ziehe den verwirrten Lyn hinter mir her und erkläre: »Mian ist ein Freund von mir.«

Im Café hält Lyn meine Hand. Die klammen Jacken hängen neben der Heizung, der Schauer prasselt ununterbrochen an die große Scheibenfront, als würde er fragen, warum wir ihn draußen gelassen haben. Lyn rückt seinen Stuhl näher an meinen und entschuldigt sich für seine Laune. Ich erzähle ihm von einer Reise auf dem Dach eines überfüllten Busses auf Sumbawa. Dann redet er wieder von Kasachstan, und ich kann es nicht erwarten, gemeinsame Erinnerungen mit ihm zu schaffen.

»Lass uns zusehen, dass wir nach Kimbe Bay kommen, zum Tauchen. Wir können versuchen von Jayapura als Anhalter mit 'nem Boot rüberzukommen.«

Ich halte seine Hand fest in meinen beiden Händen, und er lächelt mich an.

»Du bist die pippilangstrumpfigste Person, die ich kenne«, hofiert er mich und bestellt sich einen Kaffee. Mit Milch.

Ich kann nicht schlafen. Es ist zwanzig nach drei und jetzt ärgert es mich, dass ich ihn nicht direkt darauf angesprochen habe. Aber dann hätte es wieder Streit gegeben. *Ich wollt's doch nur mal schön haben.* Die Bettdecke will sich nicht um meinen dicken Zeh zwirbeln lassen, und ich werde quengelig. Ich verstehe nicht, wieso er schlafen kann, als wäre alles in bester Ordnung. Ich starre ihn in der Dunkelheit an. *Manno! Wach auf!*

Ich warte ungeduldig, bis der Wecker klingelt, springe in die Küche und koche Kaffee, damit wir endlich reden können. Ich setze mich zu ihm auf das Bett, drücke ihm die Tasse in die Hand und streiche ihm eine Strähne von der Stirn. Er legt die Hand auf mein Bein, bedauerlicherweise nicht hoch genug: »Danke.«

»Heeey, du großer Anarchist«, beginne ich mit einer filmreifen Darbietung von Fröhlichkeit und dem passenden Lampenfieber. »Also. Es will mir nicht in den Kopf ... Es ist doch Banane zu glauben, dass eine Gesellschaft, die Tierleid hervorbringt und fördert, eine Gesellschaft werden kann, in der menschliches Leid nicht auch gefördert wird.«

Ich schlürfe an meinem Kaffee, obwohl er noch viel zu heiß ist, und warte angespannt auf seine Reaktion.

Lyn schnaubt entnervt, stellt die Tasse zur Seite und steht auf.

»Was ist denn los?«, will ich wissen.

»Es ist ein bisschen früh für 'ne dumme Tierrechtsdiskussion«, ranzt er mich an.

»Brauchst ja nicht gleich sauer zu werden«, schlage ich perplex vor.

»Ich habe da jetzt echt keinen Bock drauf. Ich sag dir auch nicht, was du zu tun hast«, kanzelt er mich ab.

»Ich sag dir nicht, was du zu tun hast, ich bitte dich nachzudenken.« Und weil er sich schon wieder in respektloses Schweigen hüllt, kriegt er das nächste Thema Frei Haus auf die Ohren. »Alter, immer gehst du in die Defensive, und ich bin am Ende der Arsch.«

Er wirft mir einen Blick zu, dessen funkelnde Verachtung ich nicht ignorieren kann.

»Ich will jetzt nicht reden«, beendet er das Gespräch, das nie stattgefunden hat, schnappt sich sein Handy vom Beistelltisch und lässt mich mit zwei Tassen bitterem Kaffee alleine sitzen.

Kawoosh! zieht sich meine emotionale Mauer hoch. Ich muss aufhören ihn zu lieben. *Hier ist Ende*, weiter geht es nicht. Röchelnd bricht meine Verlustangst in sich zusammen. Ernüchtert taste ich mich durch meinen Schädel, der keine große Hilfe bietet. Dann wage ich mich an mein Herz. Ahnungslos schlägt es vor sich hin. Goldfischgleich hat es alles bereits vergessen.

»See you later, darling!«, ruft er aus dem Flur, und die Tür fällt ins Schloss. *Darling?*

Ich weiß nicht, wann genau ich den Beschluss gefasst habe oder ob er mich gefasst hat. Es passiert ganz automatisch, als sei ich nur Beifahrer in meinem Körper. Ich sehe meinen Händen dabei zu, wie sie meinen Krempel in den Rucksack stopfen. Und dann meinen Füßen, wie sie mich zur Tür hinaustragen. Fehlt nur noch David Attenboroughs Stimme, die mir als Zuschauer meine Daseinsform erklärt.

Die Regentropfen klammern sich an die Scheiben des Zuges. Durch das gewölbte Streifenmuster starre ich auf karge Äcker und vorbeiziehende Städte. Diesmal bin ich nicht schnell genug. Die Realität holt mich von hinten ein, kriecht mir in den Nacken und klammert sich dort brutal fest. Ich krabbel tiefer in meine Jacke und ziehe mir die Mütze in die Stirn. Ich habe keinen Plan, noch nicht einmal ein Konzept. Schwermütig vermisse ich all den Boden, der mir unter den Füßen weggesprengt wurde. Ich falle haltlos. Kein Auffangnetz in Sicht. Bin ich verbittert. *Da ist ja noch nicht mal mehr ein Fragezeichen dahinter!*

Es vibriert in meiner Tasche, Lyn ruft an, und die Tränen schießen mir in die Augen. Ich drücke ihn weg, drücke alles weg. Mit ihm ist die Welt nicht zu retten. Es piepst, er schickt eine Nachricht: »Baby, where are you? I'm sorry. Please come home. I love you.« Und dann direkt noch eine: »I want to talk to you. Hear all your thoughts and tell you mine.« Warum jetzt? Um nichts anderes habe ich die letzten Monate gebettelt. »Fick dich«, brabbel ich ohne jede Wut vor mich hin. Wie ein ausgemergelter Geier kreise ich über dem hohlen Kadaver meiner Wunschvorstellung, die ich nicht mal wollte, als ich sie hatte. Meine Verweigerung, die Aussicht auf die weite Landschaft zu genießen, kotzt mich ebenfalls an. Mir wird klar, dass ich Vogel damit nicht nur die prächtige Welt unter mir, sondern auch mich selbst bescheiße. Ich schalte das Handy aus.

Der Zug fährt weiter, meine Gedanken hecheln hinterher. Es ist nicht Liebeskummer, der mir auf der Seele lastet, es ist Lebenskummer. Ich würde mir gerne eine echte Depression erlauben, dann könnte ich alles darauf schieben. Alternativ bin ich ordinär todtraurig und weine bitterlich in meinen Schal.

Der Hotelaufzug ist unendlich lahm und das Tüdelü der Musik macht mich wahnsinnig. Ich erwische mich in der Spiegelwand und sehe mich – unnütz, ungeliebt und allein gelassen. *Von wem?*

Von mir? Alles ist zermarternd und im Tran. Ein unmassierbarer Krampf in meinem Sein, der mir die Leichtigkeit nimmt und mich stattdessen zur nutzlosen Grübelei verdammt. Und dann ist da immer noch der Junge im Tiefkühler. Ich weiß nicht, wie ich aus diesem Gedankenlabyrinth herausfinden soll. Jede Abzweigung bringt nur noch mehr Zweifel. Seit fünf Tagen fahre ich ziel- und hoffnungslos durch das Land und will nirgends ankommen, bei niemandem klingeln. Es soll herrgottnochmal aufhören wehzutun. Voller Neid spähe ich auf mein Zukunfts-Ich und mit zähem Selbstmitleid auf das gegenwärtige.

Etwas drängt mich, treibt mich, was zu machen, gebraucht zu werden, die Welt zu retten und unentwegt schallend zu lachen. In meinem zerfledderten Notizbuch probiere ich mich an einer Liste sinnstiftender Vorhaben. Mir wird flau, als ich unter die Überschrift *Mythos des Sisyphus 2.0* bloß einen Haufen Kringel auf das speckige Papier gekritzelt kriege. Gelähmt von meiner eigenen Bewegungslosigkeit, klappe ich das Büchlein zu. Ein verfickter Teufelskreis.

Wie ich also versuche, mich in die Freiheit der Existenzialisten zu schmeißen, ist da statt des erhebenden Schwindelgefühls nur die Angst, sich schon lange in den Abgrund gestürzt zu haben und nur noch hilflos in der Luft zu strampeln. Die einzige Reibung ist tief in mir und nichts greift.

Ich schließe die Tür hinter mir und lasse mich an ihr heruntergleiten. Ich bin bis Lissabon gefahren, ohne zu wissen warum, und in das erstbeste Hotel getrottet. Eines dieser anonymen, mit zu weißen Wänden und kreischendem Licht. Mit Bordüren aus den 80ern und Personal in Anzügen, die nicht sitzen. Es riecht nach reinen Laken und Lufterfrischer. Als sei ich Teil meines eigenen Experiments, vergammel und verwucher ich in dieser Petrischale der Sterilität. Ohne Zeitgefühl sitze ich hier eine Ewigkeit, bis ich mich vor mir selbst schäme und mich auf den Sessel vor dem Fenster schleppe. Unter dem Nichtraucheraufkleber mache ich mir eine Zigarette an, nicht ohne vorher den Rauchmelder von der Decke zu nehmen. Aus dem Rucksack ziehe ich eine von vier Flaschen Wein, die ich mir in weiser Voraussicht gekauft habe und springe zurück auf mein Grübelkarussell, bis mir davon übel wird.

Der Wein lässt mich aufstoßen, und plötzlich denke ich, dass andere doch auch nicht jeden Tag etwas Weltbewegendes machen oder die große Liebe leben. Und trotzdem glücklich sind. Spiele ich mein Leben über einen Verstärker ab – *this one goes to eleven* – so dass das Normale mir zu spärlich erscheint? Ein Junkie der extremen Gefühle, abgestumpft gegen die Bravour eines Spaziergangs in der Sonne. Traurig tropft das Wachs meiner Flügel, die in dieser Sonne schmelzen.

Wie soll ich in dieser Zelle der Isolationshaft meiner Gedanken voranschreiten? Ich drücke den Korken der nächsten Flasche in ihren Hals und schenke mir wieder den Zahnputzbecher voll. Je mehr ich mir einrede, dass alles wieder in Ordnung kommen wird, desto lächerlicher komme ich mir vor. *Es ist doch offensichtlich alles scheiße*, lallt meine innere Stimme. Ich drücke meine Zigarette auf dem Glastisch aus und probiere es mit noch mehr Wein.

Ich muss Emma anrufen, muss sie bitten, mich hier rauszuholen. Ich fummel das Handy aus meiner Tasche, aber bringe es nicht über mich, es einzuschalten. Mir graut es vor den verpassten Anrufen und Nachrichten. Und davor, dass es sie nicht gibt. So wie die Erde sich in die Sonne stürzen würde, wenn sie mit weniger als 107.461 km/h um sie kreist, so vergehe ich in meiner Trägheitsbewegung und verliere meinen Orbit. Solange ich nicht mit Schwielen an den Händen und mit Schweißperlen geschmückt das System zerschlage, solange ich nicht mit unbedingter Hingabe begehren und aufbegehren darf, bewegt sich nichts in mir.

Es gibt die grelle Erfüllung im absoluten Dasein und ansonsten gibt es nichts. Nur unerfüllter Raum und die Erkenntnis des Unvermögens, das einen wie klebrige Lava aus kochenden Ängsten verschlingt. Ich kann noch nicht einmal über die melodramatische Melancholie lachen.

Ich denke viel zu viel an Lyn. Über die vermeintliche Liebe hatte ich doch glatt vergessen, dass es einen Planeten und so viele Welten zu retten gibt. Jetzt will ich beides – die übermütige Befreitheit eines liebenden Herzens und die unbändige Kampfeslust eines empathischen Intellekts. *First fix is for free.* Der kalte Entzug kostet alles.

Die Vermutung, dass ich mich nicht selber aus diesem elegischen Treibsand ziehen kann, versetzt mich in Furcht und Schrecken. Wer wird meine Hand ergreifen und mir die Welt wiederbringen? Mir ein Bouquet aus Molotowcocktails schenken und mich von einem besseren Morgen träumen lassen? Das Perpetuum mobile meiner Probleme läuft unaufhörlich. Ich fühle, wie ich aus dem Orbit schluder, allein durch das All drifte, in Richtung des alles vertilgenden Feuerballs. Außer mich selbst bemitleiden, Rotwein trinken und Kette rauchen fällt mir keine angebrachte Kur ein. Ich sinke in das braune Polster des Sessels und schaue mir den Zusammenbruch meines Universums mit 2,1 Promille und einer Zornesfalte an.

Es braucht eine Woche und viel Alkohol, bis ich es doch schaffe, zu Emma zu kriechen. Todesmutig habe ich schließlich mein Handy angeschaltet und sie angerufen. Lyns Nachrichten habe ich ungeöffnet gelöscht, die alten lese ich viel zu oft. Zigmal wische ich sie durch und zigmal verstehe ich nicht, wann wir uns von Bonnie und Clyde zu abgestandener Banalität gewandelt haben. Emma nimmt mir das Telefon aus der Hand und legt es oben in das Regal, so dass ich nicht drankomme, ohne auf einen Stuhl zu klettern.

»Jetzt hör mal auf damit. Wenn der es draufhätte, wäre er jetzt hier und würde um dich kämpfen. Und dann alles mit dir anzünden.«

»Ja«, maule ich gequält, sie hat ja Recht. Ich muss meinen Blick aus dem Rückspiegel nehmen – *objects are closer than they appear*. Aber verraten, was ich ohne Schiff machen soll, kann sie mir auch nicht. Dagegen scheint sie zuversichtlich, dass mir schon selbst etwas einfallen wird. Die kindliche Kaiserin scharwenzelt um mich herum, doch selbst ihre Forderungen nach Streicheleinheiten sind zu viel für mich. Es ist nichts übrig in mir, was ich geben könnte. Ich bin mit allem überfordert. Das Schlimmste sind die Erwartungen der anderen, dass ich glücklich sein soll. Der lose Faden, den ich mir um den Finger gewickelt habe, schnürt mir in mein Fleisch. Desinteressiert schaue ich zu, wie sich der eine Teil meiner Fingerkuppe rot, der andere weiß färbt. Mit einem Ruck ist der Faden ab, und ich fummel weiter am Bündchen meines Pullovers. Damit ich nicht total komatös herumsitze und in der Sorge, dass auch Emma den Respekt vor mir verlieren wird, rubbel ich über den Rotweinfleck auf meiner Jeans und fasse mir dann in den Zopf, den ich seit drei Tagen nicht aufgemacht habe.

»Digger, ich seh aus wie ein Obdachloser«, stelle ich fest und lasse die Arme fallen.

»Süße, du bist obdachlos«, erinnert sie mich.

Am nächsten Tag zwinge ich mich an die frische Luft und biege auf den Matschweg zu den Auen. Dicke Trauerweiden säumen die mäandernden Ufer, wie stille Orakelwächter. Die Amseln liefern sich einen eifrigen Sängerwettstreit, ein Buntspecht trommelt dazu energisch auf einen toten Baumstamm, die Meisen zetern um die Wette, und ich merke, was ich alles nicht bin. Der Glaube ist nichts ohne den Zweifel, das Sein ist nichts ohne das muskelsprengende Ringen um Bewegung und um den Verstand.

Ich lasse flache Steine über das Wasser flitschen, fahre mit den Fingern durch das nasse Gras. Die Drehgeschwindigkeit der Erde um die eigene Achse ist null an den Polen und 1.650 km/h am Äquator. Es ist, als sei mein Pol noch unentdeckt, so wie ich hier herumgeschleudert werde. *Quo vadis, Amundsen?* Ungeachtet der Expeditionsversuche kann es keinen Zweifel am Kampf geben, weil ich der Kampf bin. Ich klettere an der Böschung entlang, bis die Brombeerranken sich an mein Hosenbein klammern und die Mönchsgrasmücke im nächsten Strauch somit weiterhin ihre Ruhe behält. Das Vögelchen dreht seinen Kopf so fix hin und her, dass man es im Stroboskoplicht glaubt. Es hat mich genau im Visier. Es ist gut, dass ich mich nicht frei machen kann. Der rastlose Verdacht, noch nicht genug zu tun und zu sein, ist gleichzeitig Flamme und Zunder meines Strebens. Meine Existenzberechtigung. Und der wilde, kleine Sänger hat all das mit seinem kritischen Blick spontan wieder entfacht.

Ich wandere zurück auf den Trampelpfad und weiß – *Schock, schwere Not!* – immer noch nicht, was das für mich heißt. Ich bin voller Tatendrang. Und trotzdem – ich habe nur Antworten, die nicht zu meinen Fragen passen.

Das warme Wasser läuft mir über den gebeugten Nacken, und kalte Luft zieht unter dem verdammten Duschvorhang herein, der sich ständig an mich kleben will. Ich hasse duschen. Wie ätzend ist es denn bitte, blöd da zu stehen und auf die tristeste Art nass zu werden? Ich seife mich ein und gucke an mir herunter. *Was für eine Verschwendung!* Emma soll es auch wissen, und ich rufe laut in den Flur: »Wehe, dieses geile Paar Titten wird nicht bald wieder angefasst!«

»Keine Sorge, kriegen wir hin!«, brüllt sie lachend zurück.

Die Schaumblasen platzen kitzelnd in meinem Gesicht, und ich glaube ihren Worten.

Emma kümmert sich aufopferungsvoll um mich. Ich weiß gar nicht, wie sie mein meschuggenes Gelaber und Geheule aushält. Sie hält mich, wenn ich weine, dichtet feinste Hasstiraden auf Lyn, den Lutscher, genauso wie auf den italienischen Staatsanwalt und tritt mir in den Arsch, wenn ich mich wieder nur im Kreis drehe.

Als ich eines Abends weniger apathisch bin und selber auf die Idee komme, etwas zu essen, jammer ich meiner Idee von mir selbst hinterher: »Es ist nicht so, als gäbe es einen Tropfen, der das Fass zum Überlaufen gebracht hat. Ich habe die dreckige Brühe die ganze Zeit wie dumm abgesoffen und liege jetzt in meinem Erbrochenen. So sieht das aus.«

Sie schmunzelt und nickt bedächtig. Um sich nicht mit Klischees und Allgemeinplätzen aufhalten zu müssen, sagt sie nichts und legt noch ein Stück Pizza auf meinen Teller: »Ich glaube wir gehen heute besser mal vor die Tür.«

An einem Freitagabend sind zu viele Menschen auf den Straßen, um etwas geschafft zu kriegen, und so nehmen wir die Spraydosen erst gar nicht mit. Auf den Wegen, die zwischen den Kaschemmen unserer Tour liegen, kleben wir lediglich ein paar Aufkleber an Laternenpfosten und Stromkästen. Ich habe ziemlich einen im Tee, aber Emma zerrt mich in die nächste Kneipe. Eine, in der wir keinen mehr kennen. Es ist der tadellose Bausatz eines 08/15 Punkrock-Schuppens, mit dunkelrot gestrichenen Wänden und Leopardenmuster hinter dem Tresen. Wir bestellen an der Theke, dann quetschen wir uns zwischen die Leute an einen der Stehtische.

»Darf ich mal?«, sagt Emma, meint *ich mach dann mal* und verschiebt die Gläser auf dem Tisch so, dass auch unsere Platz haben. Das Grüppchen sortiert sich höflich für uns um, und wir kommen ins Gespräch. Die zwei Kerle lassen uns wissen, dass sie dabei sind, das Geld vom letzten Job zu versaufen. Messebau – von der Hand in den Schlund. Sie sind trefflich lustig, wie sie da breitbeinig stehen und den lieben Gott einen guten Mann sein lassen. Das Gruftipunkermädchen sagt, sie studiere und befingert schüchtern ihr Halsband. Der größere Kerl holt eine Runde Schnaps für alle. Und wie wir uns durch das infernale Zeug trinken, wollen sie wissen, was wir machen. Emma erzählt sogleich, dass ich Kapitän bin und was da im Mittelmeer abgeht. Sichtlich beeindruckt prosten die Typen uns zu. »Echt gut, dass ihr das macht.«

»Echt, du bist Kapitän?«, fällt das Gruftipunkermädchen aus ihren Gewitterwolken, »find ich mega, was du machst!«

Ich spekuliere, dass ihr vor lauter Enthusiasmus die Klumpen schwarzer Wimperntusche von den aufgerissenen Augen stürzen könnten.

»Ich könnte das ja nicht«, fügt sie abschließend hinzu, und ich habe keine Lust mehr.

»Muss ja auch nicht jeder rausfahren. Man kann es ja auch von hier unterstützen …«, schlägt Emma vor.

»Was macht ihr denn so? Also ich mein jetzt nicht Arbeit oder Uni, sondern für'n guten Zweck?«, frage ich gemeinerweise.

Die vorhersehbaren Antworten dümpeln dahin. *Ne, zu busy. Leider. Schade. Ich würde ja gerne, aber …*

»Hm«, sagt Emma.

»Hm«, sage ich und will ihnen die Schuld auch nicht nehmen.

»Ne, aber find ich wirklich richtig gut, was du machst«, betont der Kleinere nochmal und richtet sich dann an Emma: »Und was machst Du?«

»Krawall«, ist ihre trockene Antwort, und er macht sich stehenden Fußes auf, die nächste Runde Schnaps zu holen. Das Gruftipunkermädchen bedankt sich bei mir und scheint der Auffassung zu sein, dass sie damit ihren Teil getan hat. *Großer Gott, ist das langweilig*. Ich möchte auch mal wieder jemanden bewundern. *Los beeindruckt mich!* Ich habe keinen Bock ständig dankbar für die Blumen zu lächeln, mit denen sie sich postwendend selbst mitbeglückwünschen. Statt einem Grußkärtchen liegt der Persilschein für sie anbei. Als könnten sie ihre Verantwortung mit Dankbarkeit substituieren. Am liebsten würde ich ihnen ihren Strauß Riesen-Bärenklau durch die Schnauze ziehen, bis sie davon Ausschlag kriegen.

Ich piesacke sie weiter, und es ist egal, dass ich in jedem Fall auf verlorenem Posten stehe.

»Findet ihr nicht, dass ihr auch für oder gegen etwas aufstehen solltet? Was seid ihr denn für umnachtete Luxuslinke, wenn ihr glaubt, nichts machen zu müssen?«, pöble ich sie an.

Pikiert ziehen sie ihre Gläser näher an sich heran und tauschen ungläubige Blicke aus. Ungläubig, dass sie kritisiert werden, nachdem sie gerade so nette Dinge gesagt haben.

»Jetzt halt doch mal die Schnauze«, pfeift mich Emma grinsend zurück, »das hat doch keinen Sinn bei denen.«

»Ne. DIE sollen lieber mal aufhören damit, die Schnauze zu halten!« Wir lachen. Die drei nicht.

Am Tresen ist jetzt mehr Platz, und wir ziehen um. Wir haben keine fünf Minuten für uns, aber das war ja auch der Plan. Der Typ neben Emma meldet sich. Er baggert fleißig herum, wenn auch noch unentschieden an wem von uns, und erzählt leidlich witzige Geschichten vom letzten *Karaoke-till-death*-Abend. Ich fange gerade an, dass unverfängliche Geplauder als recht passabel einzustufen, da fragt er: »Was macht ihr so?«

Verdammt. Ein warnender Blick geht an Emma, und sie beißt sich auf die Lippe.

»Ich bin Künstlerin«, erfinde ich spontan.

»Ach, Künstlerin. Das finde ich ja toll!«, schäumt er über. Es ist peinlich unangenehm diese zwei Lügen aufeinandertreffen zu sehen. *So ein Schleimer*. Emma kneift mir hilfesuchend in mein Bein.

»Und was machst du so für Kunst?«, will er wissen und setzt sein intellektuelles Verständnisgesicht auf.

»Ja, was machst du für Kunst?«, fragt auch Emma mit dem Schalk im Nacken.

Ich schlage die Beine übereinander, hebe mein Glas elegant an und erleuchte uns alle: »Ich mache Trauerkunst. Wenn ein geliebtes Haustier verstirbt, kann ich ihm mit meiner Kunst ewiges Leben schenken.«

Er nickt deutlich zu viel und dabei weiß ich noch weniger als er, wovon ich fasel.

»Das ist ja interessant. Hm. Malst du die Tiere?«

»Nein«, ich lächle verächtlich. »Ich stopfe sie mit D-Böllern aus und lasse das Arrangement neben einer Leinwand explodieren.«

»Ah«, kommentiert er hilflos unverfänglich und zuppelt sich die Jacke zurecht. »Ich muss mal aufs Klo.«

Emma lacht sich schief. Ich grinse geschmeichelt und verlegen, sie prostet mir zu: »Ich glaub, wir sind wieder so weit. Nach dem Frühstück retten wir die Welt.«

»Kaffee, Kippe, Kampf«, propagiere ich und stoße mit ihr an.

Als ich zu ihr ins Bett steige, schaut sie mich kritisch an: »Willst du dein Telefon wiederhaben?«

»Nein«, sage ich und ziehe die Decke etwas höher. »Ja. ... Nein.«

Sie dreht sich zu mir um und stützt den Kopf auf ihre Hand: »Du weißt, dass er ein hohler Lappen ist, der dich am ausgestreckten Arm hat verhungern lassen, und wie viel Energie dich seine Launen gekostet haben.«

»Ich glaub, das weiß ich schon viel zu lange«, seufze ich und denke an den frühen Morgen vor der Küstenwache mit Alberto und Jeremy. Ohne ihn. Schon da hat er ein winziges Korn Zweifel in mir gesät, so klein, ich hätte es nicht finden können, selbst wenn ich danach gesucht hätte. Und trotzdem ist mehr daraus erwachsen als aus der Hoffnung.

»Weißt du, was das ist, Püppi? Das ist kein Herzschmerz, das ist Wachstumsschmerz, was du hast.«

»Es hätte so perfekt sein können«, klage ich und kann mich nicht dazu bringen, die Illusion im dunklen Moor meiner Verluste zu verscharren. »Ich wünschte, er könnte mir das Wasser reichen. Ich wünschte, ich könnte mit weniger zufrieden sein.«

Für eine Sekunde denke ich das. Dann muss ich lachen. Lächerlich, wahrlich. Emma schmeißt mir ein Kissen an den Kopf, und wir kichern und necken uns, bis wir mit roten Wangen nebeneinander einschlafen, während die kindliche Kaiserin beharrlich an den Polstern kaut.

Ich wache mitten in der Nacht auf, wälze mich hin und her und stehe dann auf, um Emma nicht zu wecken. Ohne das Licht anzumachen setzte ich mich an den Küchentisch und fahre mit meinem Finger über das Holz. Schön doof und vorgeführt sitze ich da und gucke mir den Mond an, der mich mit seiner beschissenen Romantik gerne in seinem eigenen Schein besuchen kann. *Grundgütiger, was habe ich denn da alles, hormonverseuchten Geistes, in den armen Jungen rein projiziert?* Und so kommt der Tag, an dem man die Hoffnung skrupellos erschlagen muss, bis die Eingeweide nur so rausspritzen und nochmal draufhauen, wenn sie sich doch noch windet und zuckt. Sie stirbt nicht zuletzt, sie muss ermordet werden. Und das mache ich jetzt auch.

Das Soli-Konzert für kurdische Partisaninnen in Syrien ist gut besucht. Ich hoffe, dass alle verstanden haben, worum es geht und nicht von einer Meute von Lara Crofts im Seleukidenreich träumen. Emma und ich verteilen Flyer, und schrabbelnd legt die Vorband los. Die ersten Leute fliegen wie Kraut und Rüben vor der Bühne umher und die Wände des autonomen Zentrums beben. Gottseidank werden sie durch dicke Schichten von Postern zusammengehalten, die sich wie Jahresringe an sie schmiegen. Wir verziehen uns nach hinten, um besser quatschen zu können, und Emma verrenkt sich den Hals nach Männern, mit denen sie mich nach Hause schicken kann. *Vergeudete Liebesmüh.*

Klaus und Zecke sind definitiv nichts für mich, gesellen sich aber trotzdem zu uns. Zecke zieht ständig die Nase hoch, weil er Schnupfen hat, und sorgt sich, wir könnten denken, er hätte gekokst.

»Ich mach das nicht!«, erklärt er prompt und dreht an den Nieten seiner Jacke.

»Uns doch egal«, winkt Klaus ab und trinkt von seinem Bier, wippt mit dem Fuß und guckt sich die Band an.

»Gar nicht egal«, erwidert Zecke. »Nicht, wenn du weißt, wo der Scheiß herkommt.«

»Mensch, Zecke! Guter Mann!«, freue ich mich und stoße mit ihm an.

»Ach komm ...«, sagt Klaus und findet es übertrieben. »So ein bisschen Spaß muss schon mal sein.«

Emma verzieht den Mund in Unverständnis: »Alter, spinnst du? Kartellkrieg und zerstörter Regenwald müssen überhaupt nicht sein.«

»Das Zeug ist aber nun mal überall. Es braucht halt seine Zeit bis die Szene so ’nen Prozess durchwandert«, bemüht sich Klaus um eine Erklärung.

»Was heißt denn hier Szene? Das bist du!«, erinnere ich ihn wütend lachend.

Wir halten kurz inne, lauschen den quietschenden Rückkopplungen und einer kurzen Ansage über die kurdischen Kämpferinnen. Als die Musik wieder einsetzt, tue ich es auch: »Wenn ich noch einmal höre, dass jemand Zeit für den Prozess braucht … Genau das ist doch das Problem – das Problem bist du und deine Position«, schreie ich jetzt, nicht nur weil die Musik so laut ist. »Wieso sollte es im Entferntesten akzeptabel sein, nur weil einer noch darüber nachdenken muss? Was soll denn dieser Irrglaube, es ginge dabei um dich?«

Klaus guckt grimmig und trinkt Bier. *Wie zur Hölle bist du auf dieses Podest gekommen*, frage ich die Menschheit und erkläre Klaus: »Die Realität liegt in dem, was die Benachteiligten erleben, nicht in deinem Sinnieren.«

»Wieso sollten andere bis zu deiner Erleuchtung unter deinem Selbstfindungstrip auch nur eine Sekunde leiden? In welcher Welt ist das gerecht?«, meckert Emma und die Rhetorik hebt die Fragezeichen auf.

Klaus ist bedröppelt und sagt gar nichts mehr.

»Ja, ich weiß. In deiner. Das heißt dann allerdings selbstgerecht«, trete ich nach.

»Drei gegen einen ist gemein«, murmelt Klaus in sein Glas.

»Ja. Merkste was?«, fragt Emma mit kritischem Blick und nimmt ihn in den Arm.

Zecke und mir tut es auch leid, dass wir so auf Klaus eingedroschen haben, und wir nippen betreten an unserem Bier. Ich möchte den Leuten mehr abverlangen können. Das ist nicht mal böse gemeint, es sind viel eher Vorschusslorbeeren. *Wie lange braucht es denn noch, liebe Krone der Schöpfung?* Es ist an der Zeit, sich die schnöden Zacken rauszubrechen und sie zu Speerspitzen der Revolution zu gießen.

»Was ist jetzt der Stand mit deinen Titten?«, ruft Emma von der Kabine neben mir und zieht die Spülung.

»Hä, was soll mit denen sein?«, frage ich, während mein Hintern über der ekligen Schüssel schwebt, und ich den Rand vollpinkel.

»Ich dachte, die müssen wieder angefasst werden.«

»Ach so, ja. Allerdings!«, sage ich, als ich mich neben sie ans Waschbecken dränge und sie nass spritze.

»Dann müssen wir jetzt jemanden suchen. Gefällt dir hier einer? Was ist denn dein Beuteschema?«, fragt sie und zerzaust sich gekonnt die Haare zu ihrer Interpretation einer Frisur.

Ich brauche nicht nachzudenken: »Oh, das ist einfach. Ich finde alle Vollidioten, Emokrüppel und Arschlöcher attraktiv. Das hat sich mein Oberstübchen besonders gut ausgedacht. So lange da nicht irgendwas dran kaputt ist, brauche ich das nicht. Wie der dann aussieht ist relativ egal.«

»Ich glaub, du bist der kaputte Vollidiot!«, lacht sie so laut und kolossal formvollendet über mich, als sie die Tür aufreißt und mich zurück in die laute Menge zieht, dass mein Herz einen Satz macht. *Herrschaftszeiten, wieso bin ich nicht lesbisch?*

Der Fettsack auf Sitz 74 plärrt die ganze Zeit herum, sein Kaffee sei nicht heiß genug. Die Dame, die den Getränkewagen zwischen all den Füßen und Taschen durchschieben muss, ist nicht im Ansatz beeindruckt, und so meckert er quer durch den Wagen, für den Fall, dass es doch noch irgendwen interessiert. Ich verdrehe die Augen und bemitleide das Ömchen neben ihm, die nur deswegen so heftig nickt, damit er ihr das Ausmaß der Schändlichkeiten, die er zu erdulden hat, ja nicht im Detail erklärt, und sie weiterschlafen kann. Dann scrolle ich mich auf meinem Telefon durch verschiedene Meldungen und Seiten, während ich versuche, meine Füße in die Tasche am Sitz vor mir zu schieben. Keine Chance.

Ein aufgeregter Reporter im Internet freut sich, dass ein Promi für Erdbebenopfer gespendet hat. *10.000 Euro für Nepal! Eine kleine Geste für den Multimillionär, eine Riesensache für die Betroffenen.* Der hat sie doch nicht mehr alle. Was soll das eigentlich heißen, eine kleine Geste? Soll ein Chirurg, der ein kleines Pflaster auf den offenen Bruch klatscht, sich dafür auch große Klasse finden dürfen? *Kein Mensch braucht eure selbstbeweihräuchernde Barmherzigkeit.* Wenn ich es mir recht überlege, dann bin ich sehr wohl bereit, meinen Frust und die affige Trauer um mich selbst zu Handgranaten der Solidarität zu pressen. Es ist Krieg. Und nonchalant, ohne großes Getue, kehrt die Wut wieder bei mir ein, wie eine alte Bekannte hockt sie plötzlich neben mir und grinst mich an. Süße Tobsucht verzehrt mich auf köstlichste Weise. Ich mache das Handy aus, schiebe es weit unten in meine Tasche und schlage glücklich den Camus auf.

Der Zug bringt mich näher an La Spezia, zu Salma und unserer Schlacht. Die Welt wird gerettet, ob sie das will oder nicht. Und ich bin mit im Boot. Ich werde auch in Italien Spanisch lernen – *dieses Mal wirklich!* Und vögeln. Das hoffentlich noch mehr als Spanisch lernen. Blinzelnd schaue ich in die ersten Sonnenstrahlen, die die Dämmerung liebevoll bezwingen, und erkenne, wie sich die Blaupause meiner Zukunft schemenhaft auf der Realität abzuzeichnen beginnt.

Die Zugbegleiterin ist auf dem Rückweg von ihrer Getränkeschubserei und muss schon wieder mit der Flachzange auf Sitz 74 diskutieren. Nicht nur traut er sich, sie Fräulein zu schimpfen, sondern glaubt dazu, sie mit einer herrischen Handbewegung fortscheuchen zu können. Das Ömchen neben ihm verbittet sich das, und er schnaubt. Die Zugbegleiterin stampft den Gang entlang, hinter ihrer Make-up-Kampfmaske sehe ich ihre Augen misanthropisch wüten und finde das ganz reizend. Ich warte, bis sie mit ihrem Wagen vorbeigekommen ist und gehe zum Klo. Auf dem Weg stolpere ich und falle ausgerechnet auf den Stinkstiefel.

»Verdammt nochmal! Jetzt haben Sie mir auch noch die Zeitung zerrissen«, krakeelt er und stößt mich weg.

»Ach du liebe Güte! Sie können sich gar nicht vorstellen, wie leid mir das tut!«

Genau so schwierig wird er sich vorstellen können, wie ätzend es sein wird, meinen Kaugummi, der ihm jetzt am Rücken klebt, aus seinem teuren Pulli zu kratzen. Ich streiche mir die Haare hinter das Ohr, lächel ihn an und gehe weiter. Der Zug rauscht mit 289 km/h über die Schienen. Die restlichen 107.172 erledigt mein Kopf.

»Wo kriegen wir denn jetzt 'ne halbe Million her?«, will ich wissen und finde es weiter bizarr, über solche Summen zu diskutieren. Jeremy hebt verlegen die Arme und hat auch keine Idee, wie wir den Prozess je bezahlen sollen.

»Kann ich vorher noch nach'm Kaffee fragen?«, setzt Hannes Prioritäten und macht sich eine Zigarette an.

»Das kriegen wir hin«, beruhigt Salma ihn und bezieht sich hoffentlich auch auf mich.

Zu viert haben wir uns in ihrer kleinen Wohnung eingenistet und versuchen Ordnung in die Rattenschwänze rechtsradikaler Politik zu bringen. Ganz ohne Post-its. Zwischen Pizzakartons, überfüllten Aschenbechern und hysterischem Galgenhumor versuchen wir zunächst herauszufinden, was alles zu tun ist. Prozessvorbereitungen, Pressearbeit, Spendenkonzept und nebenbei einen Masterplan erstellen, wie wir den Rest der Menschheit mobilisieren können. *Easy*. Wie die pawlowschen Hunde sind wir umstandslos auf Radau getrimmt, mit unseren Namen in dieser Akte. Jeremy ist mit von der Partie, weil er weiß, dass er genauso betroffen ist, unerheblich ob er mit auf der Liste steht oder nicht. So hat sich unser Rudel zusammengerottet und zieht zänkisch die Lefzen hoch.

Salma berichtet von ihrem letzten Treffen mit den Anwälten und schenkt Kaffee aus. Jeremy will Flyer entwerfen und puzzelt die wichtigsten Infos zusammen: »Also, 20 Jahre und Geldstrafe … Wie viel war das nochmal?«

»15.000 pro Gerettetem«, sagt Salma und lässt sich mit ihrem Pokerface auf den Stuhl zurückfallen.

Hannes schmunzelt teuflisch: »Habe ich schon mal überschlagen. Wären bei uns so 210 Millionen Euro.«

Ich verschlucke mich an meinem Kaffee und gluckse: »Hahaha! Für jeden von uns?«

»Geilster Schufa-Eintrag EVER!«, ruft Hannes und wirft vor Übermut lachend die Hände in die Luft.

Am Nachmittag skypen wir mit den Anwälten und dann mit den anderen von der Liste, die es nicht zu uns geschafft haben. Wir sind in Hochstimmung, weil so viel passiert. Arne will die Webseite für uns erstellen, Claire organisiert Infoveranstaltungen über unseren Fall, schickt uns Gedichte und Schnaps, Miguel schreibt sich die Finger wund. All das fließt heute in unserer klandestinen und verlotterten Kommandozentrale zusammen. Der Tisch ist übersät mit Chipskrümeln und Schokopapierchen, Hannes ascht ungerührt in den Pizzakarton neben die verbliebenen Stücke von gestern. Der Kabelsalat rankt sich um das ein oder andere Bier, das bereits aufgemacht wurde. Mit vier Handys und drei Laptops verbreiten wir gleichzeitig unser Anliegen und vernetzen uns, während Hannes zur allgemeinen Belustigung Katzen-Memes verschickt. Wenn es Zeit ist für Gespräche, die ausnahmsweise mal nicht mitgehört werden sollen, packen wir den Elektrokrempel in den Flur. Dann gucken wir uns kurz doof an und wundern uns mit einem Hauch von Stolz, wie es so weit kommen konnte. So machen wir das bis die Sonne untergeht und weiter.

Salma verteilt die fettigen Pappboxen mit dem chinesischen Essen und Hannes rubbelt seine Essstäbchen aneinander.

»Was machst du da?«, amüsiere ich mich.

»Das macht man doch so.«

»Um Splitter vom Holz abzumachen«, doziere ich grinsend.

Hannes zieht eine Schnute und sinniert über den Hinweis.

»Das ist Plastik!«, lache ich und er stochert gespielt konsterniert in seinen Nudeln herum, die ihm unentwegt von den Stäbchen rutschen.

»Boah, kann ich 'ne Gabel haben?«

»Nein«, sagt Salma teilnahmslos und steht gleichwohl auf, um ihm eine zu holen.

»Das ist Mobbing«, beschließt Hannes.

»Zeig mich doch an«, fordert sie flapsig und hält ihm die Gabel bedrohlich vor die Nase.

»Alter … Mobbing!«, lacht Hannes und hebt ergeben die Hände.

»Gewöhn dich besser dran. Wir werden die nächsten Jahre viel miteinander zu tun haben«, droht Salma mit Blick auf drei bis fünf Jahre Schauprozess zur Kriminalisierung von Solidarität.

»Ich verklag die, wenn ich in ’ne Zelle mit dir muss«, haut Hannes bei dieser Horrorvorstellung mit der Faust auf den Tisch.

»Hey!«, schreitet Jeremy ein und bewirft beide mit Sonnenblumenkernen. »Ich glaub nicht, dass wir uns mehr als einen Prozess leisten können.«

Ich sitze da mit meinem Gesicht über der dampfenden Schachtel, stopfe mir das Wokgemüse rein und bin in bester Gesellschaft zwischen meinen geliebten Staatsfeinden. Der Kampf ist weder vorbei noch verloren, er hat sich verschoben: Von der Brücke in den Gerichtssaal, vom Wasser auf die Straße. Jetzt muss er nur noch in jeden einzelnen Schädel. Wir wissen alle, dass es um viel mehr als um unsere mickrigen weißen Ärsche geht. Es geht um die, die sehenden Auges sterben gelassen werden und gegen ein von Faschisten gelenktes Europa. *Vielen Dank für den politischen Auftrag, ihr Vollidioten.*

»Wie dumm sind die bitte, dass die sich uns ausgesucht haben?«

»Kampfschweinalarm!«, giggelt Hannes.

»Fast wünsche ich mir, dass es zur Anklage kommt«, lüge ich lachend und kündige mit Gewissheit an: »Wir machen die fertig!« Und die Nudeln flutschen mir übers Kinn.

»Ich besuch dich jeden Tag im Knast, Boss.«

»Ich habe Anklage gesagt, nicht Verurteilung!«, beschwere ich mich und schubse ihn.

»Ach, Details …«, winkt er lachend ab.

»Blödmann!«, schimpfe ich, stibitze ihm einen Mu-Err aus seiner Box, und wir liefern uns einen Stäbchen-Fechtkampf.

Mit dem Deckel eines Pizzakartons schiebe ich den Müll vom Tisch in den Eimer. Salma dreht eine Tüte, und wir warten, dass Jeremy und Hannes mit dem Biernachschub kommen.

Sie leckt den Klebestreifen des flattrigen Blättchens an und fragt neckisch: »Flirtet ihr?«

»Wer?«, frage ich völlig überfahren.

»Jetzt tu nicht so! Du und Jeremy.«

»Was? Nein!«

Ihre stoische Miene bezwingt mich und liefert viel zu viel Raum für eine Antwort.

»Oder doch?« Wir kichern.

»Maybe you can have one nice thing«, purzelt ihr ein verschwörerischer Hintergedanke aus dem Mund.

»Yeah, maybe he has a nice thing«, grinse ich und schaue den Rauchschwaden nach, wie sie in blaugrauer Lethargie durch die Luft und Salmas Gelächter rollen.

Die Jungs kommen zurück von ihrem erfolgreichen Feldzug, Jeremy stellt feierlich vier Bierflaschen auf den Tisch und räumt den Rest in den Kühlschrank. Ich nutze die Gelegenheit und schiele auf seinen Hintern. Salma knufft mich unauffällig mit dem Ellbogen in die Seite und hebt die Augenbrauen. Das ist erschütternd viel Regung für ihre Visage und für meine Libido.

»Oh! Ich brauch noch eine von diesen leeren Mappen für den Gerichtssaal«, fällt Hannes plötzlich ein, setzt sich ruckartig auf und schmeißt vor geballter Dringlichkeit fast das Bier um.

»Hä?«, stutze ich.

»Ja, so eine, die man sich vors Gesicht halten kann«, erörtert er eifrig.

»Wozu das denn?«, fordert Salma eine Erklärung.

»Jetzt stell dir vor, die spielen da die Aufnahmen von ihren Wanzen vor. Wie soll man denn da nicht vor Lachen zusammenbrechen, bei dem Scheiß, den wir über den Tag verteilt auf der Brücke erzählen? Wäre ja blöd, wenn der Richter das sieht.«

Wir klatschen jubelnd in die Hände und kugeln uns vor Torheit und Vergnügen auf dem Boden. Wir orakeln ein paar Stunden weiter, klopfen dumme Sprüche und weiden uns an unserer Freundschaft. Als ich nicht mehr daran glaube, noch mehr geiern zu können, ohne eingeliefert zu werden, verabschiede ich mich mit einem Kuss für jeden Einzelnen von ihnen und gehe pennen. *Crew love is true love.*

Jeremy gibt sich alle Mühe keinen Krach zu machen, als er ins Zimmer kommt, und versagt kläglich. Die Tür fällt laut ins Schloss und bei dem Versuch, über mich in seine Ecke zu steigen, reißt er beinahe die Stehlampe nieder.

Ich drehe mich zu ihm um: »Wehe du schnarchst.«

»Ich bin eh noch nicht müde. Bis ich schnarche bist du Schwächling schon lange im Tiefschlaf«, prollt er mich charmant an.

Auf unergründlichen Wegen landet er unter meiner Decke und meine Hand an seiner Wange. Unsere Blicke verheddern sich merkwürdig ineinander.

»Aber nur Spaß, ja?«, sage ich leise, bemüht die Stimmung nicht zu versauen.

»Klar, Boss«, grinst er mich an, und ich bekomme den nächsten Lachanfall.

»Alter, wenn du mich jetzt weiter Boss nennst …«

Ich kriege den Satz nicht zu Ende gesprochen, denn da habe ich schon seine Zunge im Hals, und wir fallen gierig übereinander her.

Die Sonne quetscht sich durch die Vorhänge, sein Arm liegt schwer und warm auf meinem Bauch. Jeremy schnarcht, und ich rauche eine. Der Schwächling ist sogar vor mir eingeschlafen. Der hätte mir ruhig mal früher sagen können, dass er gut im Bett ist. Ich streichel ihn hinter dem Ohr – meinen Kumpel Jeremy. Ich habe so gute Laune, dass kein Raum bleibt für nachträgliche Bedenken über unseren Absturz oder für die Frage, wer oder was wir füreinander sind. Ich klettere unter seinem Arm raus, stehe auf und lasse ihn und seinen Knackarsch liegen.

Hannes und Salma liegen auch noch im Bett, beziehungsweise auf der Couch, und ich stehle mich mucksmäuschenstill aus der Wohnung, um Focaccia zu holen. Die Stadt ist noch im Halbschlaf, und man geht sich in der kühlen Morgenluft höflich aus dem Weg. Ich hoffe der Lärm in meinem Kopf stört niemanden. Mein Hirn ist hellwach. Meine Augen fallen mir bald aus dem Kopf, so genau schaue ich mir alles an. Der kleine Junge mit dem zu großen Fahrrad, dessen Füße nur im Stehen an die Pedale reichen; das Unkraut, das sich mutig zwischen dem Kopfsteinpflaster durchsprengt; das flackernde Licht im Kiosk, das vergessen wurde auszuschalten; der bucklige Mann mit der Ledertasche, der verträumt am Schaufenster des Blumenladens steht. Ich tobe durch die Geschichten, die ich in ihnen sehe, obwohl ich das Ende schon kenne. All das ist heute wunderschön, muss wunderschön sein, sonst hätten die Toten keinen Sinn.

Ich bücke mich nach einer Plastiktüte, die vom Luftsog der vorbeifahrenden Autos über die Straße gefegt wird, und schlittere durch meinen persönlichen Michael Furey-Moment. Die Toten, mit ihren modernden, verrottenden Leichnamen, sind uns näher, als es zu ertragen ist, bestimmen und bejahen mit ihrem Abtritt nichts als das Leben.

Ich hebe ein Bonbonpapier auf und lasse es in meine feine, neue Tüte fallen. Wir sind allesamt todgeweiht. Deshalb kann ich nicht anhalten. Da ist die Sonne, in die ich Gefahr laufe zu stürzen, das lodernde Plasma, in dem man zu verbrennen droht. *Heidewitzka, Frau Kapitän.* Stillstand bin ich genug, wenn ich selbst nur noch eine lautlose Erinnerung, eine faulende Mahnung dieses Rummels bin. Bis dahin muss ich alles aus jeder Sekunde herauspressen und wringen, es in die Luft werfen und auf mich niederregnen lassen, es unter das Mikroskop legen, es lecken, riechen, betasten, es in meine Retina brennen. Da ist das Dröhnen, Rauschen, Summen der unabwendbaren Katastrophe, sie erst lässt die Melodie erklingen. Alles ist zu viel und zu wenig zugleich. Alles muss mit. Nur ein verdammtes Leben – wie soll ich das bis zum Äußersten schaffen? Es ist zu spät, um religiös zu werden, zum Teufel nochmal. *Hier spielt die Musik*. Mein Herz und mein Kopf müssen voll sein, besser noch überquellen, damit ich nicht in ihren aasigen Bodensatz der Vergänglichkeit sinke. Dabei liefert die Endlichkeit nichts als das Parkett. Ich brauche geschärfte Sinne und vor allem mehr davon. *Wachst ihr scheiß Synapsen, jetzt tut doch endlich was!* Ich muss das Universum verstehen, jedes Atom persönlich inspizieren, ich muss wissen, was die Taube mit dem verkrüppelten Fuß denkt. Wie ist der Boden unter mir geschichtet? Und wie retten wir die Welt? Sie muss doch befreit werden und wir gleich mit. Da ist sie wieder, diese Melodie. Es kann keinen anderen Ausweg geben. Heute ist Damenwahl, meine Wahl. *Lass uns mit den Toten tanzen!*

Mit schwirrendem Kopf finde ich mich vor dem Bäcker wieder, werfe meine Müllsammlung in die Tonne neben dem Eingang und mache die Tür auf. Das waren keine zehn Minuten Fußweg, und ich bin schon wieder bei mir.

Die Nadel ploppt durch meine Haut. Ich kann spüren, wie die Spitze die Schichten durchsticht, wieder und wieder. Jeremy ist unterwegs, um Wohnungsschlüssel nachmachen zu lassen, weil Salma darauf besteht, dass wir alle einen haben und kommen und gehen können, wie es uns gefällt. Hannes werkelt in der Küche und backt einen Kuchen, nach einem Rezept von Claire.

»Mögt ihr das, wenn Mehlklumpen im Teig sind?«, fragt er hoffnungsvoll von nebenan.

»Unbedingt«, sagt Salma mit gewohnt unterkühlter Stimme und schaut mich vielsagend an: »Mit dem ist auch kein Krieg zu gewinnen.«

»Das habe ich gehört«, beschwert er sich und Salma kichert.

»Mit dem ist alles zu gewinnen«, erkläre ich ihr, was sie schon lange weiß und schlage ihm gehässig vor: »Probier mal mit den Stäbchen zu rühren.«

»Hört auf, mich abzulenken! Jetzt habe ich meine Asche in die Schüssel geschnippt«, ruft er verzweifelt lachend, und irgendwas fällt scheppernd zu Boden.

Salma und ich widmen uns der Körperkunst. Die Nadel hat sie an einen Kugelschreiber geklebt, als Griff, und tunkt sie sachte in die Tinte. Dann pikst es nochmal, und es geht mir unter die Haut. Mit jedem Stich wird der Schriftzug deutlicher. *Liebe und Revolution.*

Ich liege auf ihrer Couch, wir brauchen nicht zu reden. Ich überstrecke meinen Nacken und gucke kopfüber zum Fenster auf die Stadt. Sturmflutartig überkommt und durchschwemmt es mich, dass die Welt mein Zuhause ist, bis in die letzte Ecke meines Bewusstseins schwappt es. Ich kann nur an vielen Plätzen glücklich sein. Die Erde ist so episch groß, so fantastisch klein. Wenn mir das Blut in den Ohren saust vor turbulenter Geschwindigkeit, dann bin ich da. Es ist richtig, wenn es wirbelt, sich bewegt und dreht. Wenn ich aufwache und nicht weiß, wo ich bin und deswegen fühle, dass es der Ort ist, an dem ich sein sollte, dann ist es gut. Getrieben und treibend suche ich nach meinem Platz, nur um mittendrin festzustellen, dass diese Hetzjagd genau ist, wo ich sein möchte. Ich gehöre auf die Straße – *on the road.* Ich will nicht, was die anderen haben. Das Gras ist grüner auf meiner Seite. Und verdammt nochmal ungemäht. Ein Dschungel, der vor Leben, Tod und allen Facetten dazwischen strotzt. Und die furiose Reise hindurch kann kein Ende haben, hat kein Ende per Definition, per Realität.

Mit ihren Fingern spannt Salma meine Haut und die Nadel sticht und verewigt es in mir, auf meinem Bein, das mich weitertragen wird. Für immer. *Let's make love and revolution, baby.*

Pia Klemp

Aktivistin, geboren 1983, studierte Biologie und arbeitete mehrere Jahre als Tauchlehrerin in Indonesien. Neben verschiedenen anderen Projekten ist die Kapitänin seit 2012 für Tier- und Menschenrechte an Bord der Meeresschutzorganisation Sea Shepherd und bei zivilen Rettungsmissionen im Mittelmeer unterwegs. 2017 wurde eines ihrer Schiffe – die Iuventa – beschlagnahmt. Die italienische Staatsanwaltschaft ermittelt derzeit gegen Pia Klemp und weitere Crewmitglieder wegen »Beihilfe zur illegalen Einwanderung«. Da sie aufgrund von drohender U-Haft derzeit keine Einsätze fahren kann, trägt sie den Kampf um Liebe und Revolution alternativ auf das literarische Parkett. 2019 wurde sie mit dem Clara-Zetkin-Frauenpreis ausgezeichnet.

Originalausgabe September 2019

ISBN 978-3-87512-491-0

Gesetzt aus der Dolly und der Pirelli
Gedruckt auf säurefreiem, alterungsbeständigen Werkdruckpapier

Umschlag: Julia Dambuk, juliadambuk.de
Lektorat & Satz: Sarah Käsmayr
Der Verlag dankt Lena Schindler und Michael Kirner

Druck: Memminger MedienCentrum
Veredelung Umschlag: Optimo Siebdruck, Schondorf
Bindung: Thomas Buchbinderei, Augsburg

Bibliographische Information der Deutschen Nationalbibliothek:
Die Deutsche Nationalbibliothek verzeichnet diese Publikation
in der Deutschen Nationalbibliographie; detaillierte bibliographische
Daten sind im Internet über http://dnb.d-nb.de abrufbar.